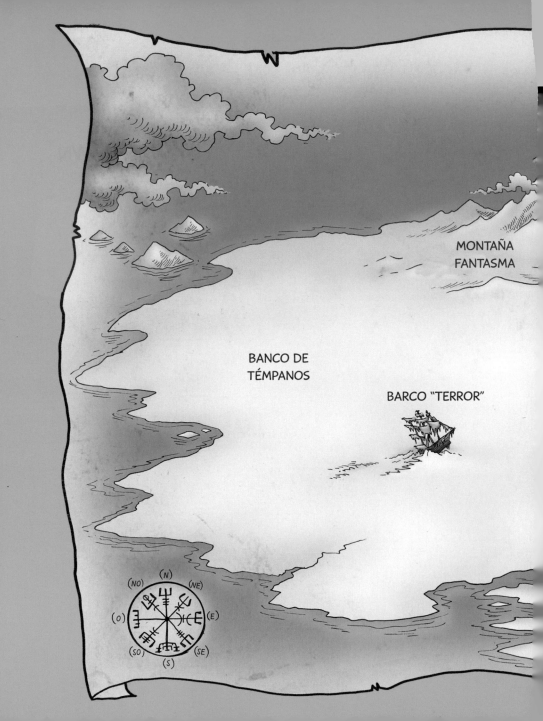

MONTAÑA
FANTASMA

BANCO DE
TÉMPANOS

BARCO "TERROR"

(N)
(NO)   (NE)
(O)   (E)
(SO)   (SE)
(S)

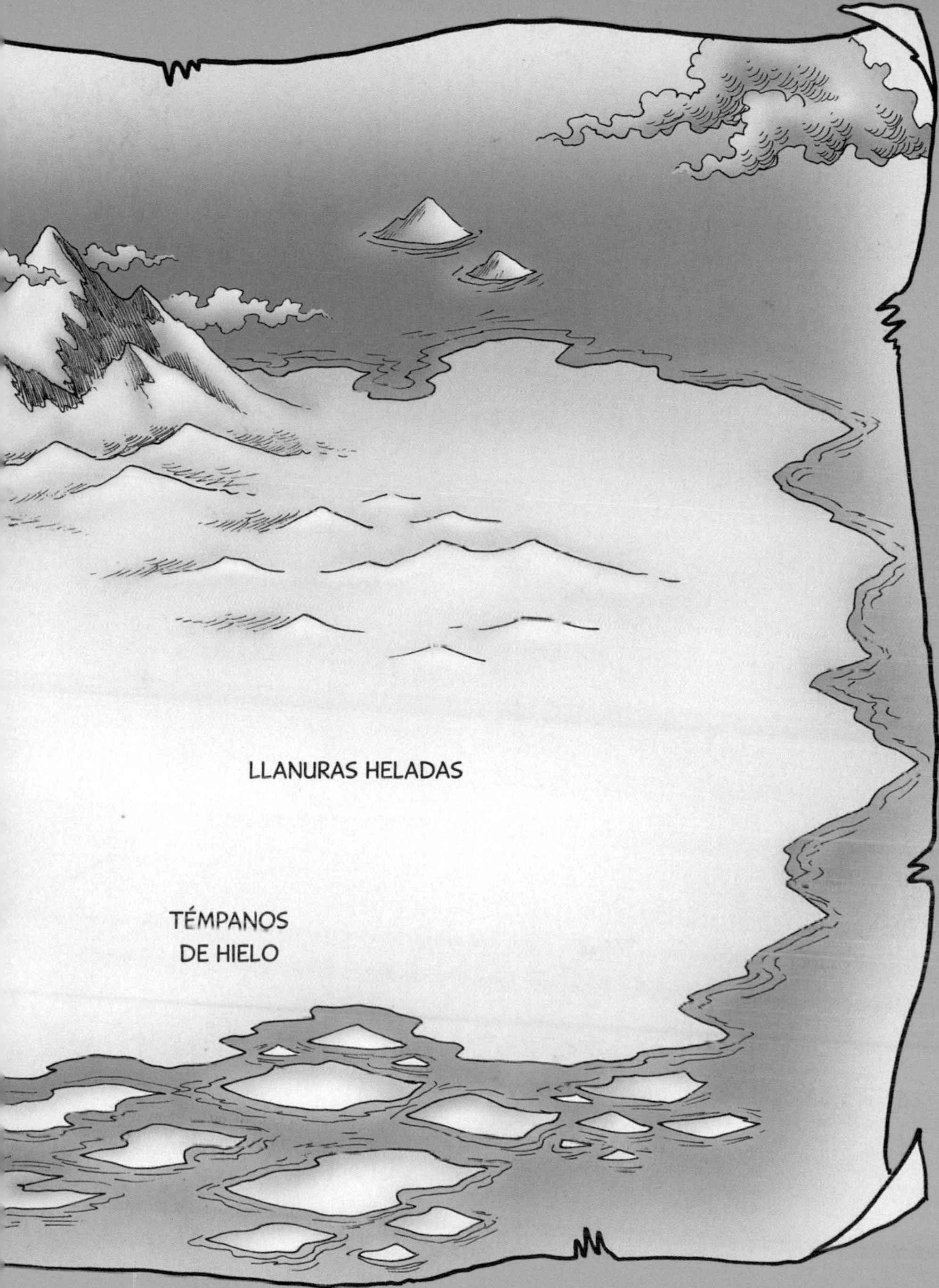
LLANURAS HELADAS
TÉMPANOS
DE HIELO

Poptrópica 2. La expedición perdida

Título original: *Poptrópica 2. The Lost Expedition*

© 2016 Sandbox Networks, Inc.
© 2016 Mitch Krpata (texto)
© 2016 Kory Merrit (ilustraciones)

Diseño: Chad W. Beckerman
Traducción: Mercedes Guhl y Alfredo Villegas Montejo

Publicado originalmente en 2016 por Amber Books, un sello de Abrams.
Amulet Books y Amulet Paperbacks son marcas registradas de Harry N. Abrams, Inc.

D.R. © Editorial Océano, S.L.
Milanesat 21-23, Edificio Océano
08017 Barcelona, España
www.oceano.com

D.R. © Editorial Océano de México, S.A. de C.V.
Eugenio Sue 55, Polanco Chapultepec
Miguel Hidalgo, 11560, Ciudad de México
www.oceano.mx • www.oceanotravesia.mx

Primera edición: 2016

ISBN: 978-607-527-022-7

IMPRESO EN MÉXICO / *PRINTED IN MEXICO*

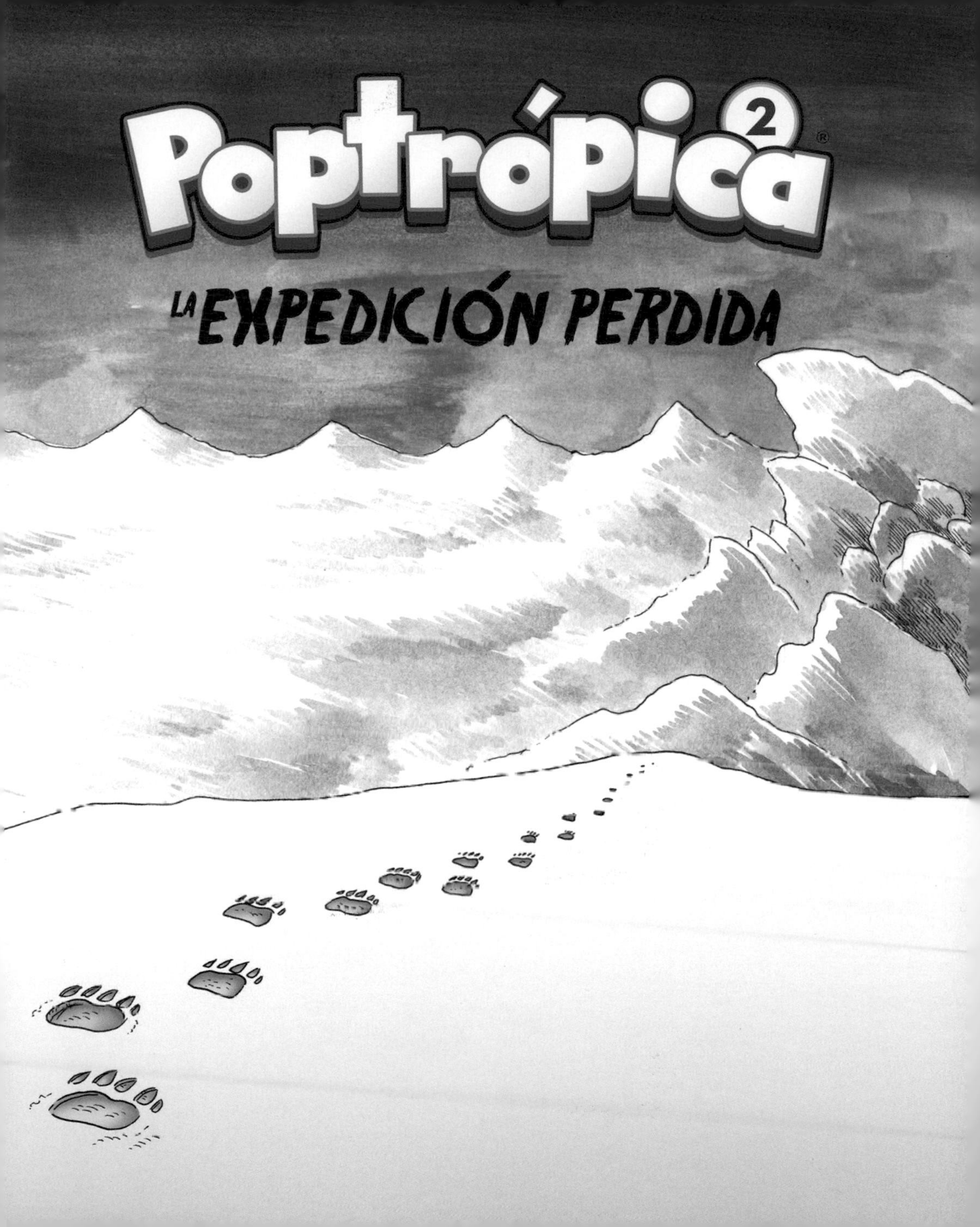
Poptrópica 2
LA EXPEDICIÓN PERDIDA

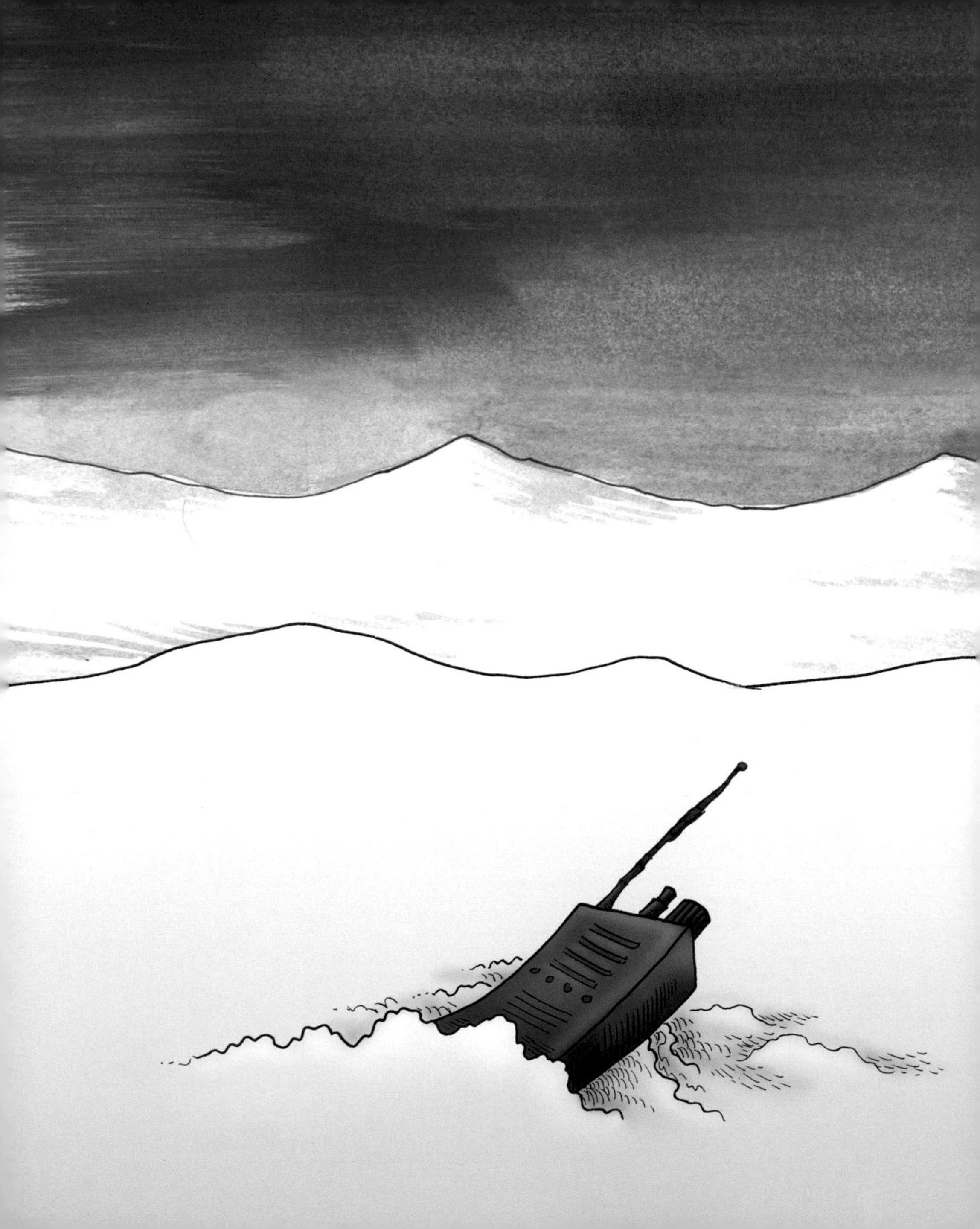

Poptrópica ²®

LA EXPEDICIÓN PERDIDA

ESCRITO POR
MITCH KRPATA

A PARTIR DE UN CONCEPTO
DE JEFF KINNEY

ILUSTRADO POR
KORY MERRITT

Historias
gráficas

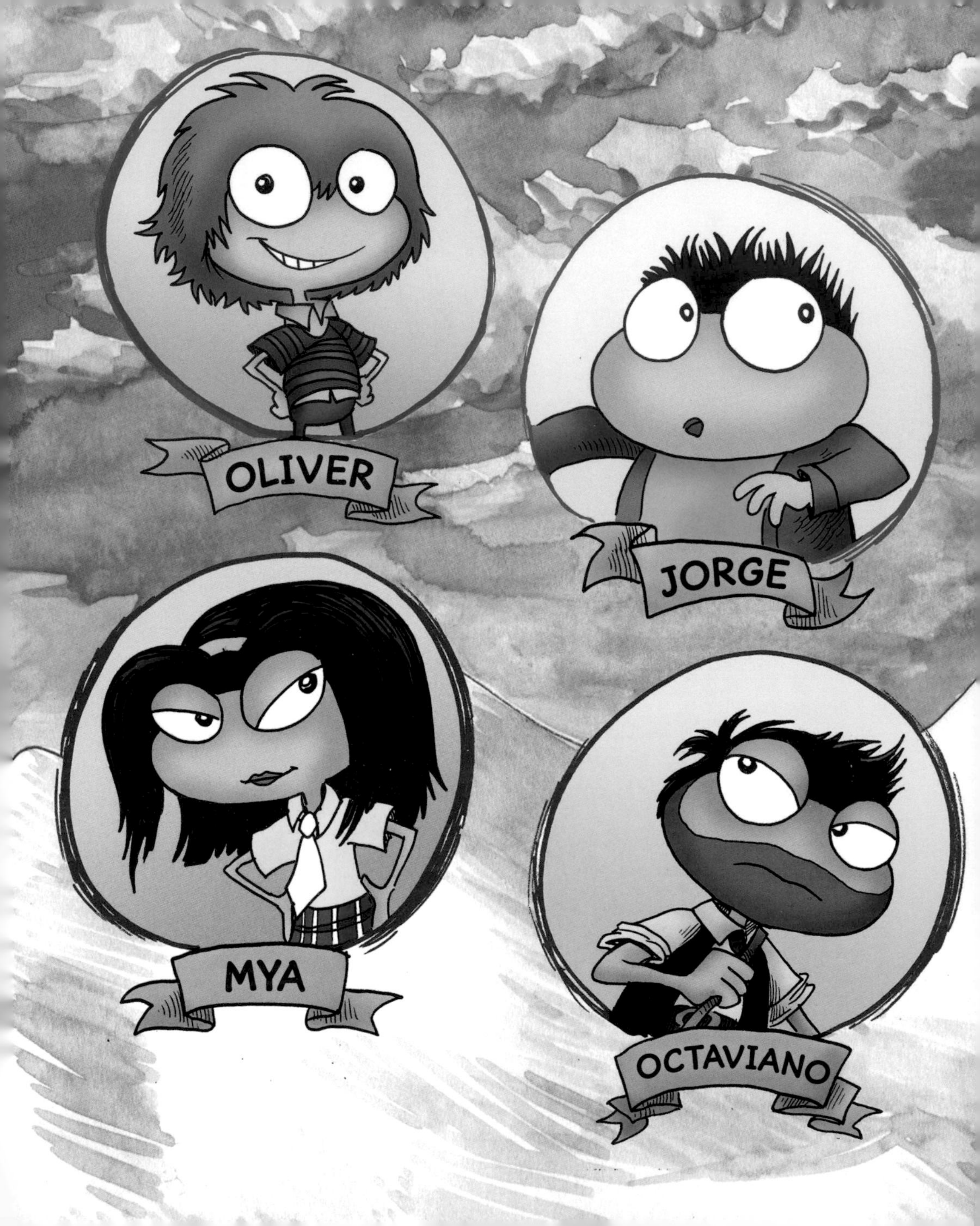
OLIVER
JORGE
MYA
OCTAVIANO

ANTES EN

Poptrópica®

Mya, Oliver y Jorge fueron
transportados a las misteriosas
islas de Poptrópica por el malvado
Octaviano. Tras escapar de unos
vikingos, los chicos zarparon en
un barco. Con la ayuda de un
mapa mágico, buscan la forma de
regresar a casa... ¡pero Octaviano
los sigue de cerca!

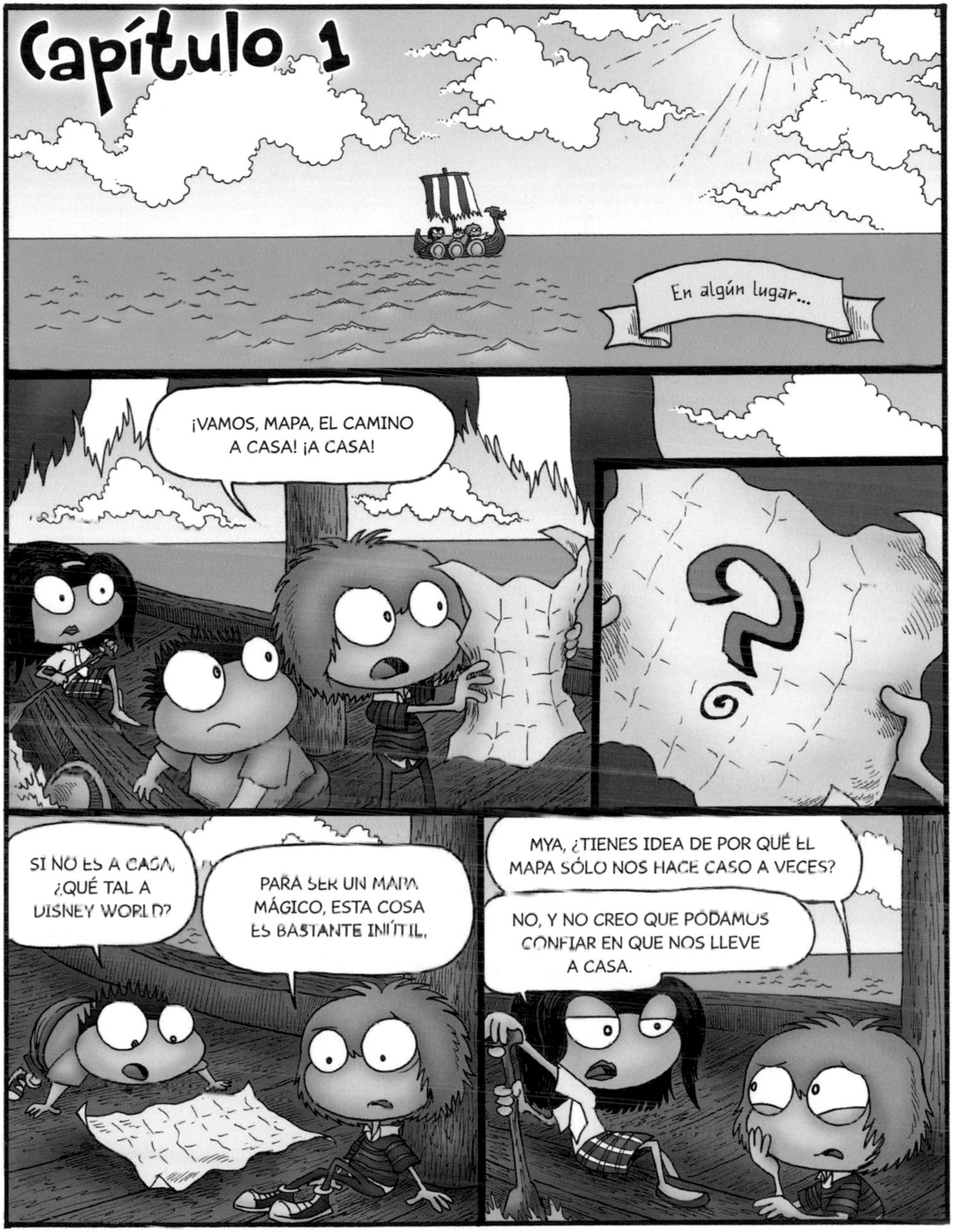
Capítulo 1
En algún lugar...
¡VAMOS, MAPA, EL CAMINO A CASA! ¡A CASA!
SI NO ES A CASA, ¿QUÉ TAL A DISNEY WORLD?
PARA SER UN MAPA MÁGICO, ESTA COSA ES BASTANTE INÚTIL.
MYA, ¿TIENES IDEA DE POR QUÉ EL MAPA SÓLO NOS HACE CASO A VECES?
NO, Y NO CREO QUE PODAMOS CONFIAR EN QUE NOS LLEVE A CASA.

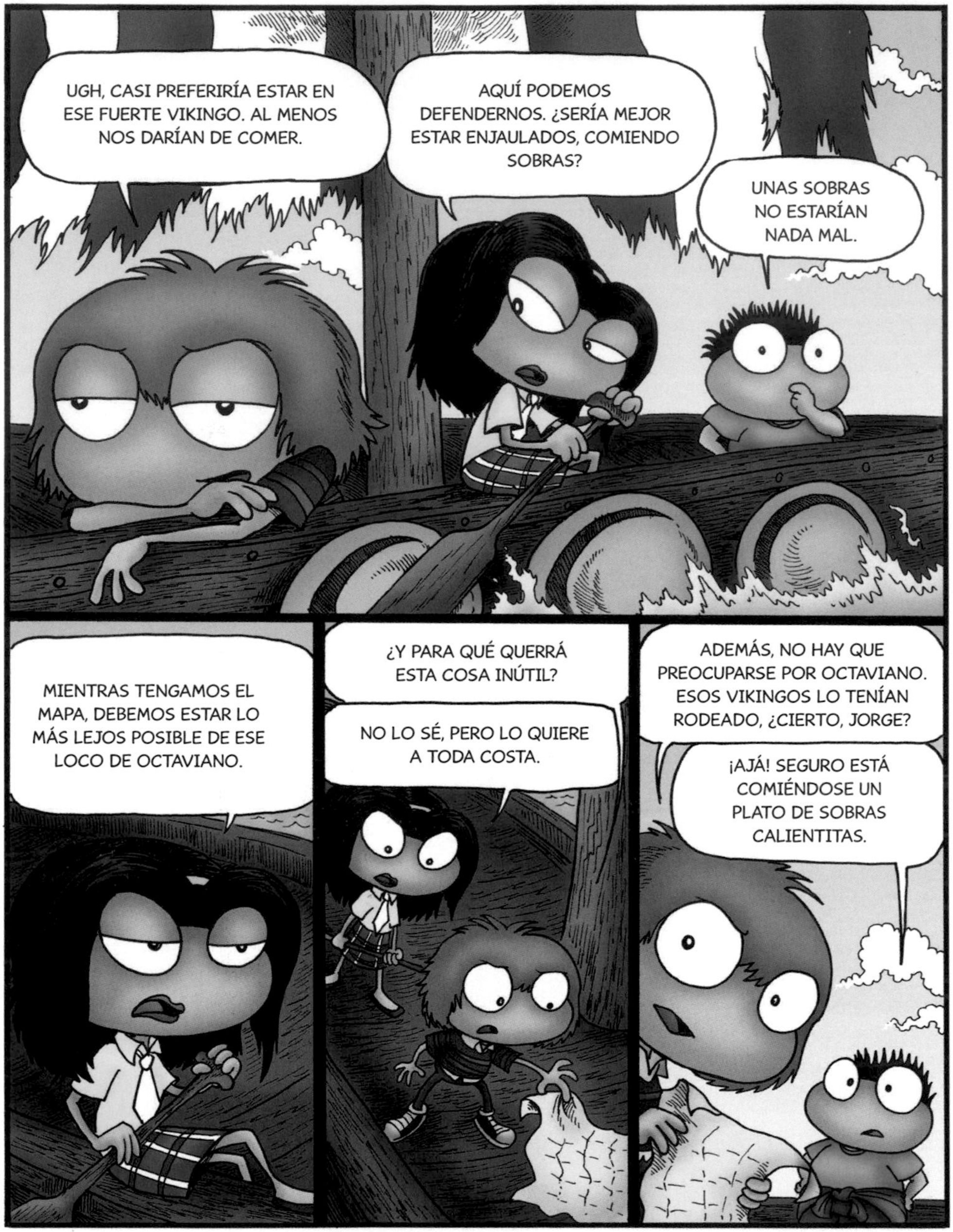
UGH, CASI PREFERIRÍA ESTAR EN ESE FUERTE VIKINGO. AL MENOS NOS DARÍAN DE COMER.
AQUÍ PODEMOS DEFENDERNOS. ¿SERÍA MEJOR ESTAR ENJAULADOS, COMIENDO SOBRAS?
UNAS SOBRAS NO ESTARÍAN NADA MAL.
MIENTRAS TENGAMOS EL MAPA, DEBEMOS ESTAR LO MÁS LEJOS POSIBLE DE ESE LOCO DE OCTAVIANO.
¿Y PARA QUÉ QUERRÁ ESTA COSA INÚTIL?
NO LO SÉ, PERO LO QUIERE A TODA COSTA.
ADEMÁS, NO HAY QUE PREOCUPARSE POR OCTAVIANO. ESOS VIKINGOS LO TENÍAN RODEADO, ¿CIERTO, JORGE?
¡AJÁ! SEGURO ESTÁ COMIÉNDOSE UN PLATO DE SOBRAS CALIENTITAS.

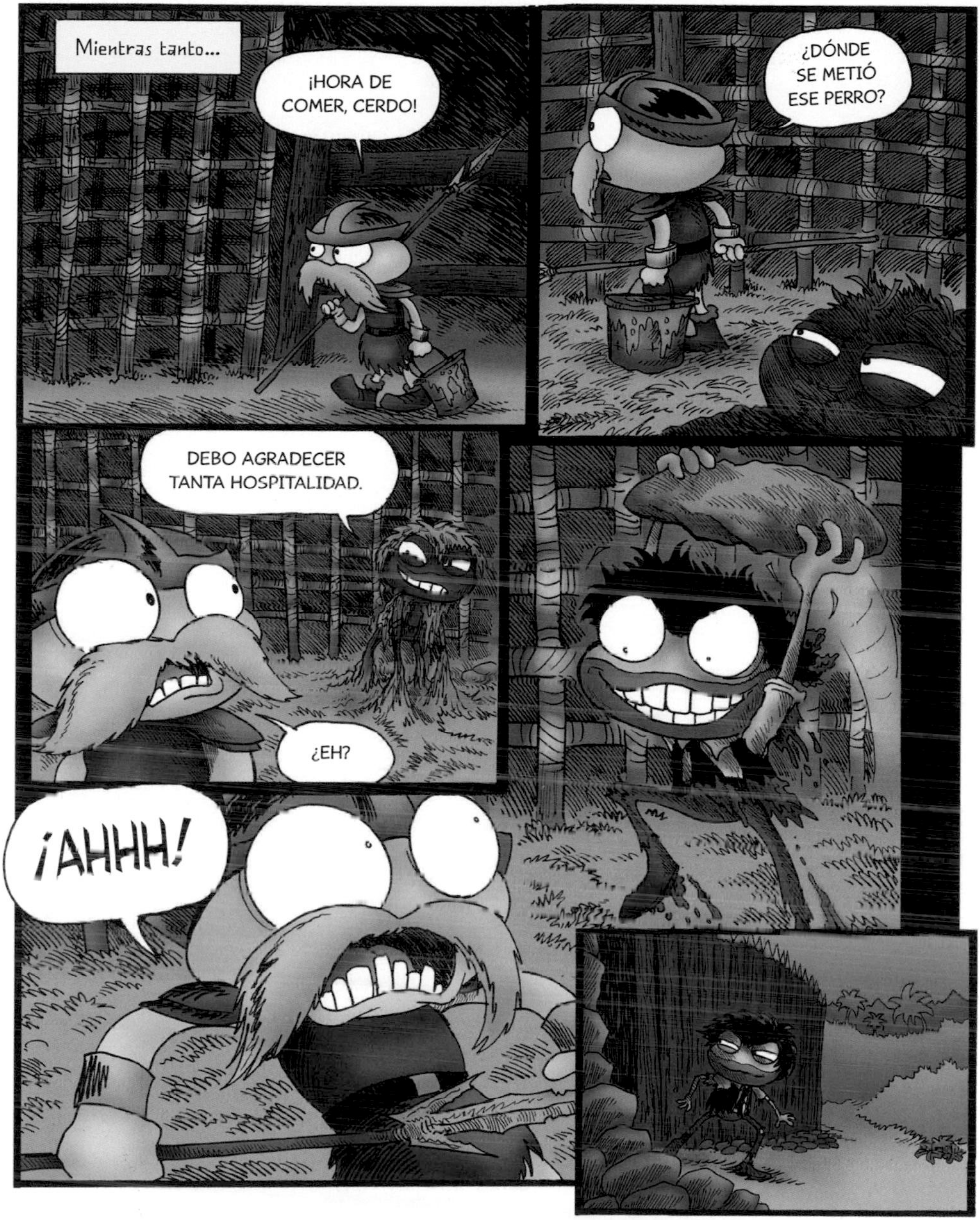
Mientras tanto...
¡HORA DE COMER, CERDO!
¿DÓNDE SE METIÓ ESE PERRO?
DEBO AGRADECER TANTA HOSPITALIDAD.
¿EH?
¡AHHH!

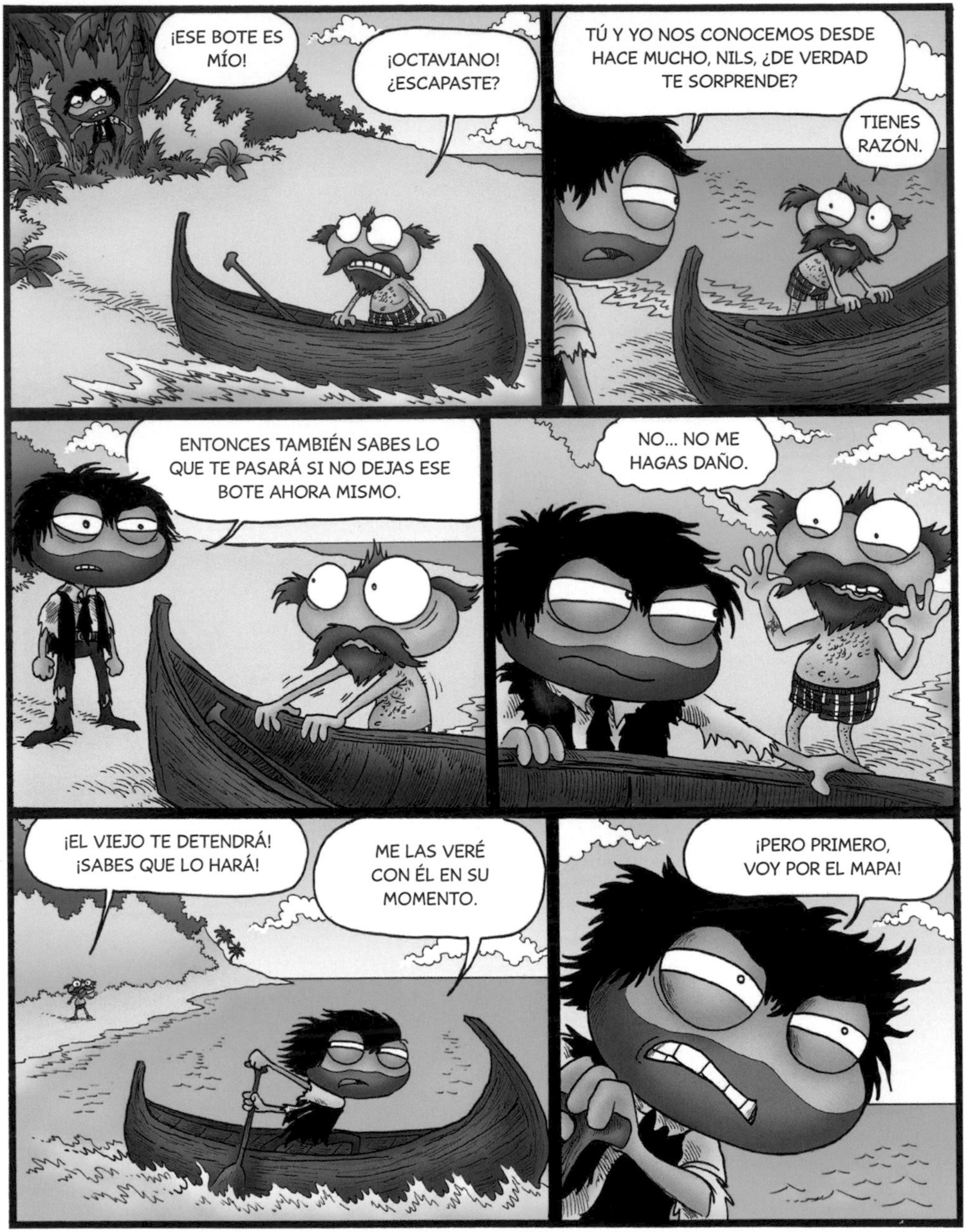
¡ESE BOTE ES MÍO!
¡OCTAVIANO! ¿ESCAPASTE?
TÚ Y YO NOS CONOCEMOS DESDE HACE MUCHO, NILS, ¿DE VERDAD TE SORPRENDE?
TIENES RAZÓN.
ENTONCES TAMBIÉN SABES LO QUE TE PASARÁ SI NO DEJAS ESE BOTE AHORA MISMO.
NO... NO ME HAGAS DAÑO.
¡EL VIEJO TE DETENDRÁ! ¡SABES QUE LO HARÁ!
ME LAS VERÉ CON ÉL EN SU MOMENTO.
¡PERO PRIMERO, VOY POR EL MAPA!

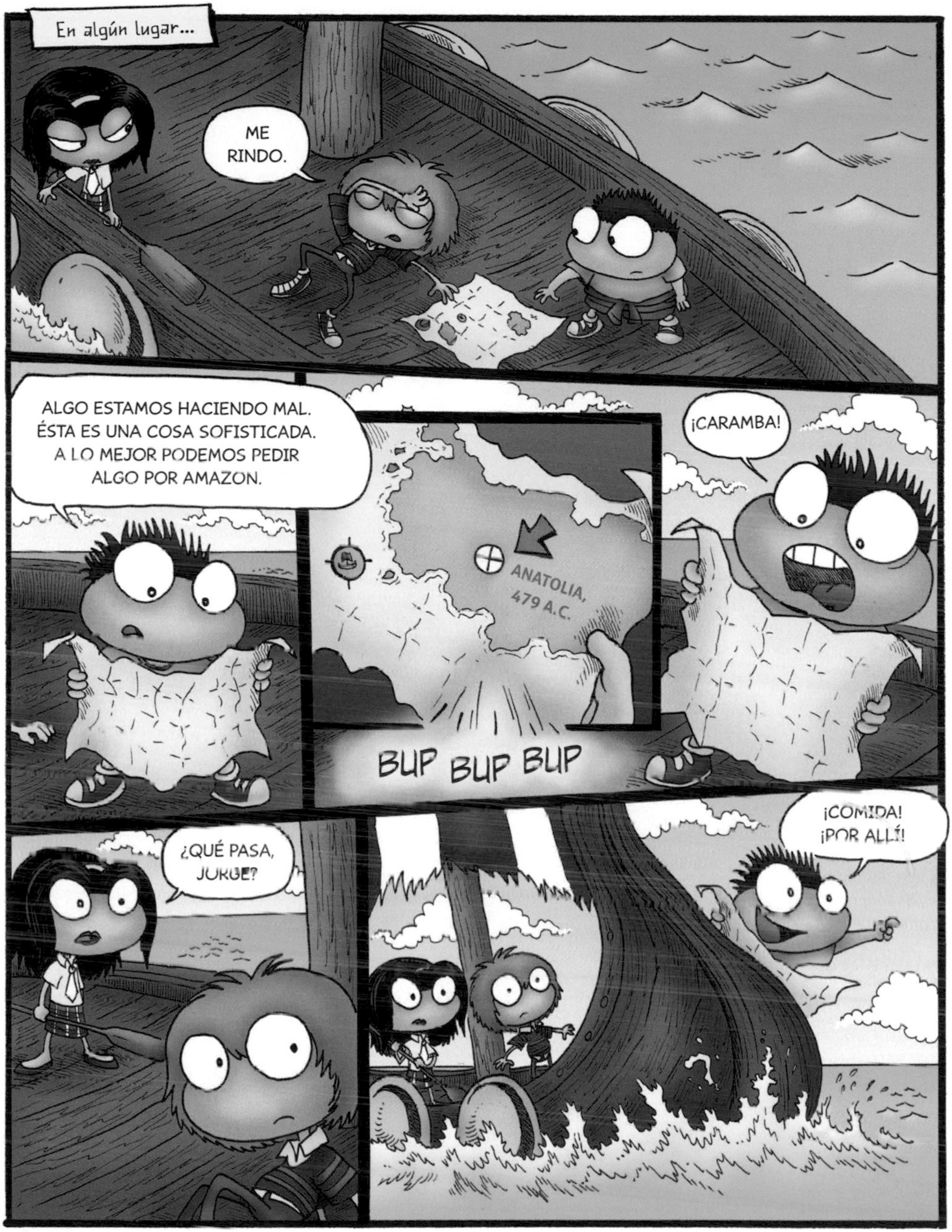
En algún lugar...
ME RINDO.
ALGO ESTAMOS HACIENDO MAL. ÉSTA ES UNA COSA SOFISTICADA. A LO MEJOR PODEMOS PEDIR ALGO POR AMAZON.
ANATOLIA, 479 A.C.
BUP BUP BUP
¡CARAMBA!
¿QUÉ PASA, JORGE?
¡COMIDA! ¡POR ALLÍ!

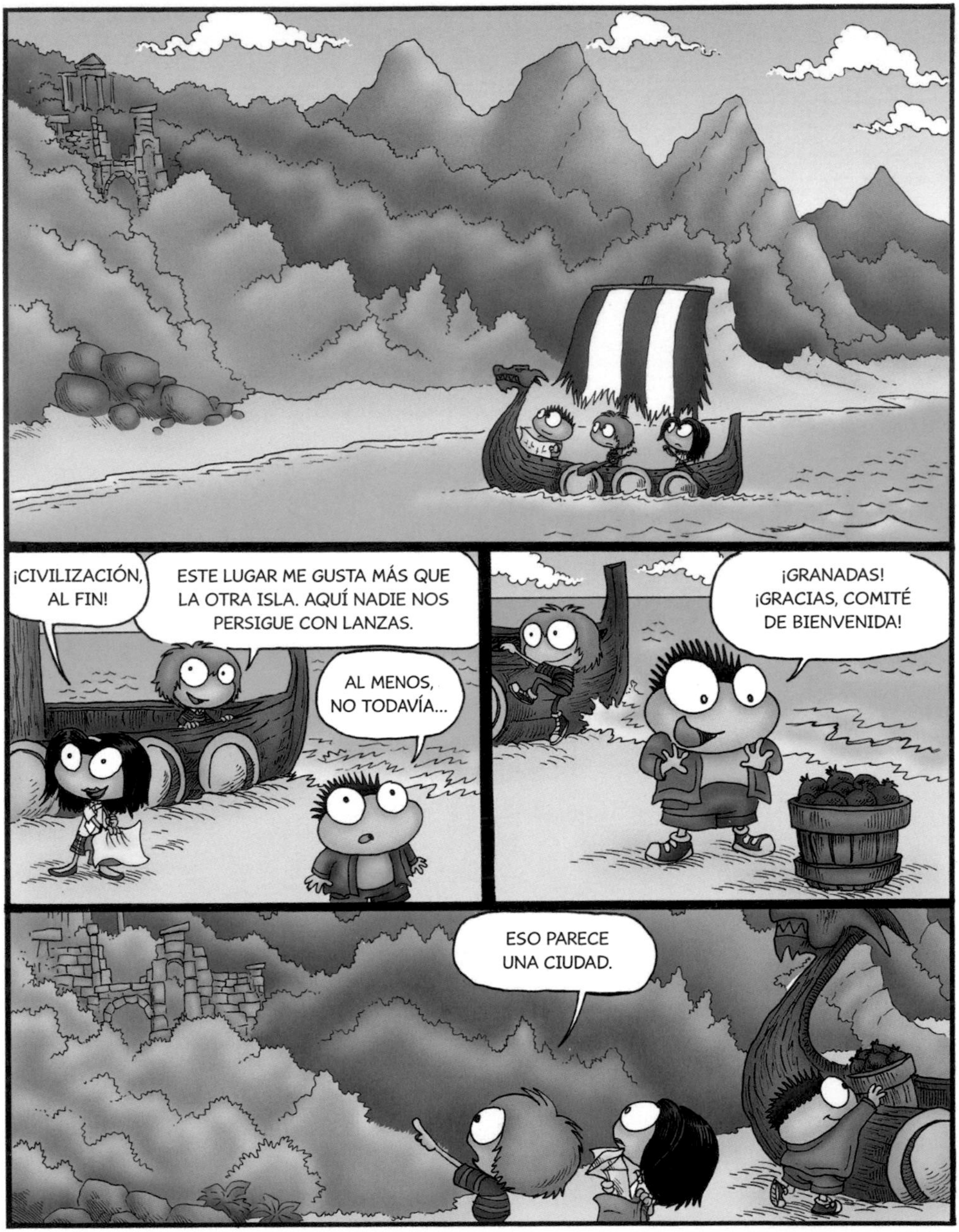
¡CIVILIZACIÓN, AL FIN!
ESTE LUGAR ME GUSTA MÁS QUE LA OTRA ISLA. AQUÍ NADIE NOS PERSIGUE CON LANZAS.
AL MENOS, NO TODAVÍA...
¡GRANADAS! ¡GRACIAS, COMITÉ DE BIENVENIDA!
ESO PARECE UNA CIUDAD.

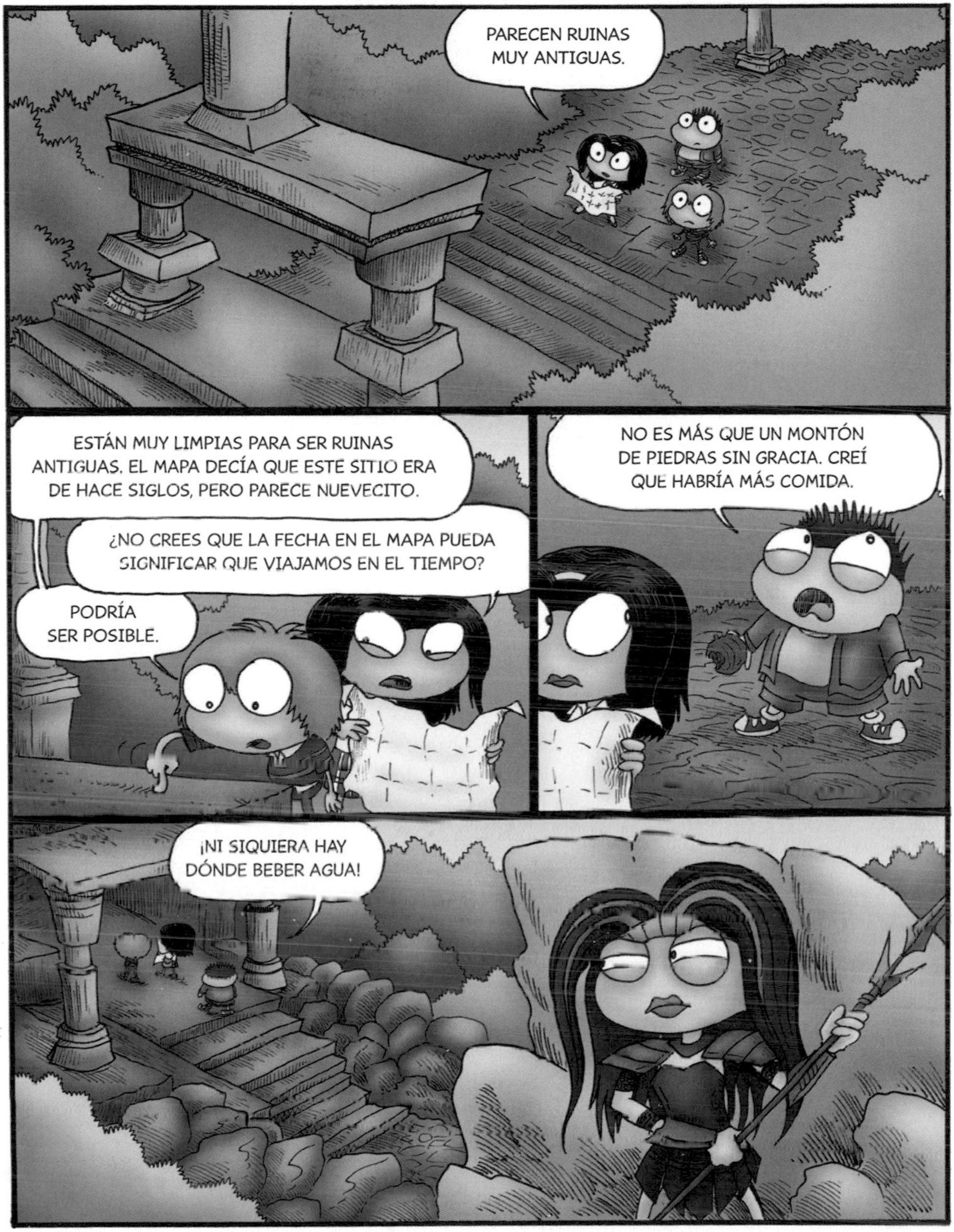
PARECEN RUINAS MUY ANTIGUAS.
ESTÁN MUY LIMPIAS PARA SER RUINAS ANTIGUAS. EL MAPA DECÍA QUE ESTE SITIO ERA DE HACE SIGLOS, PERO PARECE NUEVECITO.
¿NO CREES QUE LA FECHA EN EL MAPA PUEDA SIGNIFICAR QUE VIAJAMOS EN EL TIEMPO?
PODRÍA SER POSIBLE.
NO ES MÁS QUE UN MONTÓN DE PIEDRAS SIN GRACIA. CREÍ QUE HABRÍA MÁS COMIDA.
¡NI SIQUIERA HAY DÓNDE BEBER AGUA!

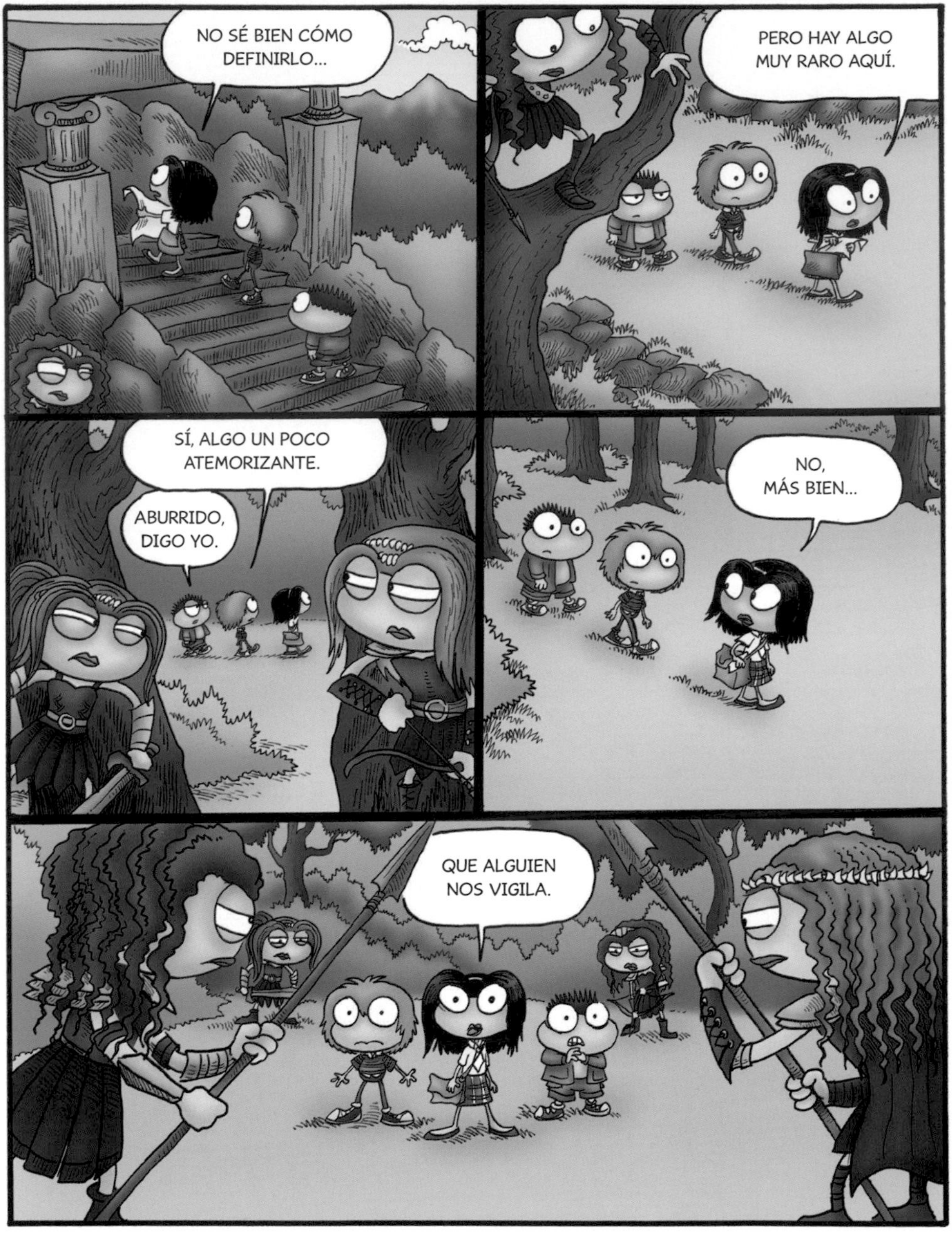
NO SÉ BIEN CÓMO DEFINIRLO...
PERO HAY ALGO MUY RARO AQUÍ.
SÍ, ALGO UN POCO ATEMORIZANTE.
ABURRIDO, DIGO YO.
NO, MÁS BIEN...
QUE ALGUIEN NOS VIGILA.

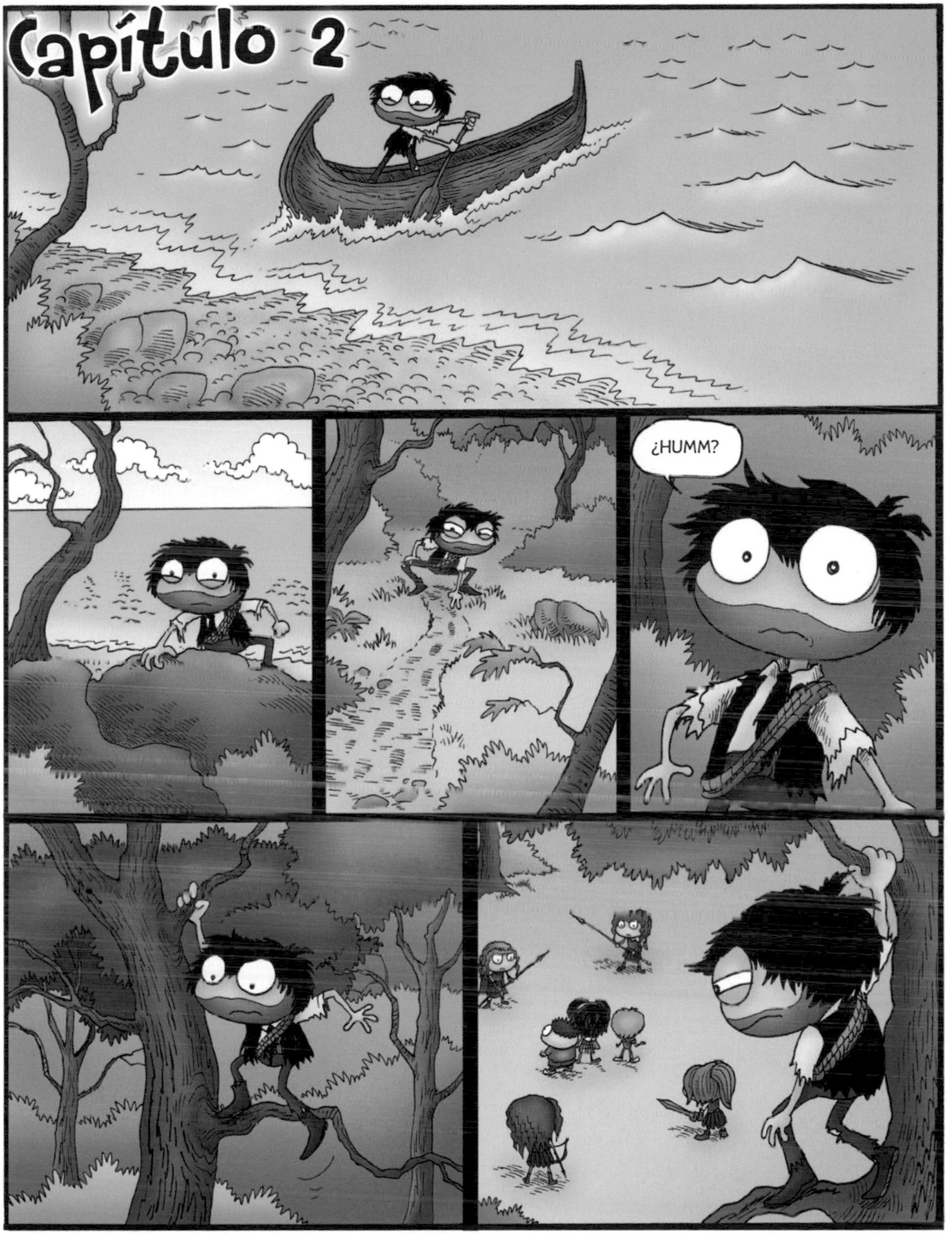
Capítulo 2
¿HUMM?

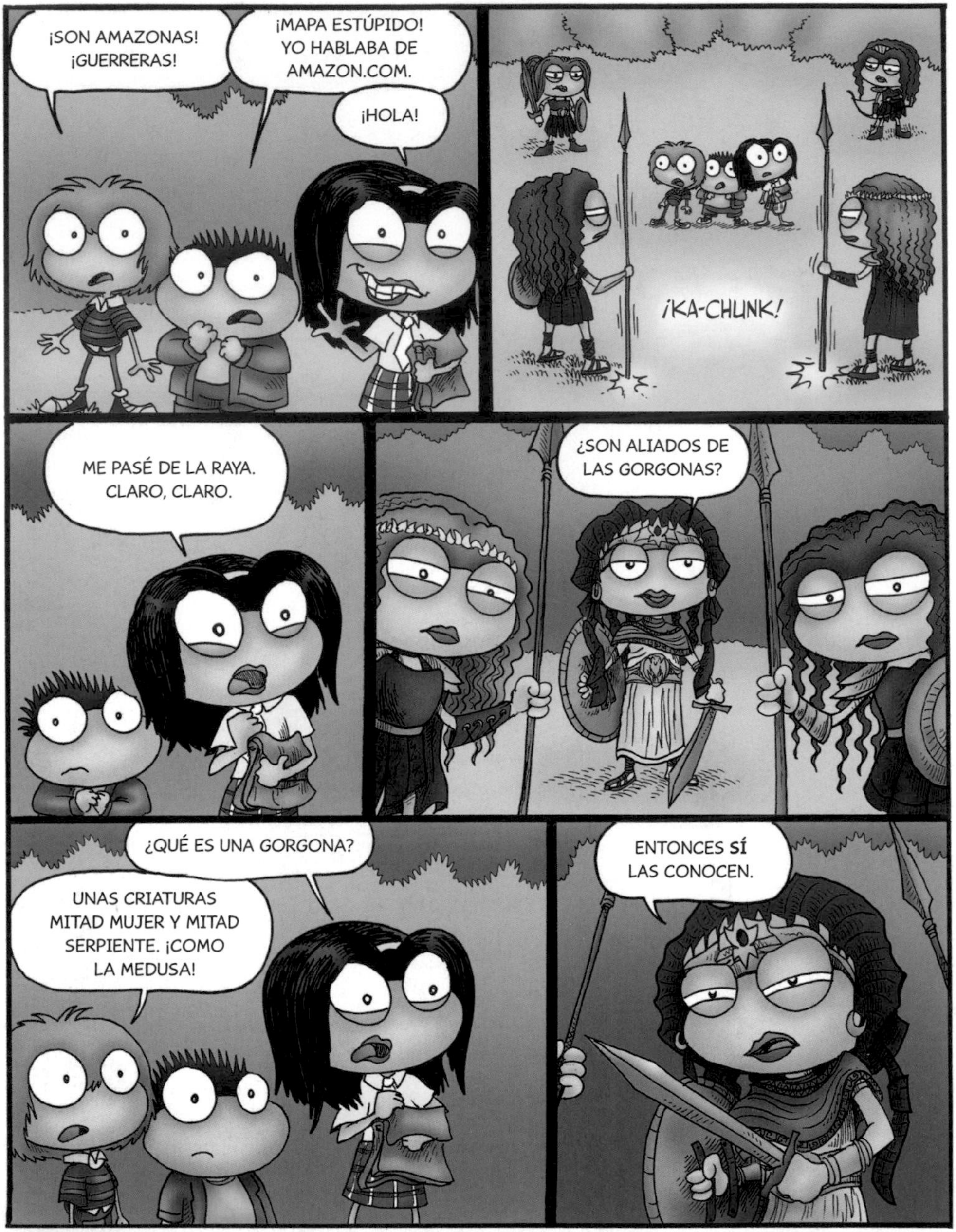
¡SON AMAZONAS! ¡GUERRERAS!
¡MAPA ESTÚPIDO! YO HABLABA DE AMAZON.COM.
¡HOLA!
¡KA-CHUNK!
ME PASÉ DE LA RAYA. CLARO, CLARO.
¿SON ALIADOS DE LAS GORGONAS?
¿QUÉ ES UNA GORGONA?
UNAS CRIATURAS MITAD MUJER Y MITAD SERPIENTE. ¡COMO LA MEDUSA!
ENTONCES **SÍ** LAS CONOCEN.

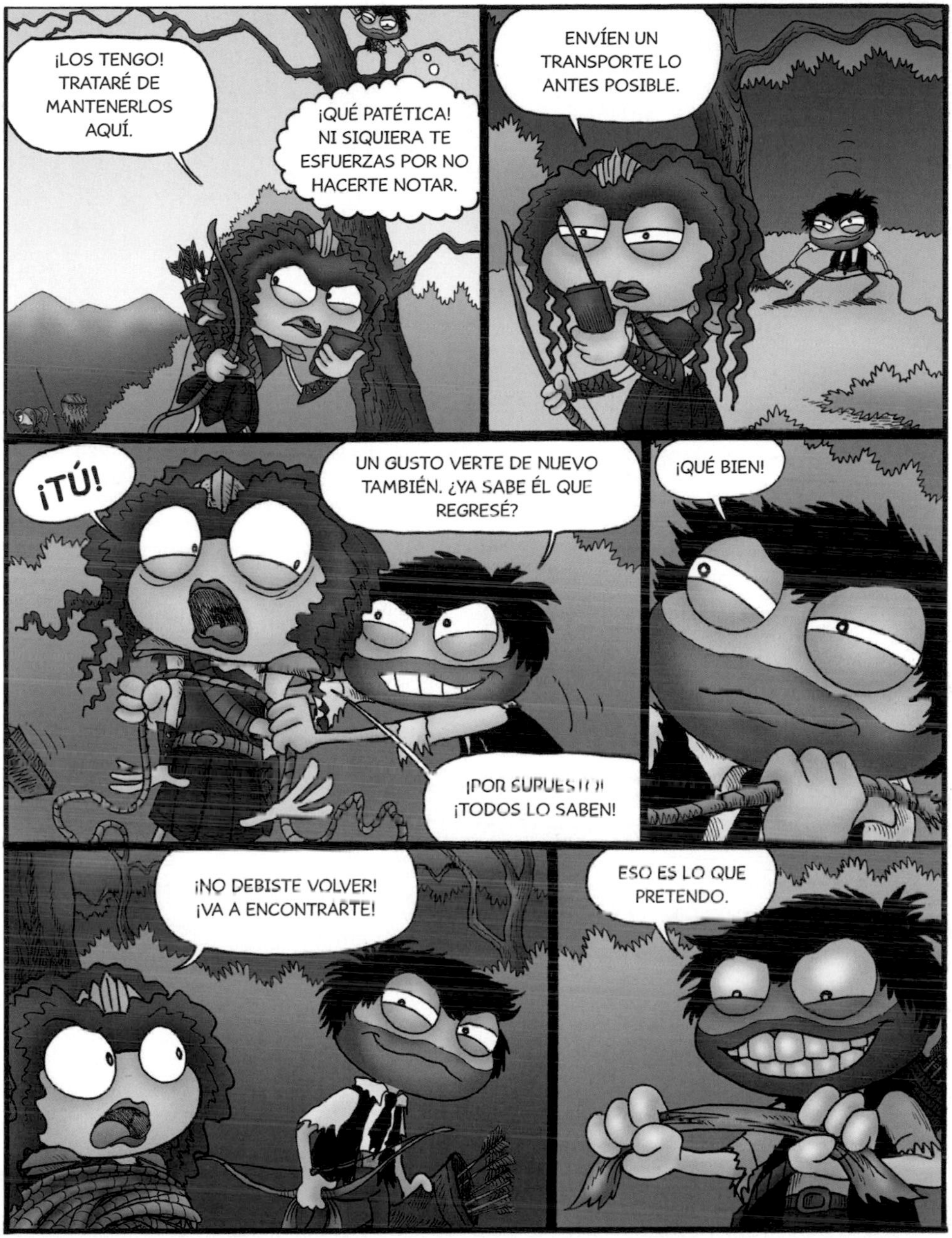
¡LOS TENGO! TRATARÉ DE MANTENERLOS AQUÍ.
¡QUÉ PATÉTICA! NI SIQUIERA TE ESFUERZAS POR NO HACERTE NOTAR.
ENVÍEN UN TRANSPORTE LO ANTES POSIBLE.
¡TÚ!
UN GUSTO VERTE DE NUEVO TAMBIÉN. ¿YA SABE ÉL QUE REGRESÉ?
¡POR SUPUESTO! ¡TODOS LO SABEN!
¡QUÉ BIEN!
¡NO DEBISTE VOLVER! ¡VA A ENCONTRARTE!
ESO ES LO QUE PRETENDO.

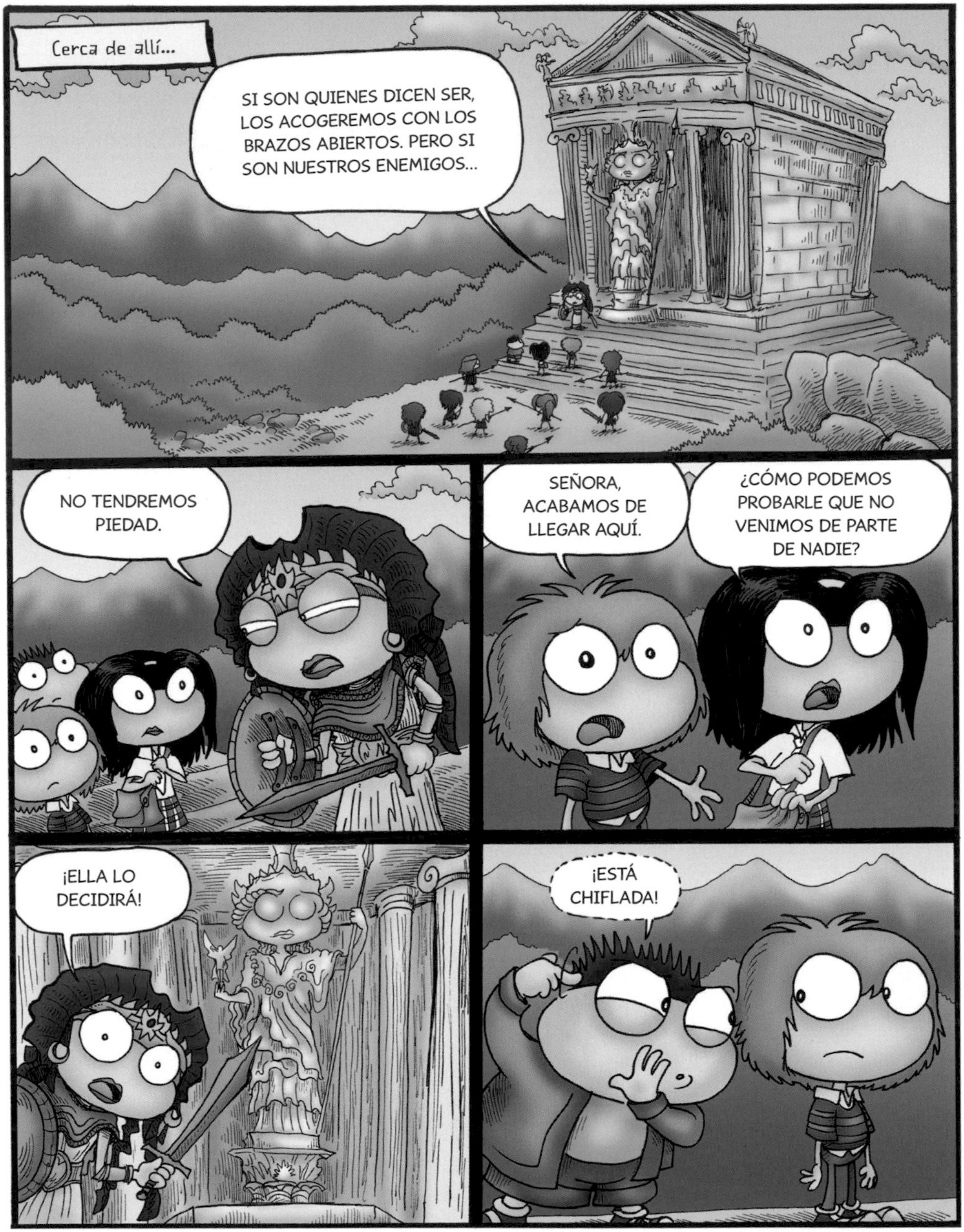
Cerca de allí...
SI SON QUIENES DICEN SER, LOS ACOGEREMOS CON LOS BRAZOS ABIERTOS. PERO SI SON NUESTROS ENEMIGOS...
NO TENDREMOS PIEDAD.
SEÑORA, ACABAMOS DE LLEGAR AQUÍ.
¿CÓMO PODEMOS PROBARLE QUE NO VENIMOS DE PARTE DE NADIE?
¡ELLA LO DECIDIRÁ!
¡ESTÁ CHIFLADA!

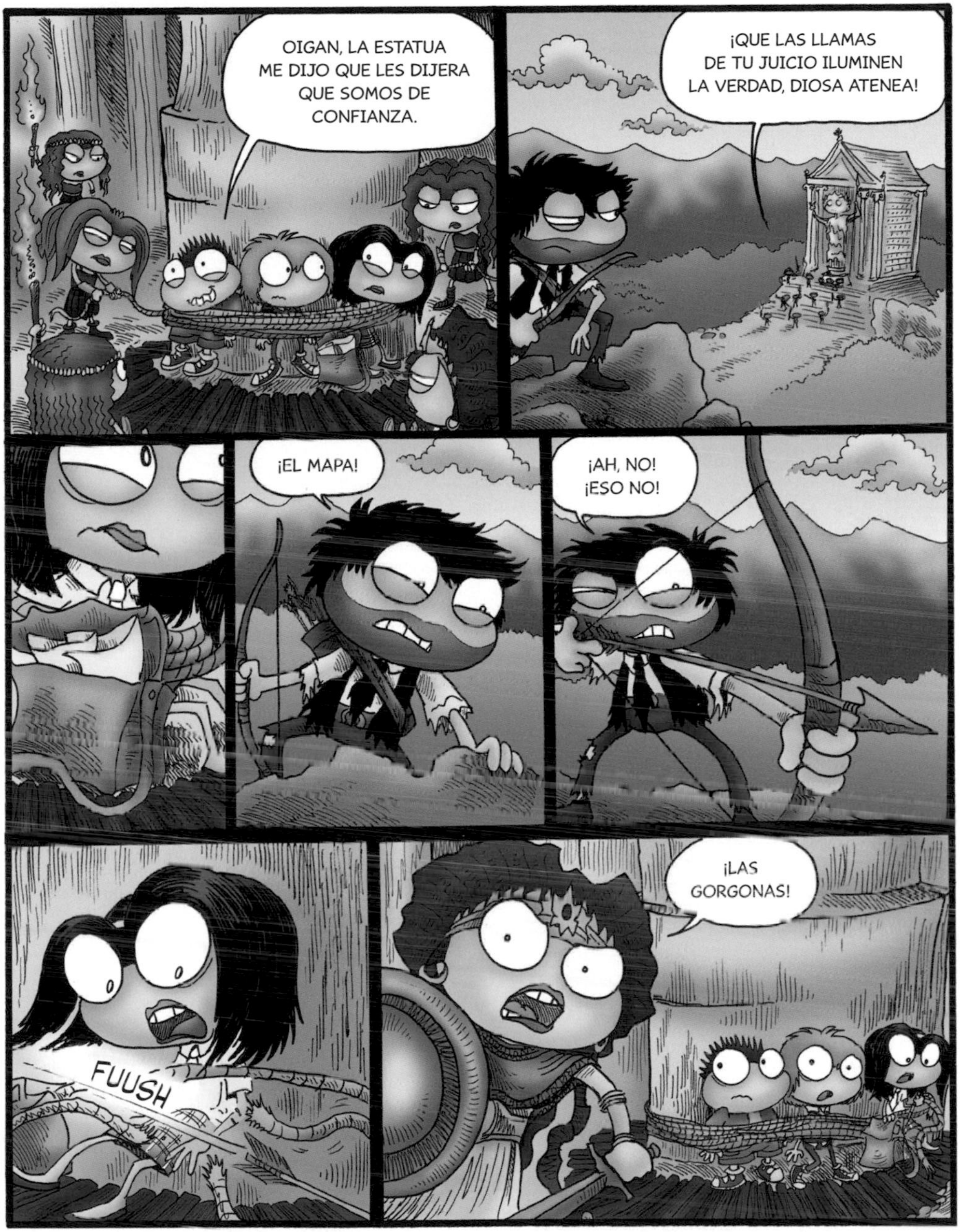
OIGAN, LA ESTATUA ME DIJO QUE LES DIJERA QUE SOMOS DE CONFIANZA.
¡QUE LAS LLAMAS DE TU JUICIO ILUMINEN LA VERDAD, DIOSA ATENEA!
¡EL MAPA!
¡AH, NO! ¡ESO NO!
FUUSH
¡LAS GORGONAS!

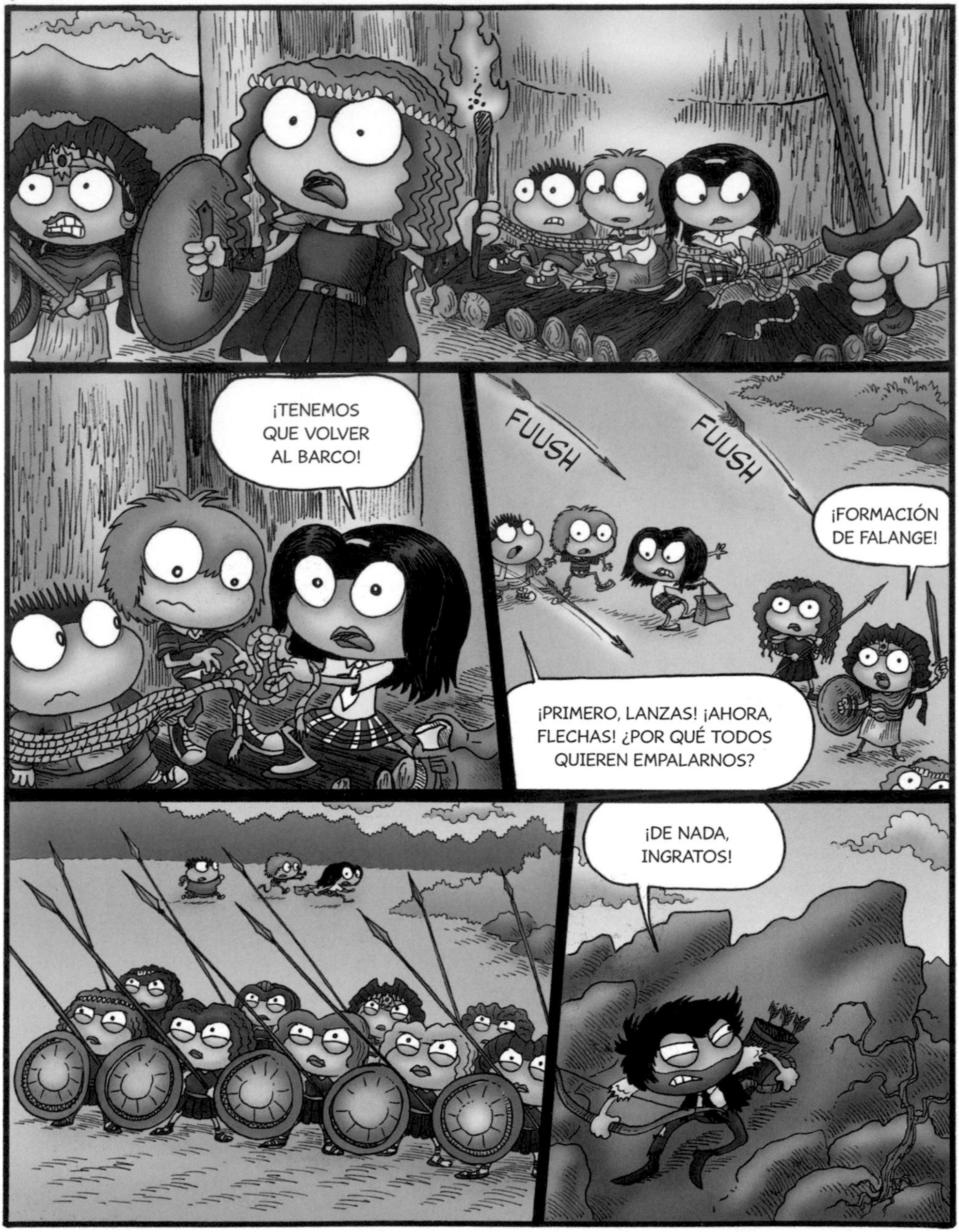
¡TENEMOS QUE VOLVER AL BARCO!
FUUSH
FUUSH
¡FORMACIÓN DE FALANGE!
¡PRIMERO, LANZAS! ¡AHORA, FLECHAS! ¿POR QUÉ TODOS QUIEREN EMPALARNOS?
¡DE NADA, INGRATOS!

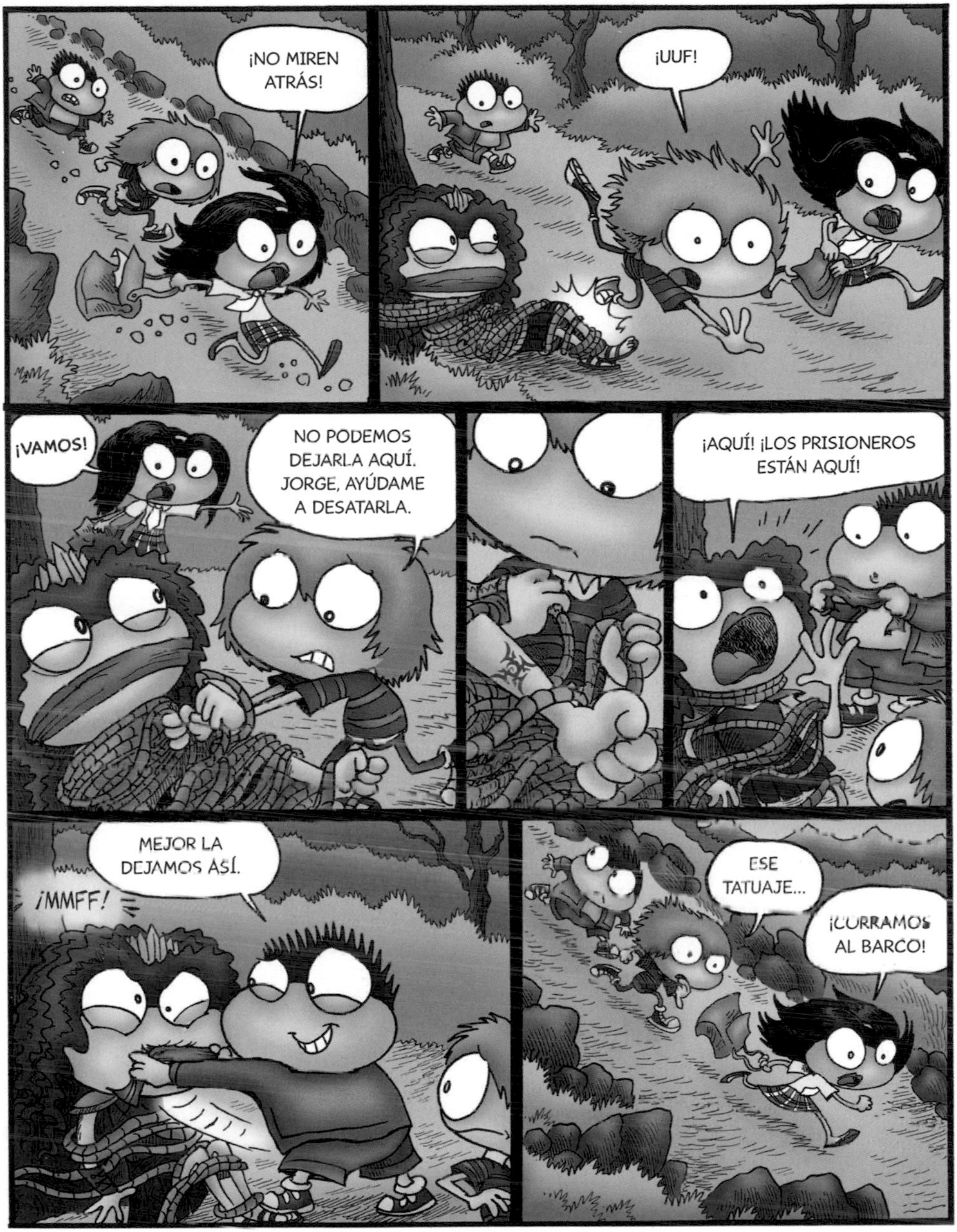

¡NO MIREN ATRÁS!
¡UUF!
¡VAMOS!
NO PODEMOS DEJARLA AQUÍ. JORGE, AYÚDAME A DESATARLA.
¡AQUÍ! ¡LOS PRISIONEROS ESTÁN AQUÍ!
MEJOR LA DEJAMOS ASÍ.
¡MMFF!
ESE TATUAJE...
¡CORRAMOS AL BARCO!

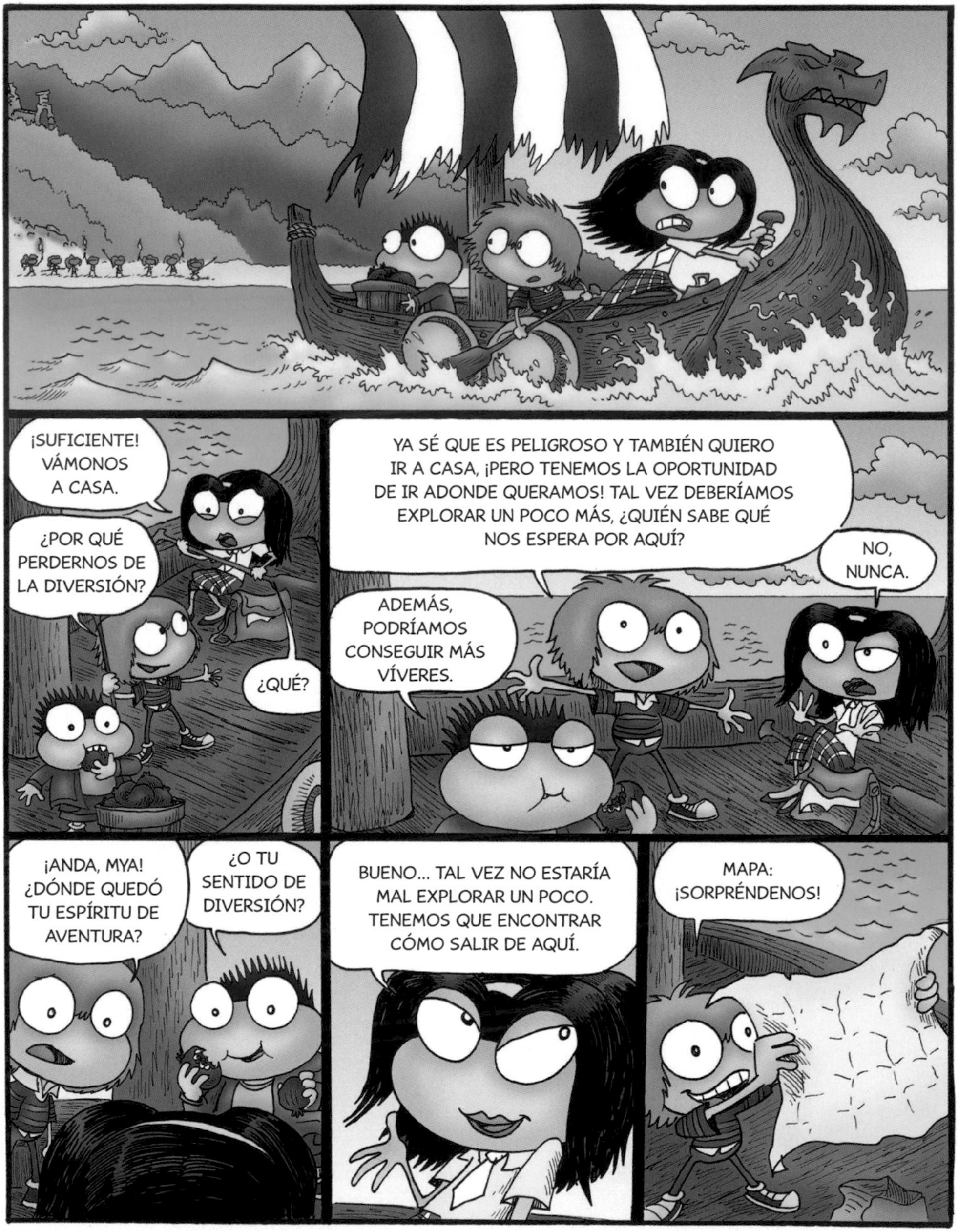
¡SUFICIENTE! VÁMONOS A CASA.
¿POR QUÉ PERDERNOS DE LA DIVERSIÓN?
¿QUÉ?
YA SÉ QUE ES PELIGROSO Y TAMBIÉN QUIERO IR A CASA, ¡PERO TENEMOS LA OPORTUNIDAD DE IR ADONDE QUERAMOS! TAL VEZ DEBERÍAMOS EXPLORAR UN POCO MÁS, ¿QUIÉN SABE QUÉ NOS ESPERA POR AQUÍ?
ADEMÁS, PODRÍAMOS CONSEGUIR MÁS VÍVERES.
NO, NUNCA.
¡ANDA, MYA! ¿DÓNDE QUEDÓ TU ESPÍRITU DE AVENTURA?
¿O TU SENTIDO DE DIVERSIÓN?
BUENO... TAL VEZ NO ESTARÍA MAL EXPLORAR UN POCO. TENEMOS QUE ENCONTRAR CÓMO SALIR DE AQUÍ.
MAPA: ¡SORPRÉNDENOS!

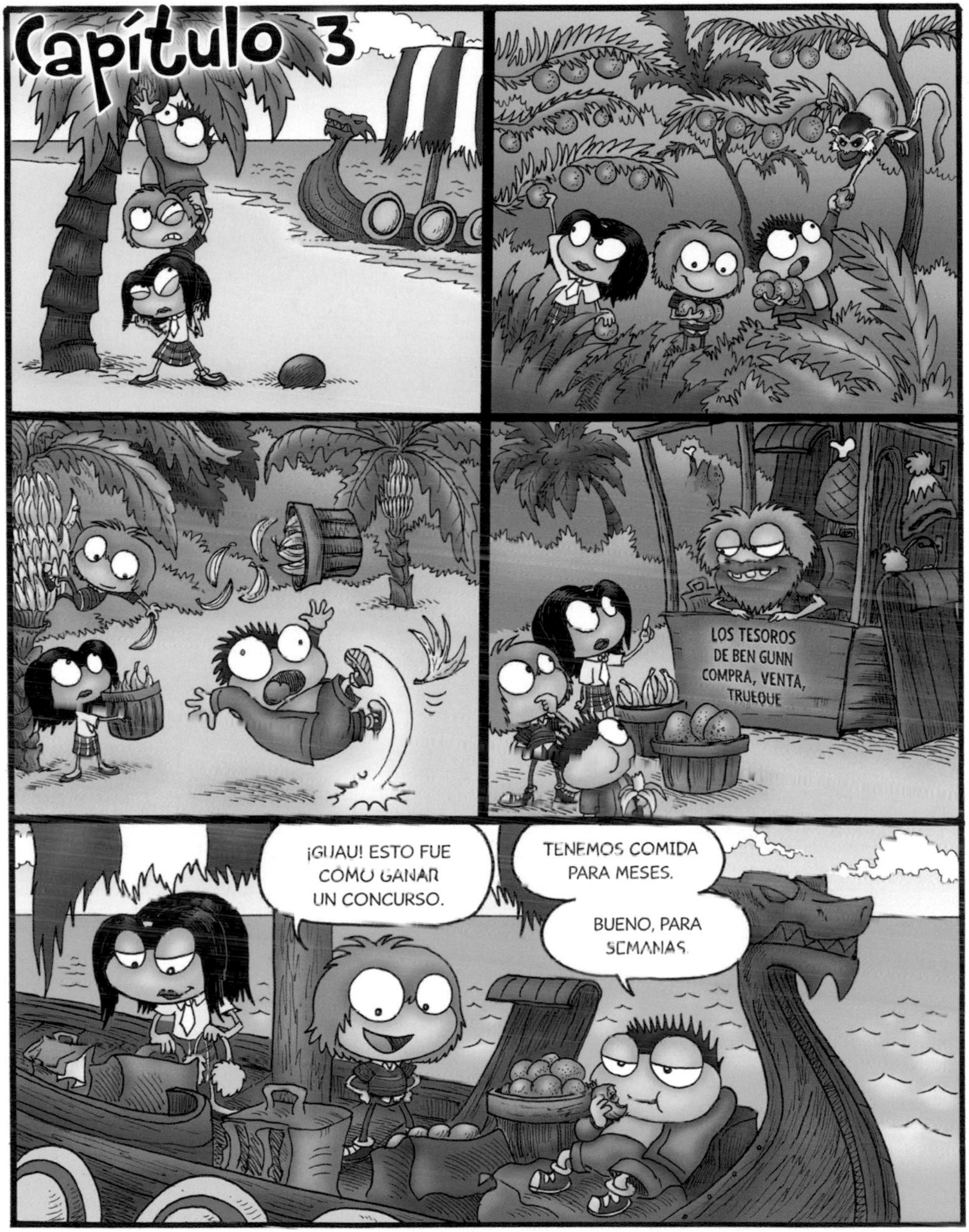
Capítulo 3
LOS TESOROS
DE BEN GUNN
COMPRA, VENTA,
TRUEQUE
¡GUAU! ESTO FUE COMO GANAR UN CONCURSO.
TENEMOS COMIDA PARA MESES.
BUENO, PARA SEMANAS.

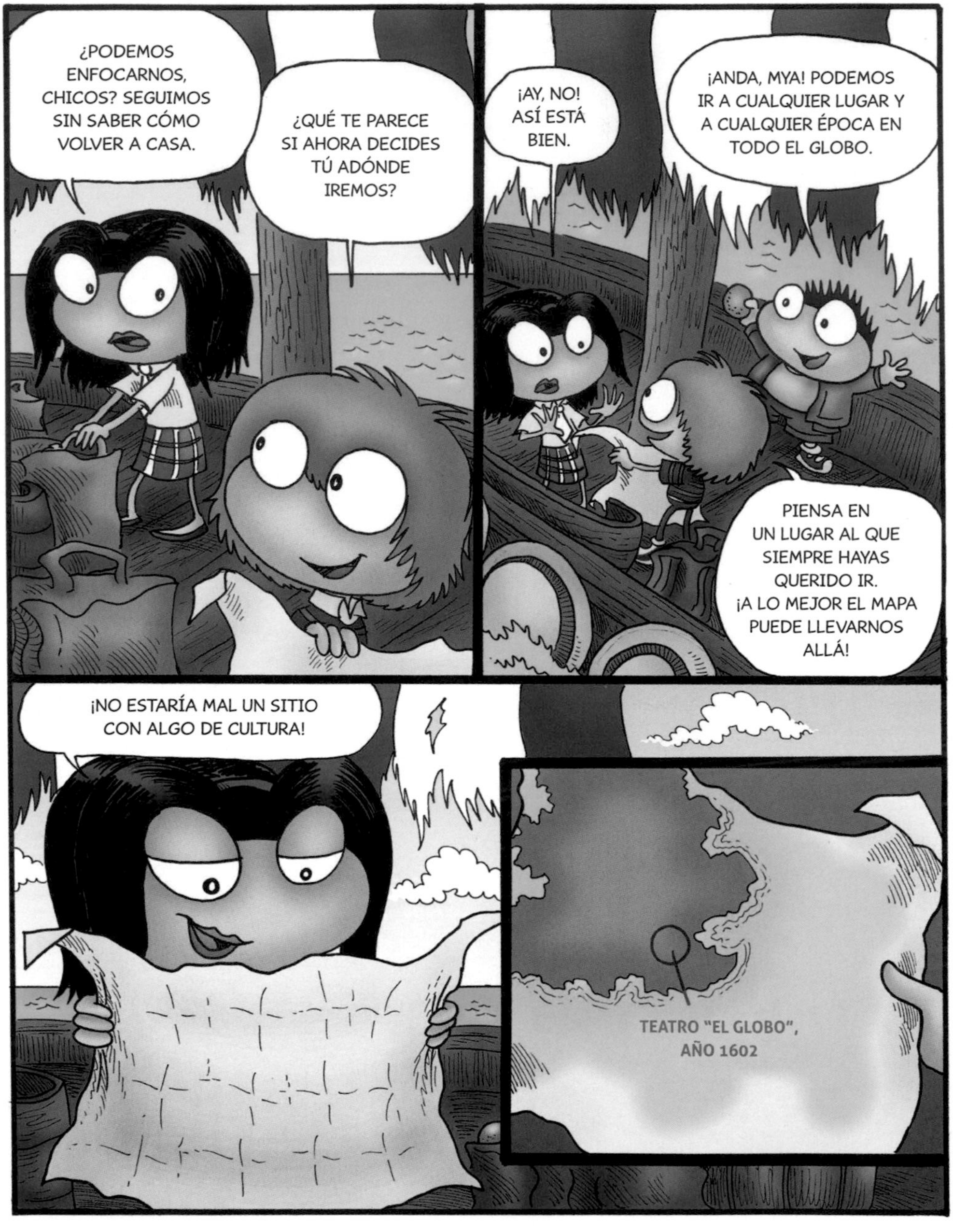

¿PODEMOS ENFOCARNOS, CHICOS? SEGUIMOS SIN SABER CÓMO VOLVER A CASA.
¿QUÉ TE PARECE SI AHORA DECIDES TÚ ADÓNDE IREMOS?
¡AY, NO! ASÍ ESTÁ BIEN.
¡ANDA, MYA! PODEMOS IR A CUALQUIER LUGAR Y A CUALQUIER ÉPOCA EN TODO EL GLOBO.
PIENSA EN UN LUGAR AL QUE SIEMPRE HAYAS QUERIDO IR. ¡A LO MEJOR EL MAPA PUEDE LLEVARNOS ALLÁ!
¡NO ESTARÍA MAL UN SITIO CON ALGO DE CULTURA!
TEATRO "EL GLOBO", AÑO 1602

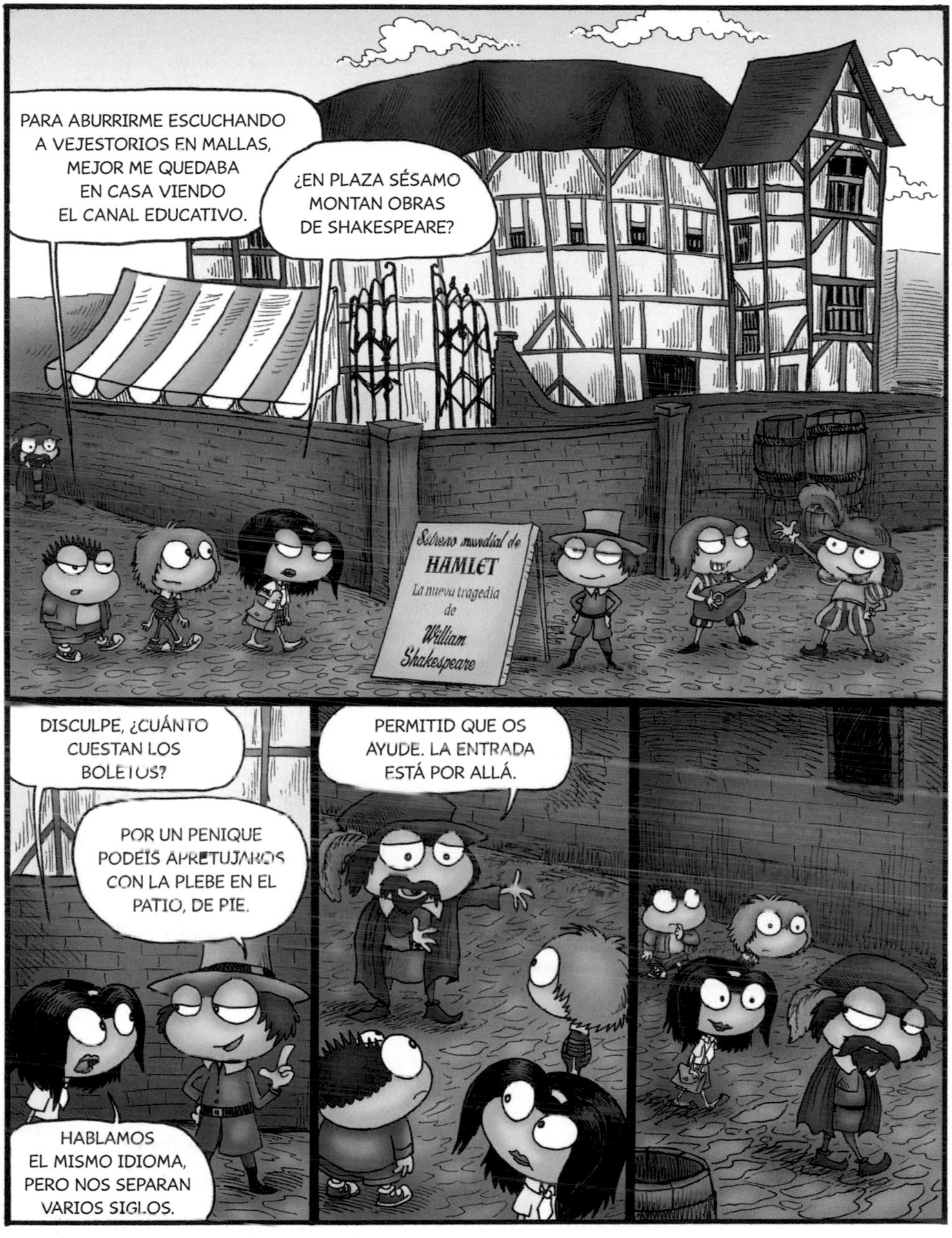
PARA ABURRIRME ESCUCHANDO A VEJESTORIOS EN MALLAS, MEJOR ME QUEDABA EN CASA VIENDO EL CANAL EDUCATIVO.
¿EN PLAZA SÉSAMO MONTAN OBRAS DE SHAKESPEARE?
Estreno mundial de HAMLET La nueva tragedia de William Shakespeare
DISCULPE, ¿CUÁNTO CUESTAN LOS BOLETOS?
POR UN PENIQUE PODÉIS APRETUJAROS CON LA PLEBE EN EL PATIO, DE PIE.
HABLAMOS EL MISMO IDIOMA, PERO NOS SEPARAN VARIOS SIGLOS.
PERMITID QUE OS AYUDE. LA ENTRADA ESTÁ POR ALLÁ.

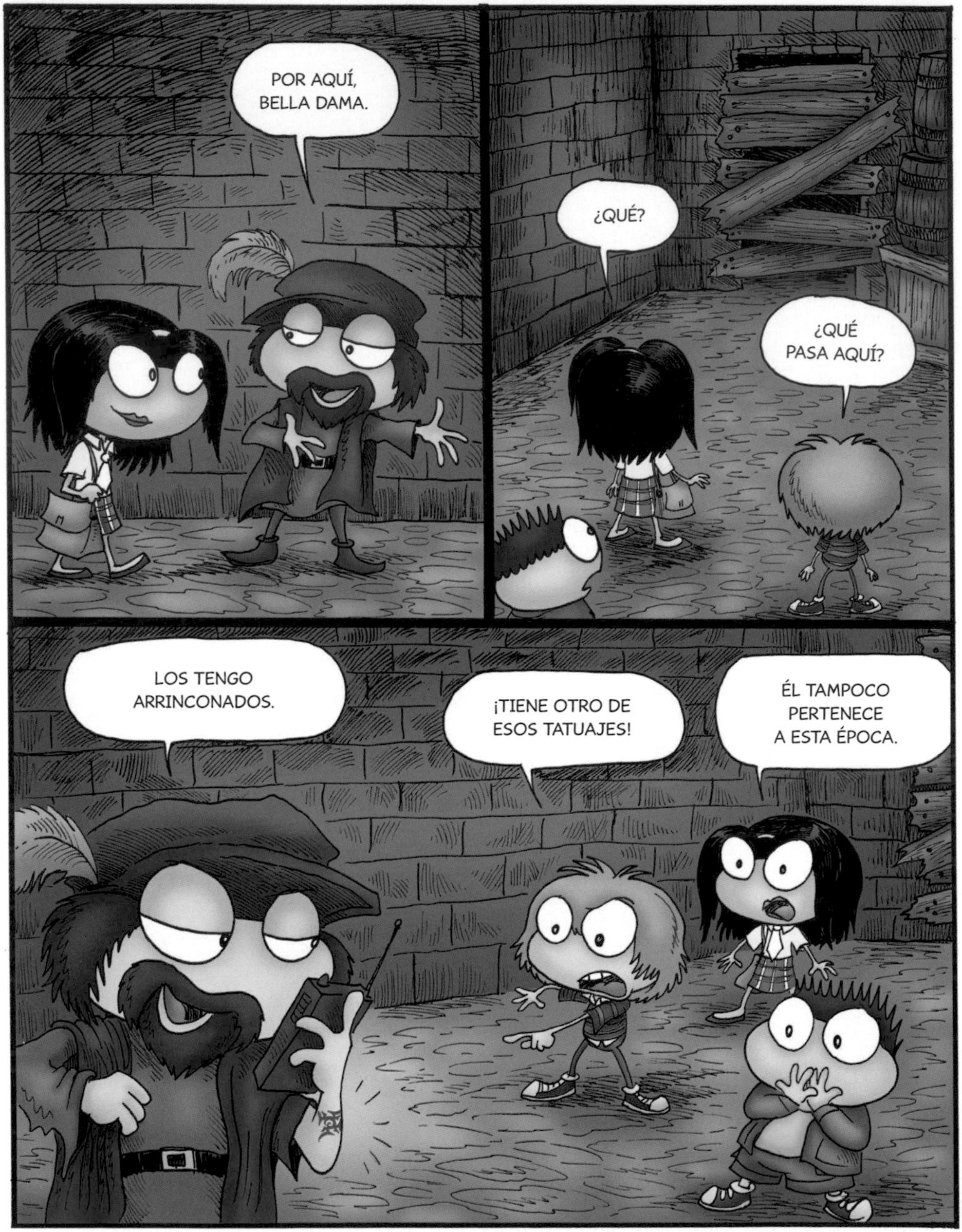

POR AQUÍ, BELLA DAMA.
¿QUÉ?
¿QUÉ PASA AQUÍ?
LOS TENGO ARRINCONADOS.
¡TIENE OTRO DE ESOS TATUAJES!
ÉL TAMPOCO PERTENECE A ESTA ÉPOCA.

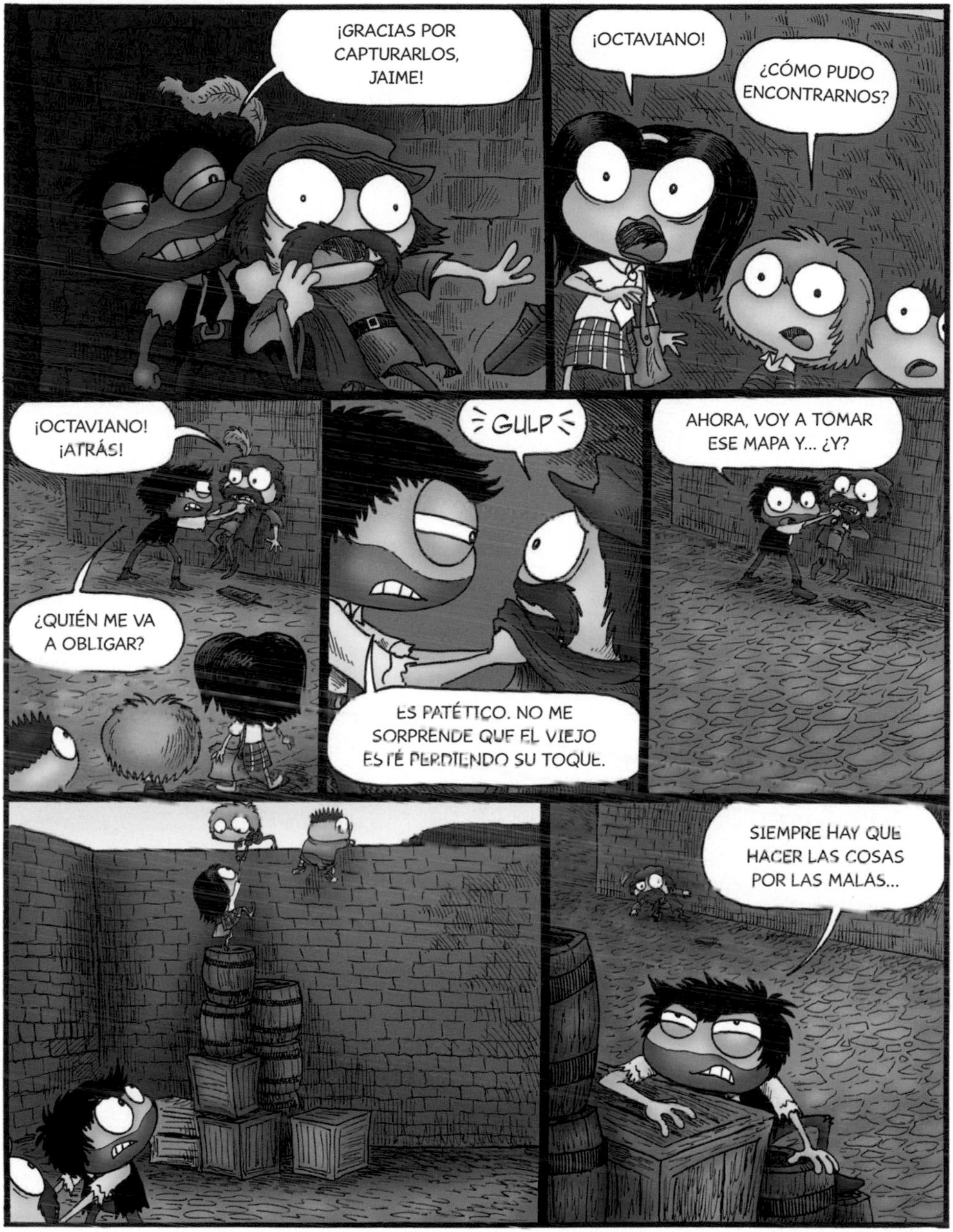

¡GRACIAS POR CAPTURARLOS, JAIME!
¡OCTAVIANO!
¿CÓMO PUDO ENCONTRARNOS?
¡OCTAVIANO! ¡ATRÁS!
¿QUIÉN ME VA A OBLIGAR?
GULP
ES PATÉTICO. NO ME SORPRENDE QUE EL VIEJO ESTÉ PERDIENDO SU TOQUE.
AHORA, VOY A TOMAR ESE MAPA Y... ¿Y?
SIEMPRE HAY QUE HACER LAS COSAS POR LAS MALAS...

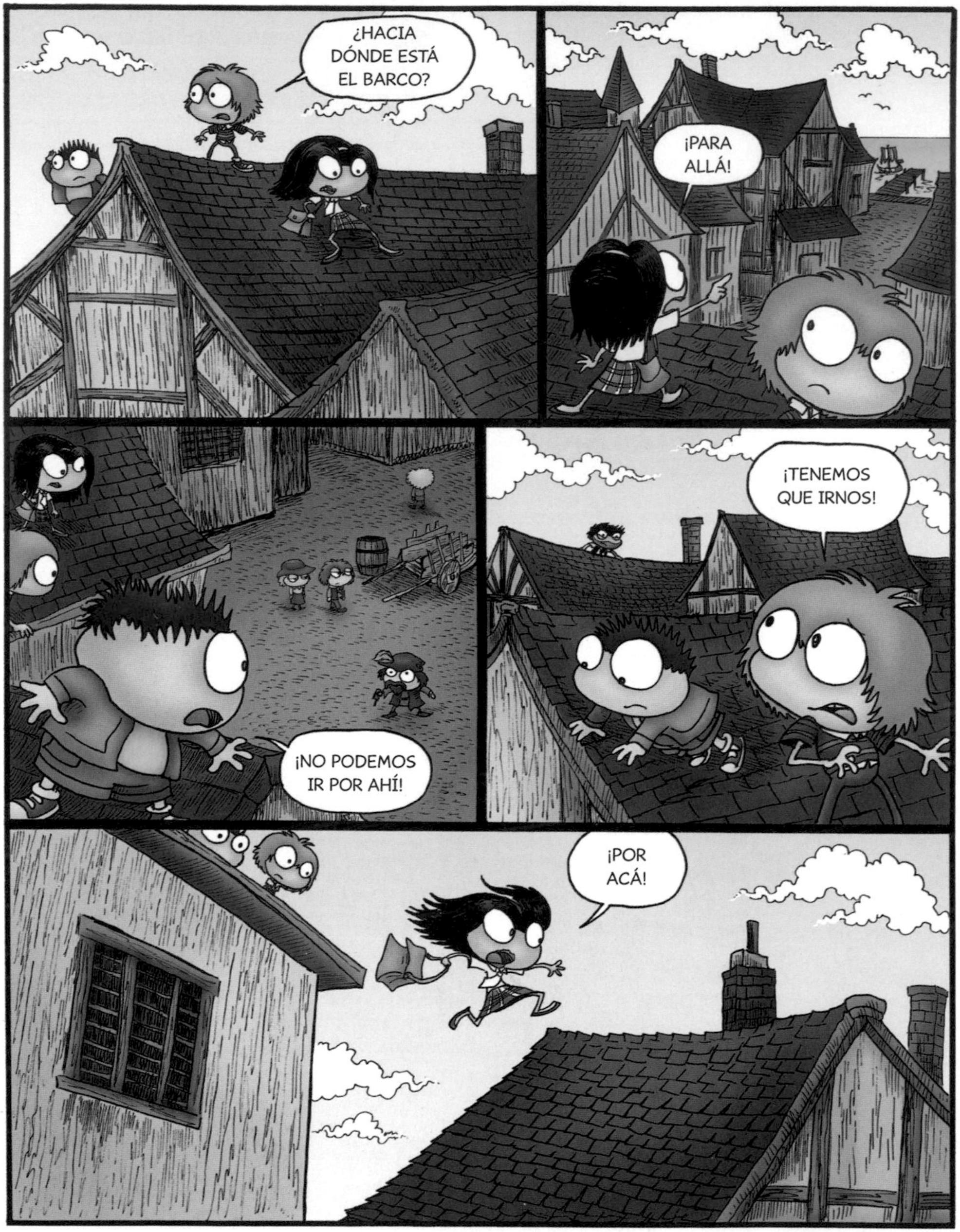
¿HACIA DÓNDE ESTÁ EL BARCO?
¡PARA ALLÁ!
¡NO PODEMOS IR POR AHÍ!
¡TENEMOS QUE IRNOS!
¡POR ACÁ!

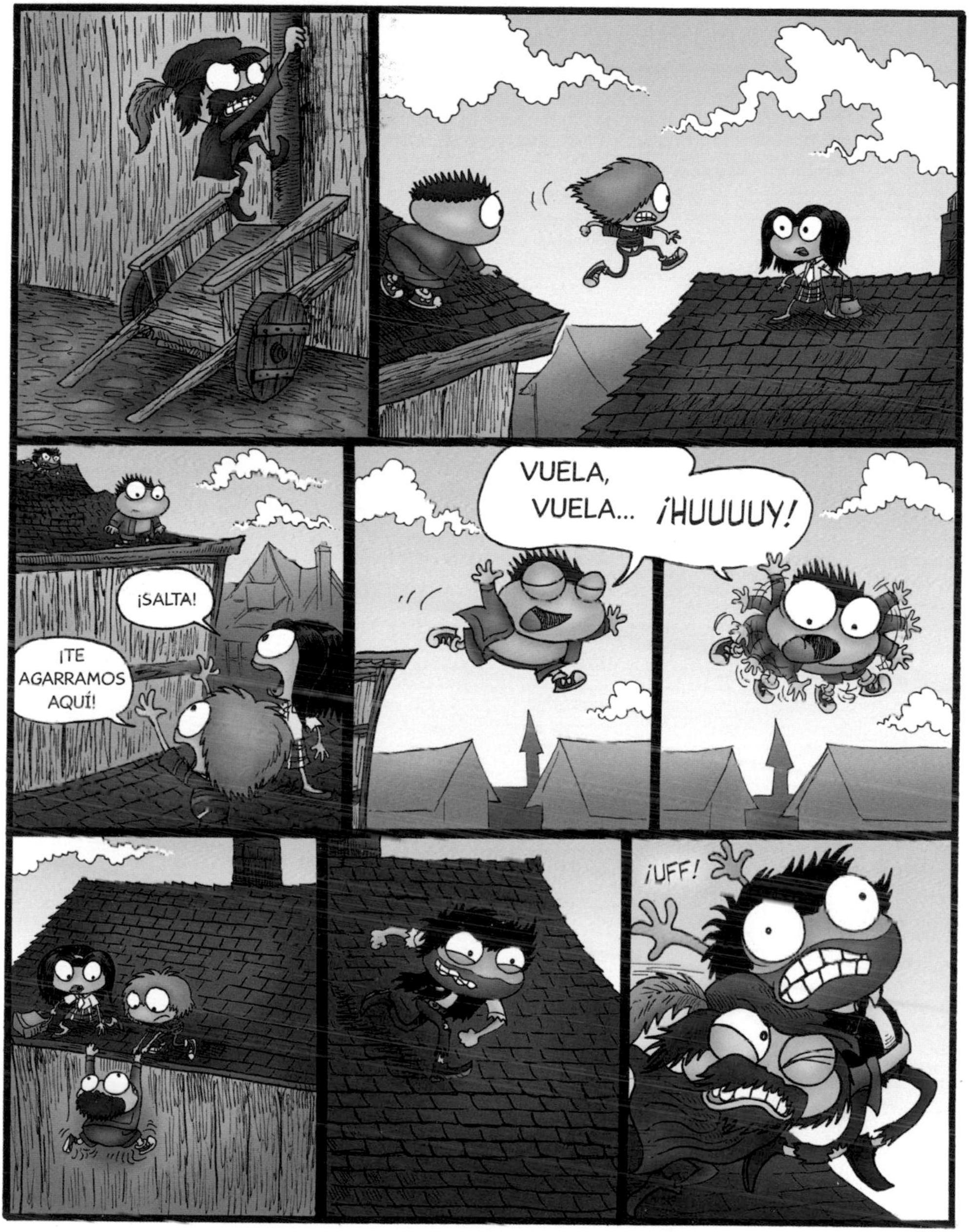
¡SALTA!
¡TE AGARRAMOS AQUÍ!
VUELA, VUELA...
¡HUUUUY!
¡UFF!

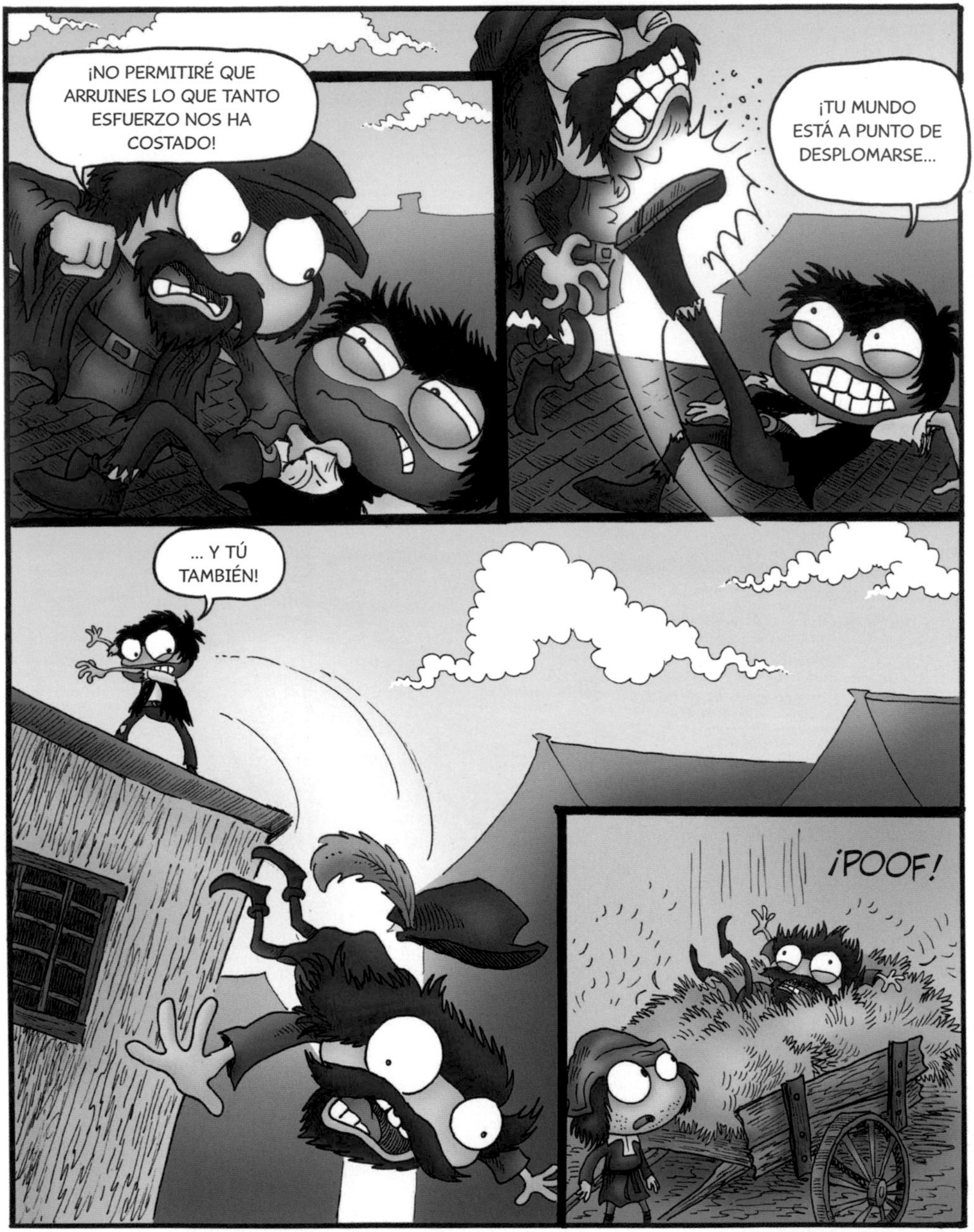
¡NO PERMITIRÉ QUE ARRUINES LO QUE TANTO ESFUERZO NOS HA COSTADO!
¡TU MUNDO ESTÁ A PUNTO DE DESPLOMARSE...
... Y TÚ TAMBIÉN!
¡POOF!

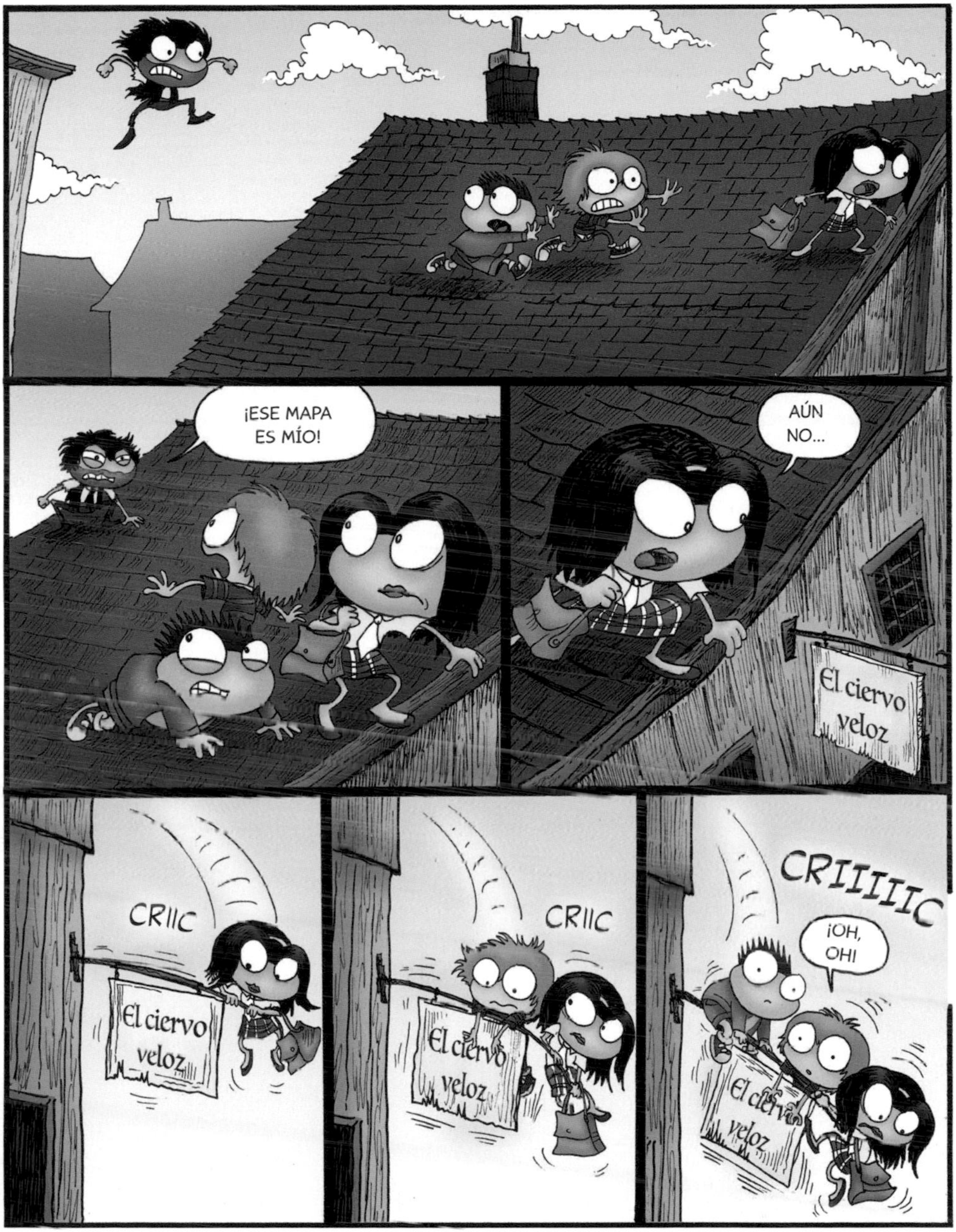
¡ESE MAPA ES MÍO!
AÚN NO...
El ciervo veloz
CRIIC
El ciervo veloz
CRIIC
El ciervo veloz
CRIIIIIC
¡OH, OH!
El ciervo veloz

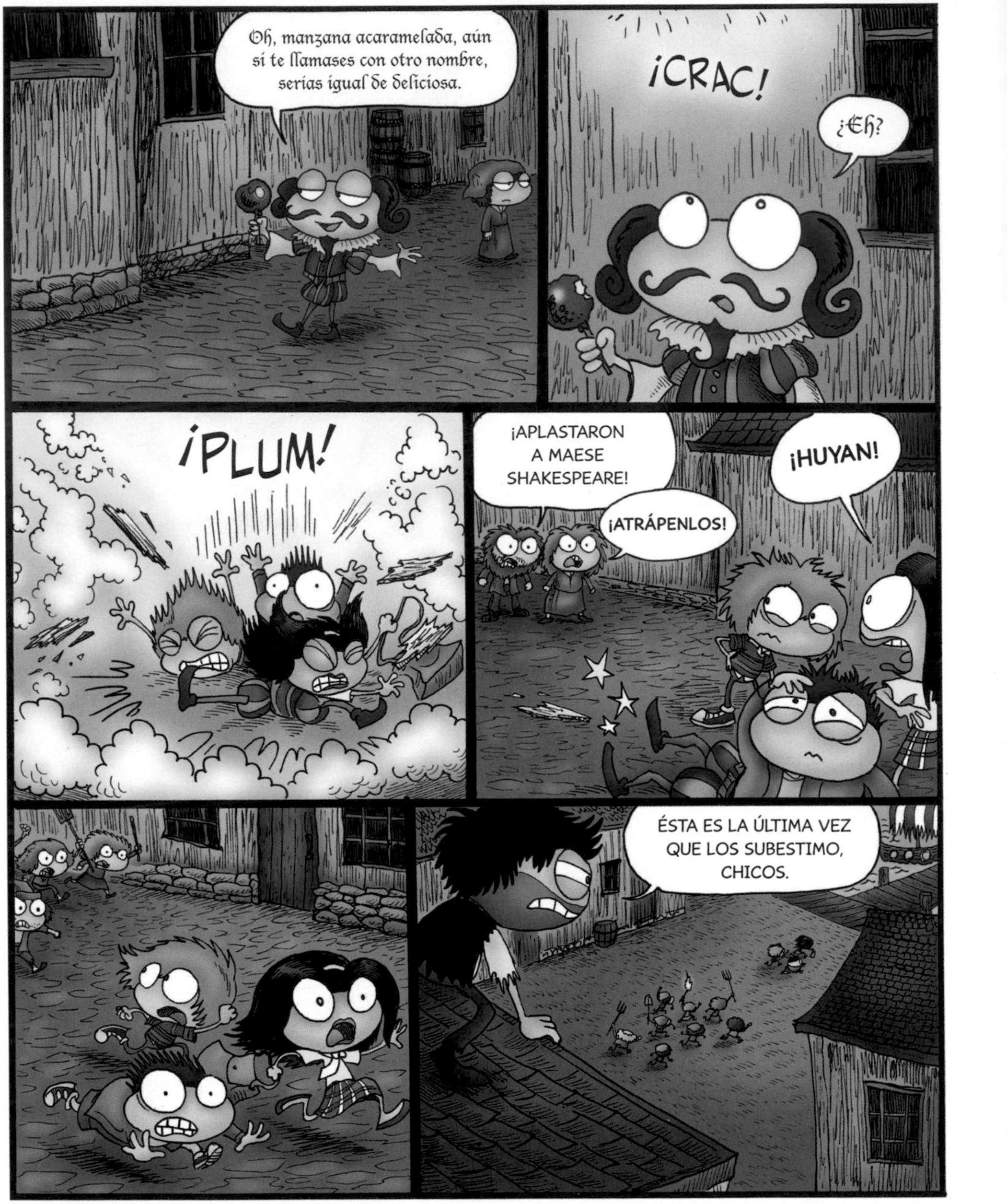
Oh, manzana acaramelada, aún si te llamases con otro nombre, serías igual de deliciosa.
¡CRAC!
¿Eh?
¡PLUM!
¡APLASTARON A MAESE SHAKESPEARE!
¡ATRÁPENLOS!
¡HUYAN!
ÉSTA ES LA ÚLTIMA VEZ QUE LOS SUBESTIMO, CHICOS.

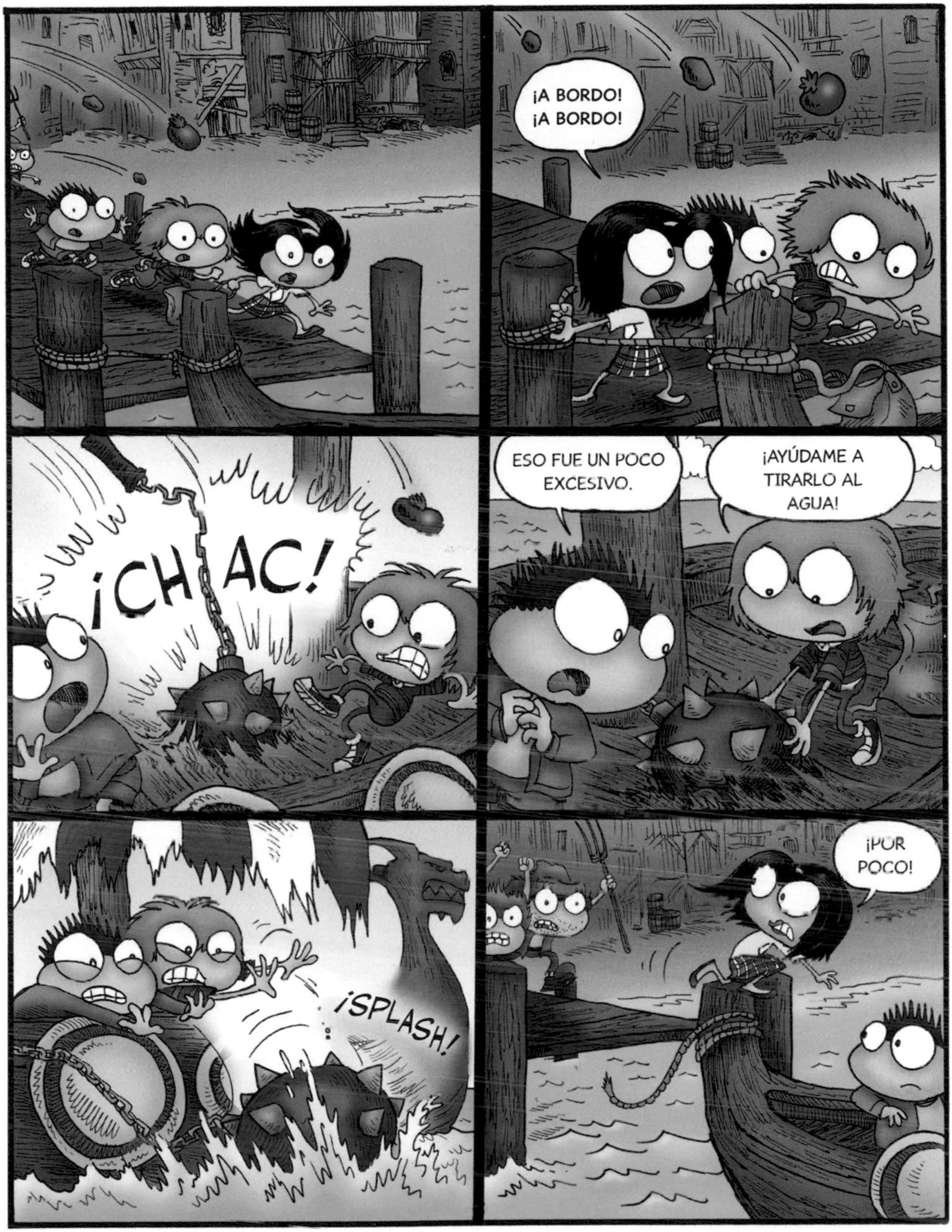
¡A BORDO!
¡A BORDO!
¡CHAC!
ESO FUE UN POCO EXCESIVO.
¡AYÚDAME A TIRARLO AL AGUA!
¡SPLASH!
¡POR POCO!

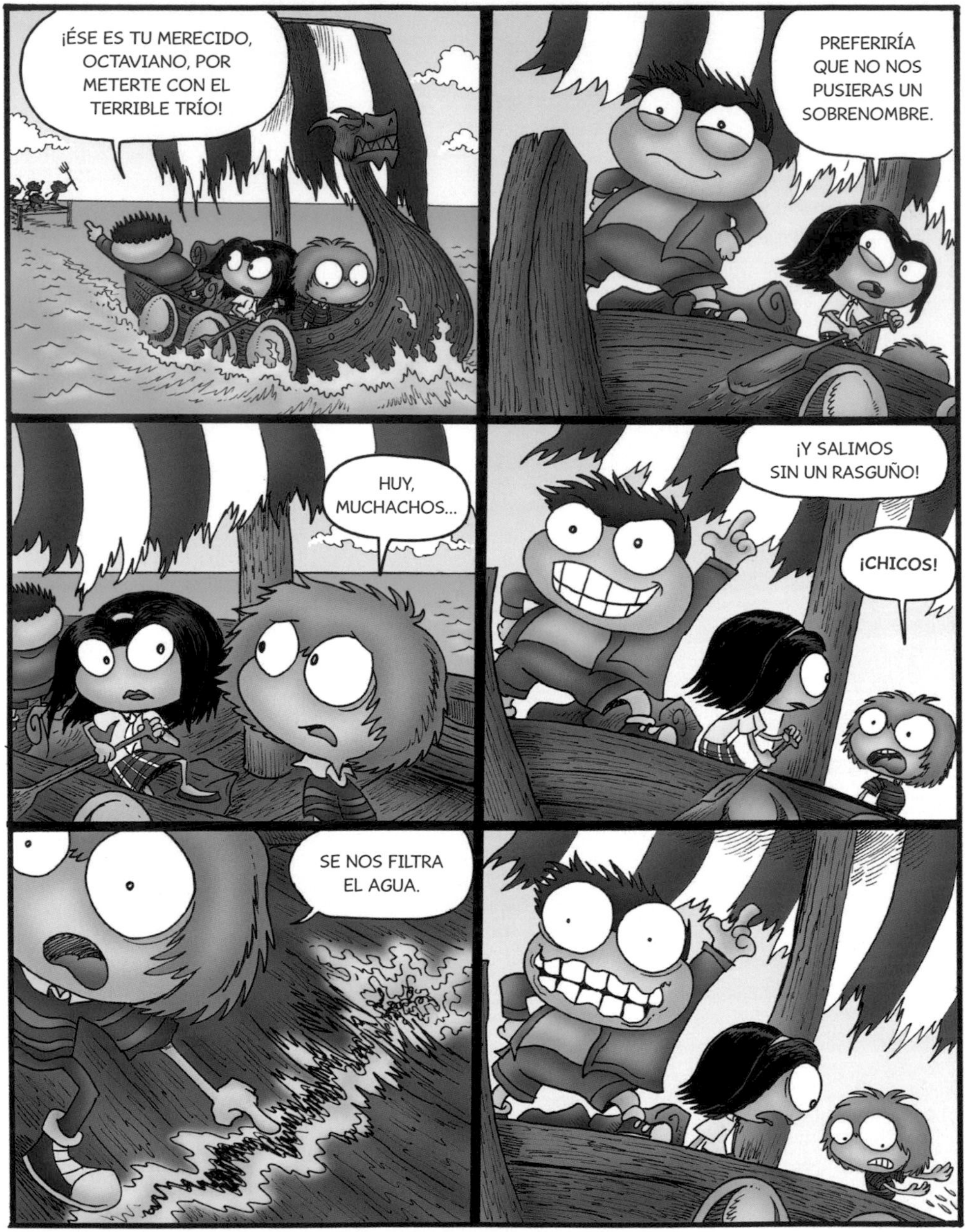
¡ÉSE ES TU MERECIDO, OCTAVIANO, POR METERTE CON EL TERRIBLE TRÍO!
PREFERIRÍA QUE NO NOS PUSIERAS UN SOBRENOMBRE.
HUY, MUCHACHOS...
¡Y SALIMOS SIN UN RASGUÑO!
¡CHICOS!
SE NOS FILTRA EL AGUA.

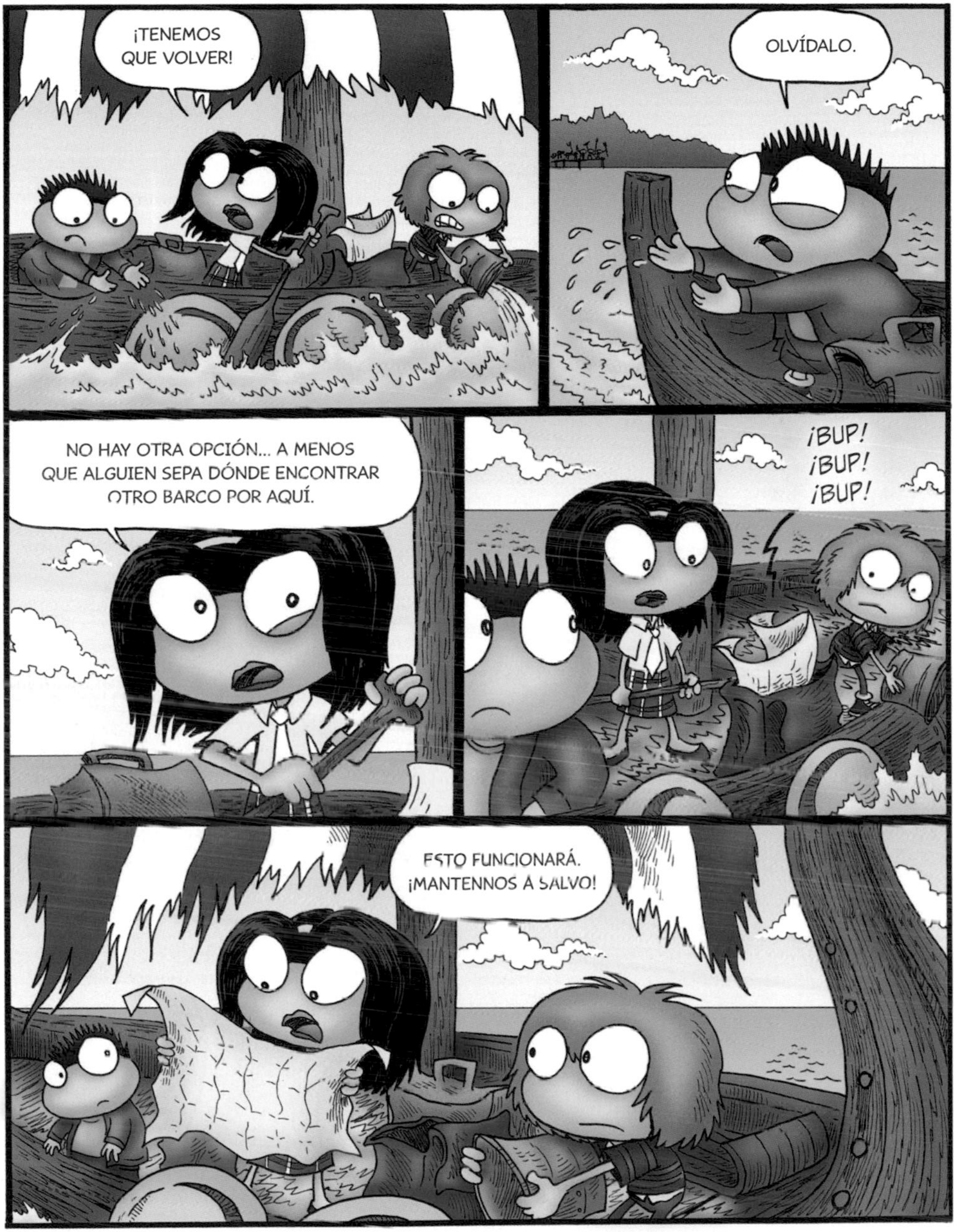
¡TENEMOS QUE VOLVER!
OLVÍDALO.
NO HAY OTRA OPCIÓN... A MENOS QUE ALGUIEN SEPA DÓNDE ENCONTRAR OTRO BARCO POR AQUÍ.
¡BUP! ¡BUP! ¡BUP!
ESTO FUNCIONARÁ. ¡MANTENNOS A SALVO!

Capítulo 4

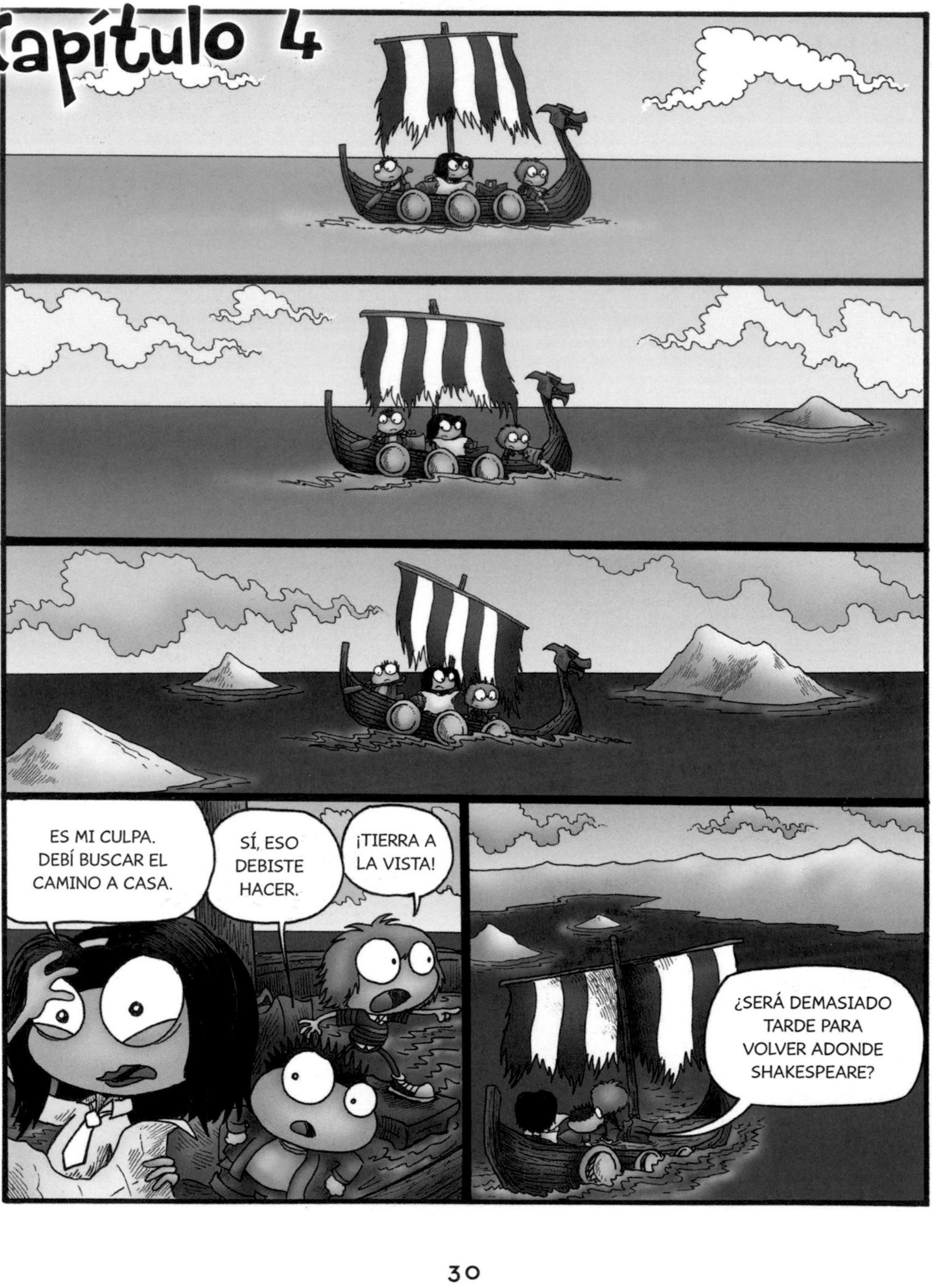

ES MI CULPA. DEBÍ BUSCAR EL CAMINO A CASA.
SÍ, ESO DEBISTE HACER.
¡TIERRA A LA VISTA!
¿SERÁ DEMASIADO TARDE PARA VOLVER ADONDE SHAKESPEARE?

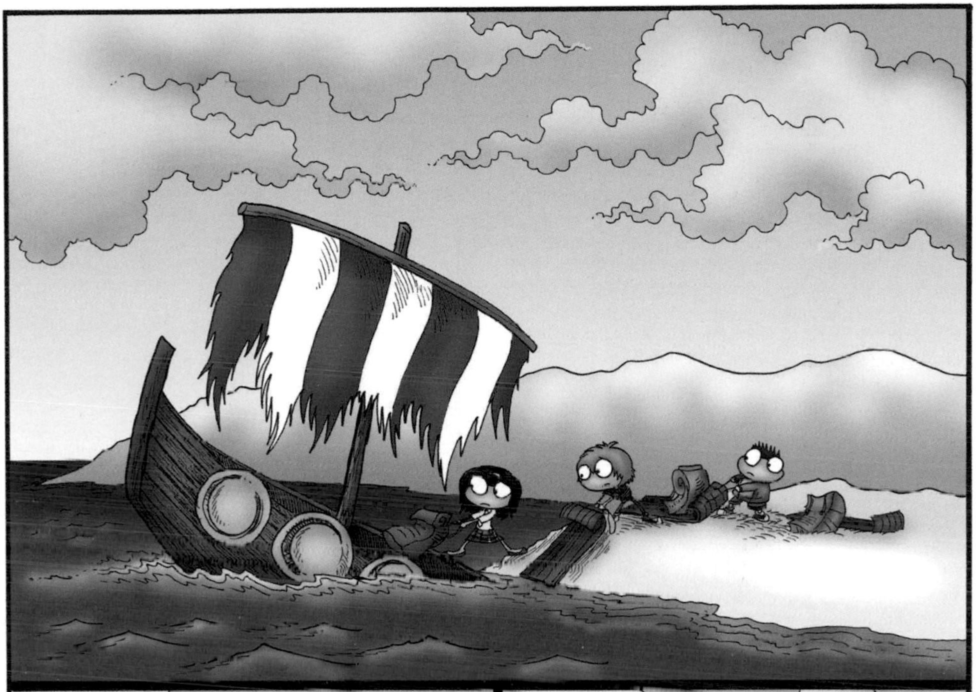

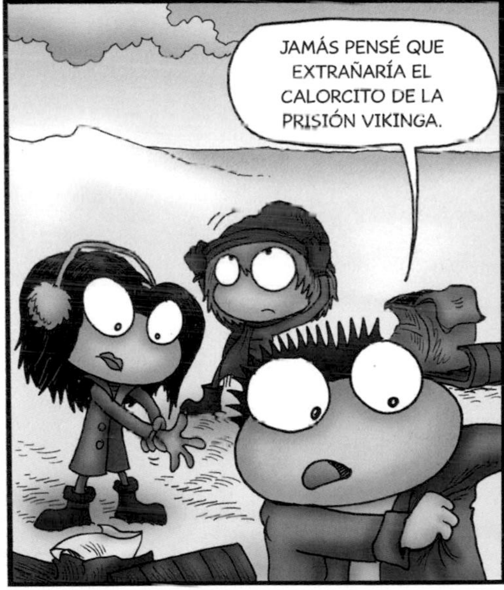
JAMÁS PENSÉ QUE EXTRAÑARÍA EL CALORCITO DE LA PRISIÓN VIKINGA.

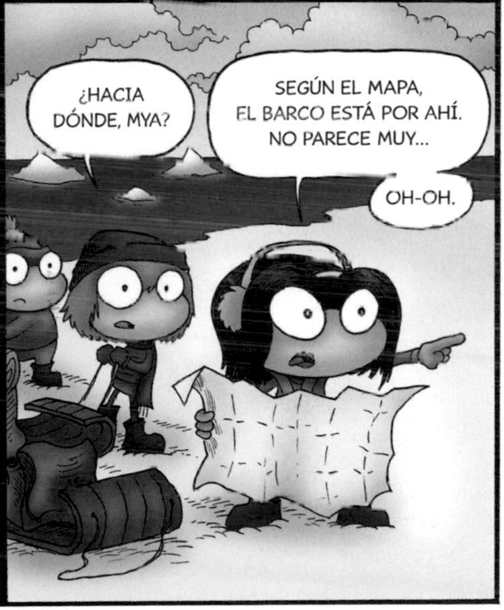
¿HACIA DÓNDE, MYA?
SEGÚN EL MAPA, EL BARCO ESTÁ POR AHÍ. NO PARECE MUY...
OH-OH.

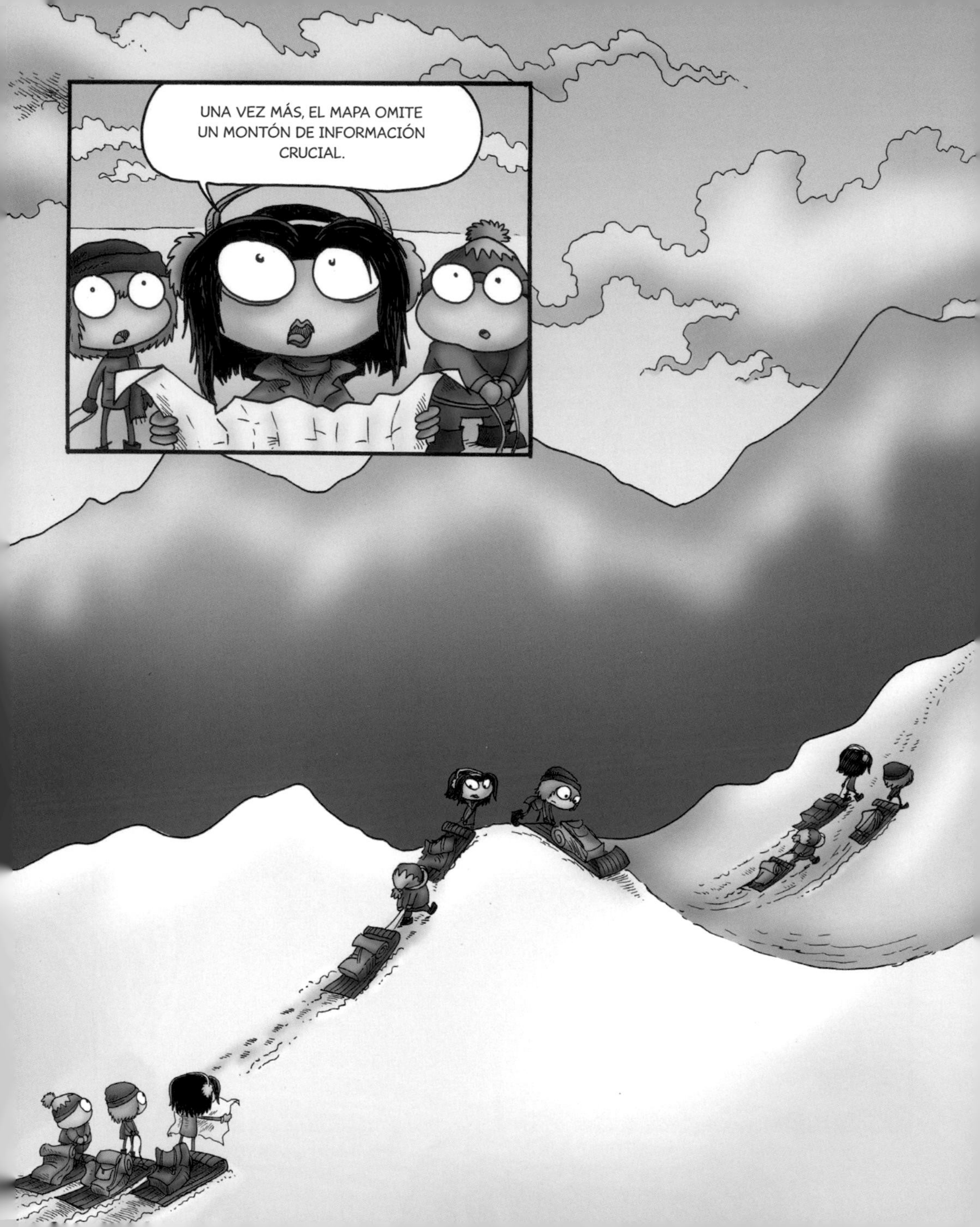
UNA VEZ MÁS, EL MAPA OMITE UN MONTÓN DE INFORMACIÓN CRUCIAL.

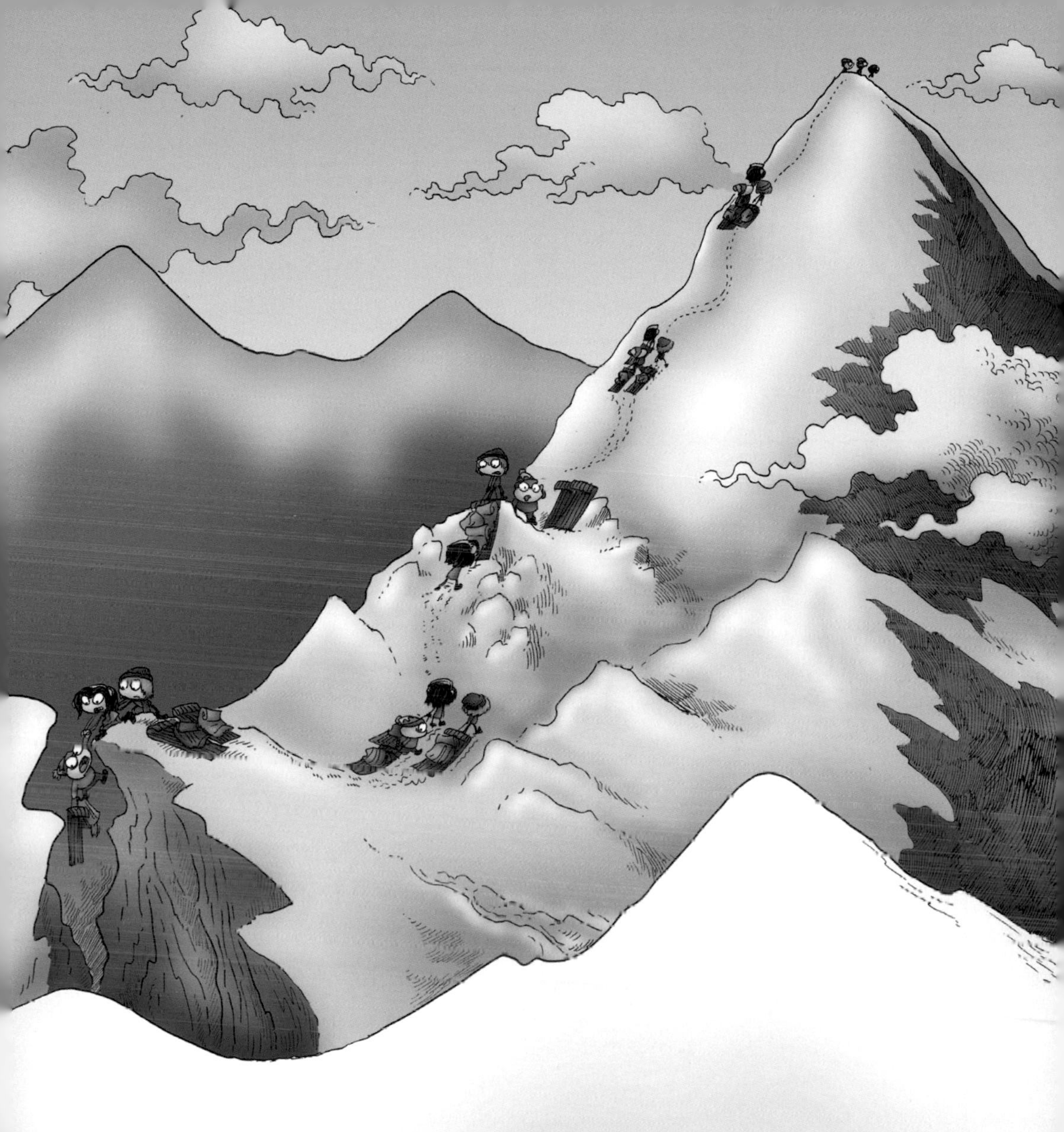

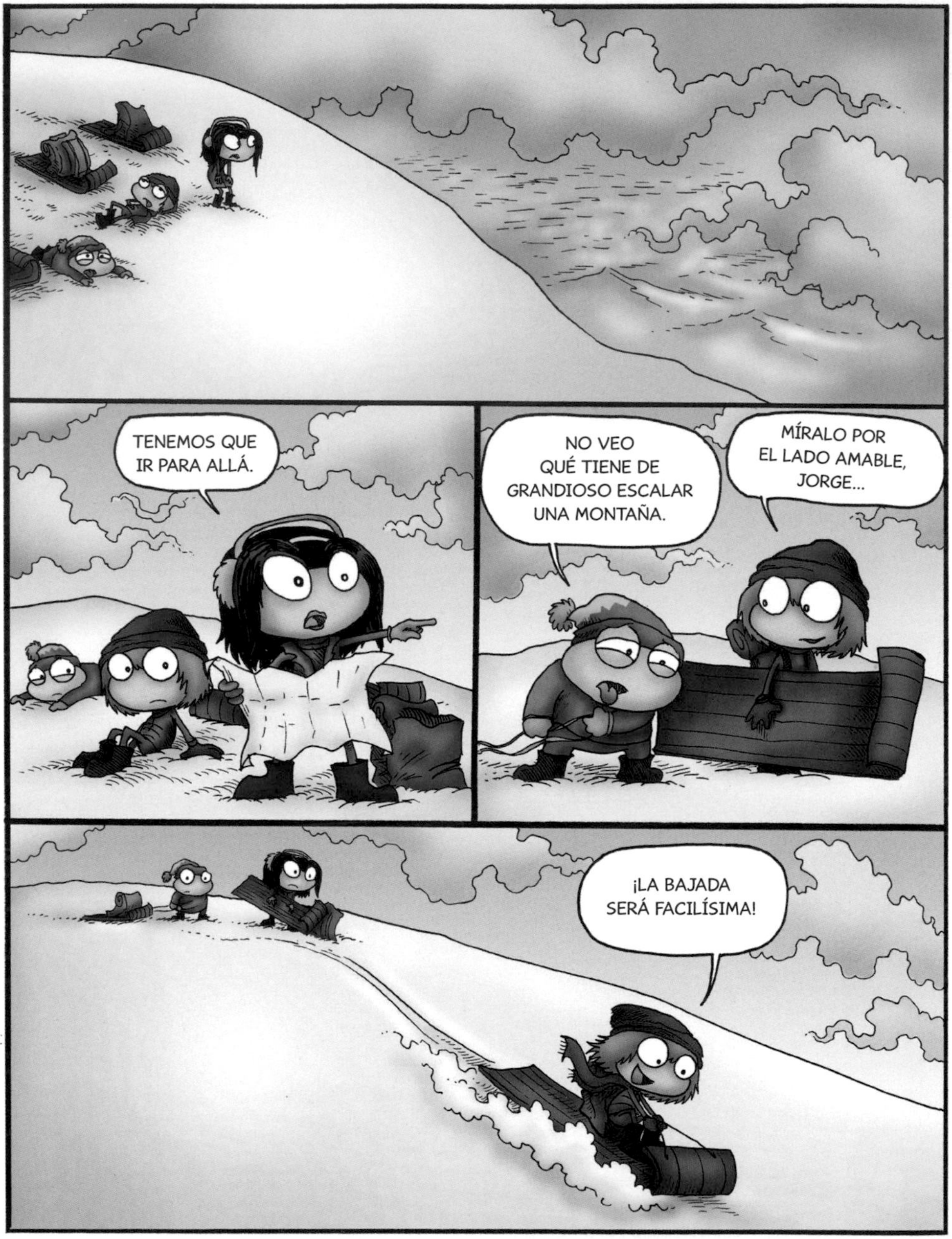
TENEMOS QUE IR PARA ALLÁ.
NO VEO QUÉ TIENE DE GRANDIOSO ESCALAR UNA MONTAÑA.
MÍRALO POR EL LADO AMABLE, JORGE...
¡LA BAJADA SERÁ FACILÍSIMA!

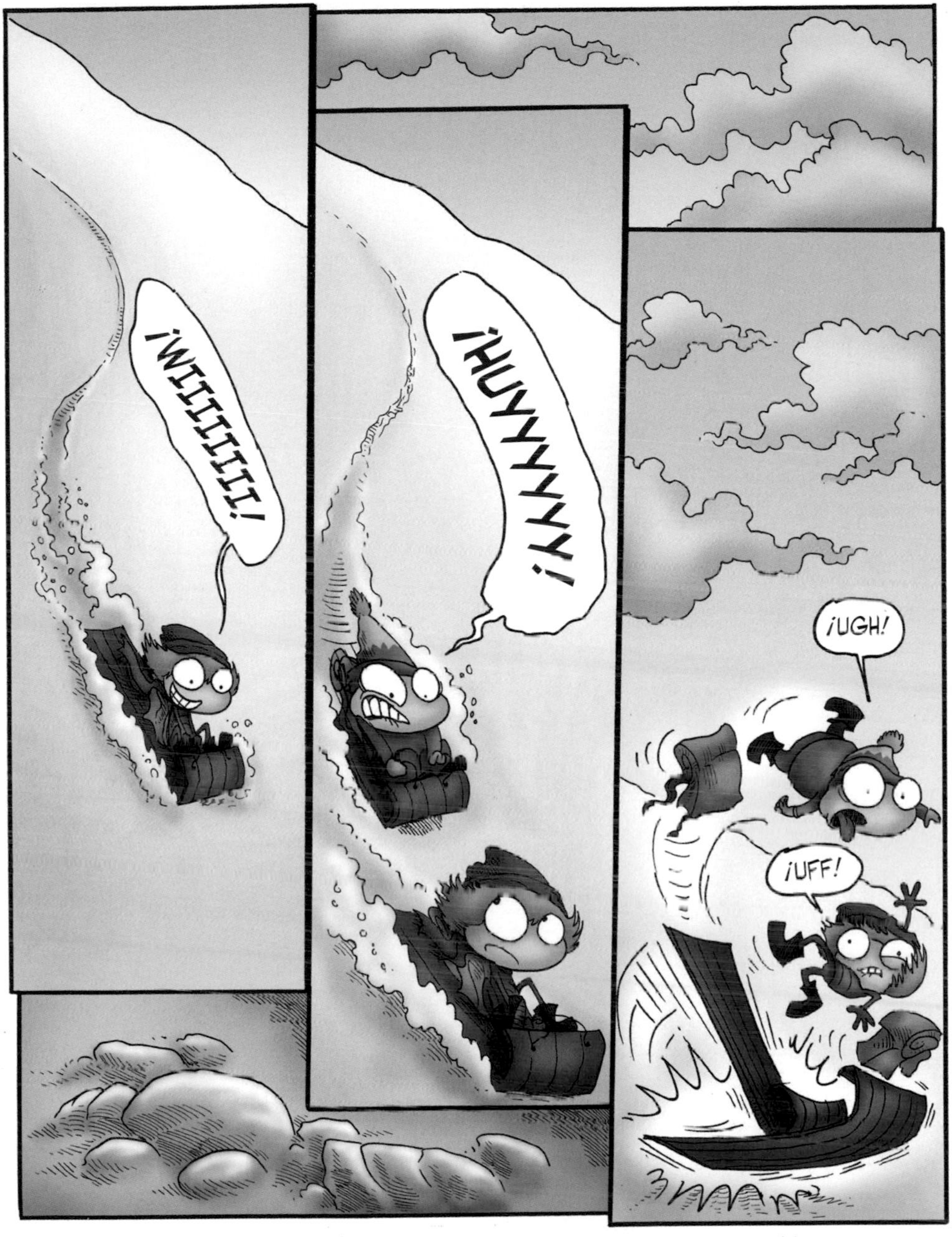
¡WIIIIIIII!
¡HUYYYYYY!
¡UGH!
¡UFF!

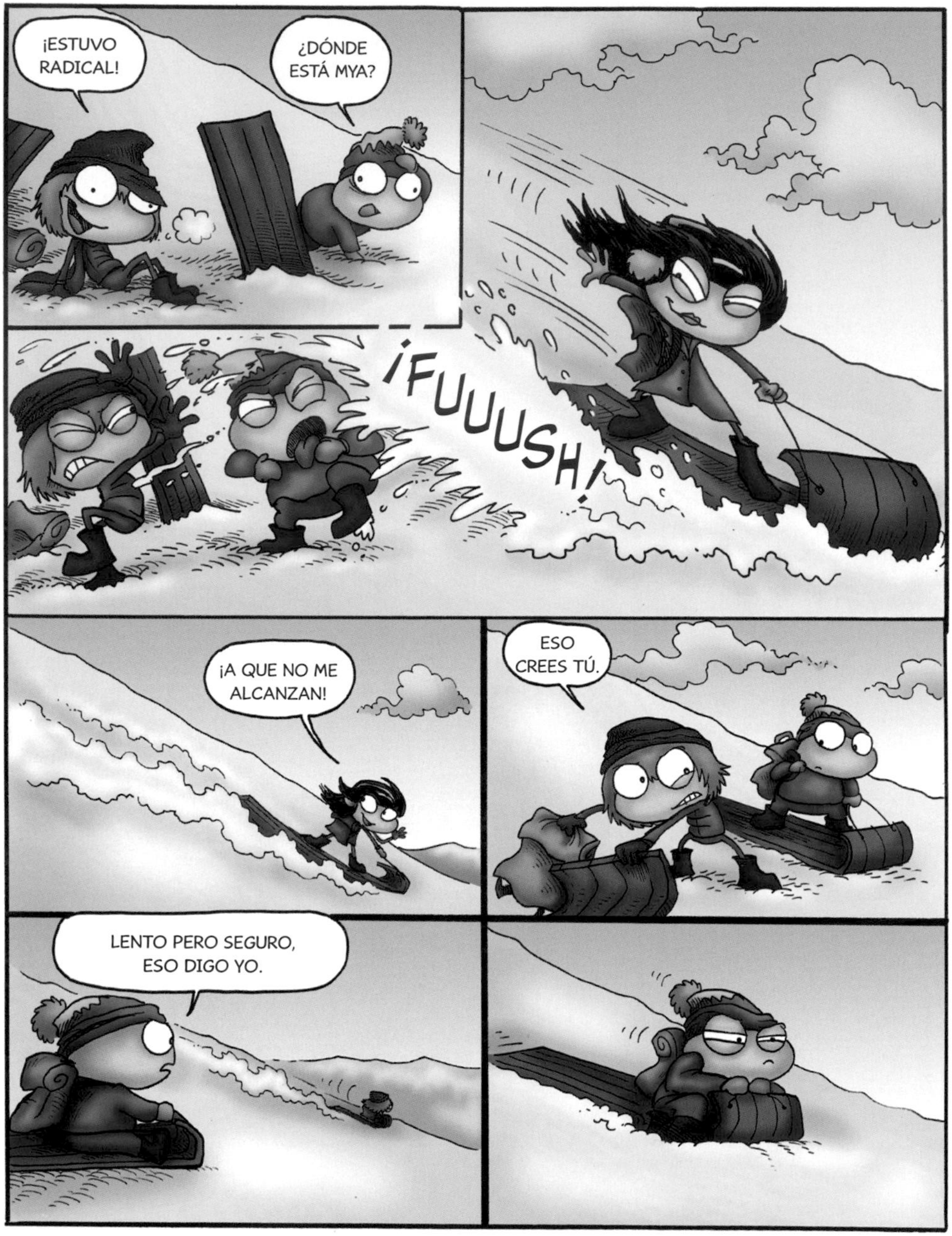
¡ESTUVO RADICAL!
¿DÓNDE ESTÁ MYA?
¡FUUUUSH!
¡A QUE NO ME ALCANZAN!
ESO CREES TÚ.
LENTO PERO SEGURO, ESO DIGO YO.

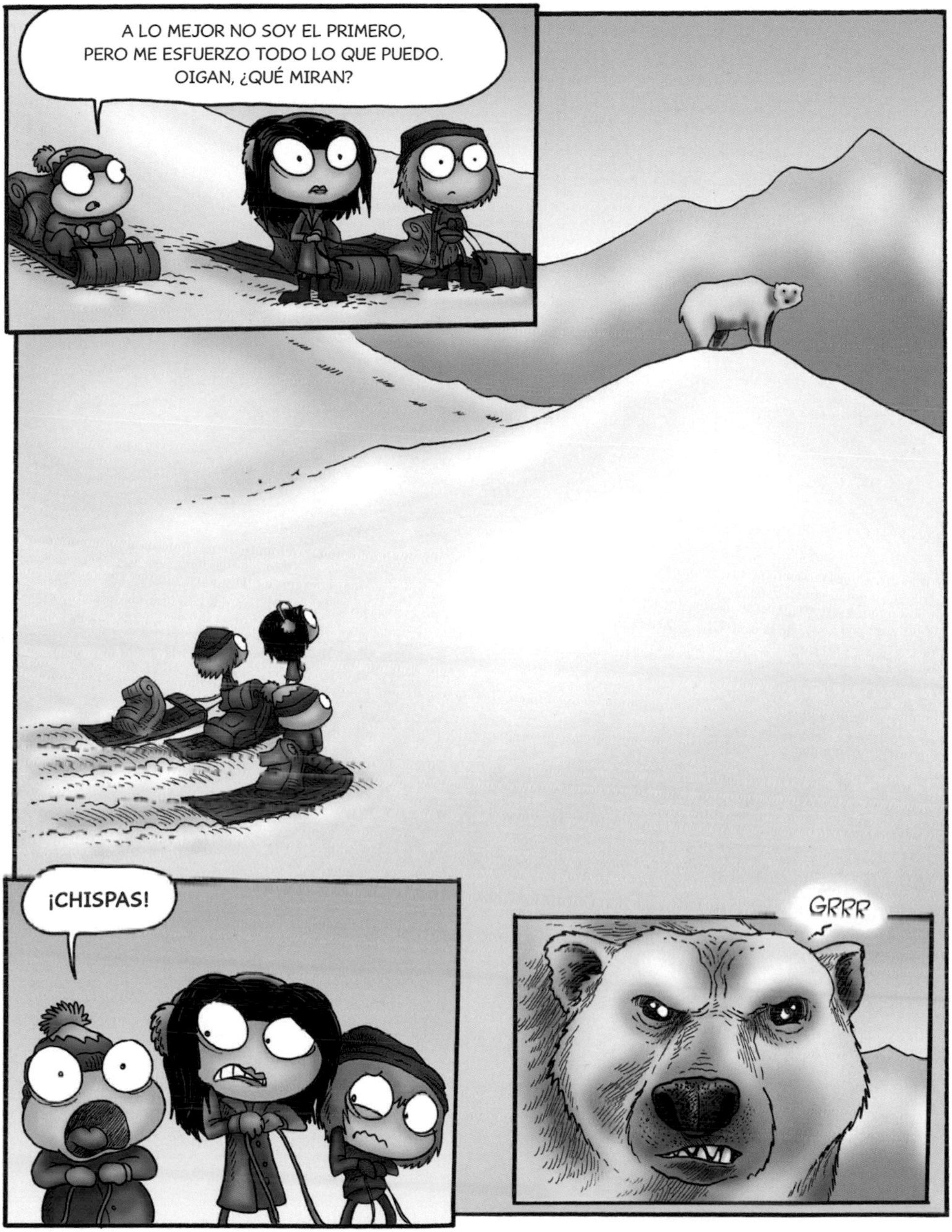
A LO MEJOR NO SOY EL PRIMERO,
PERO ME ESFUERZO TODO LO QUE PUEDO.
OIGAN, ¿QUÉ MIRAN?
¡CHISPAS!
GRRR

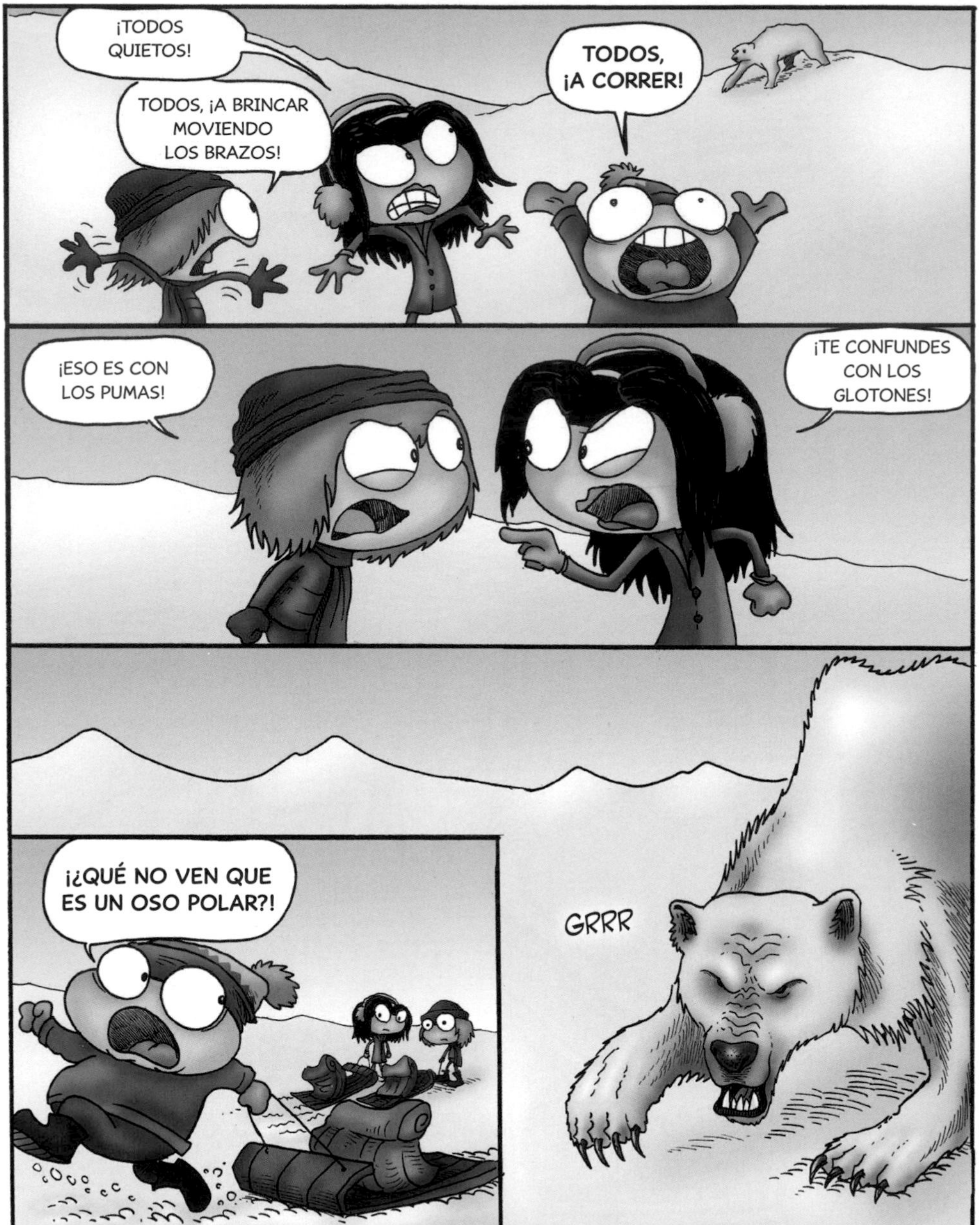
¡TODOS QUIETOS!
TODOS, ¡A BRINCAR MOVIENDO LOS BRAZOS!
TODOS, ¡A CORRER!
¡ESO ES CON LOS PUMAS!
¡TE CONFUNDES CON LOS GLOTONES!
¡¿QUÉ NO VEN QUE ES UN OSO POLAR?!
GRRR

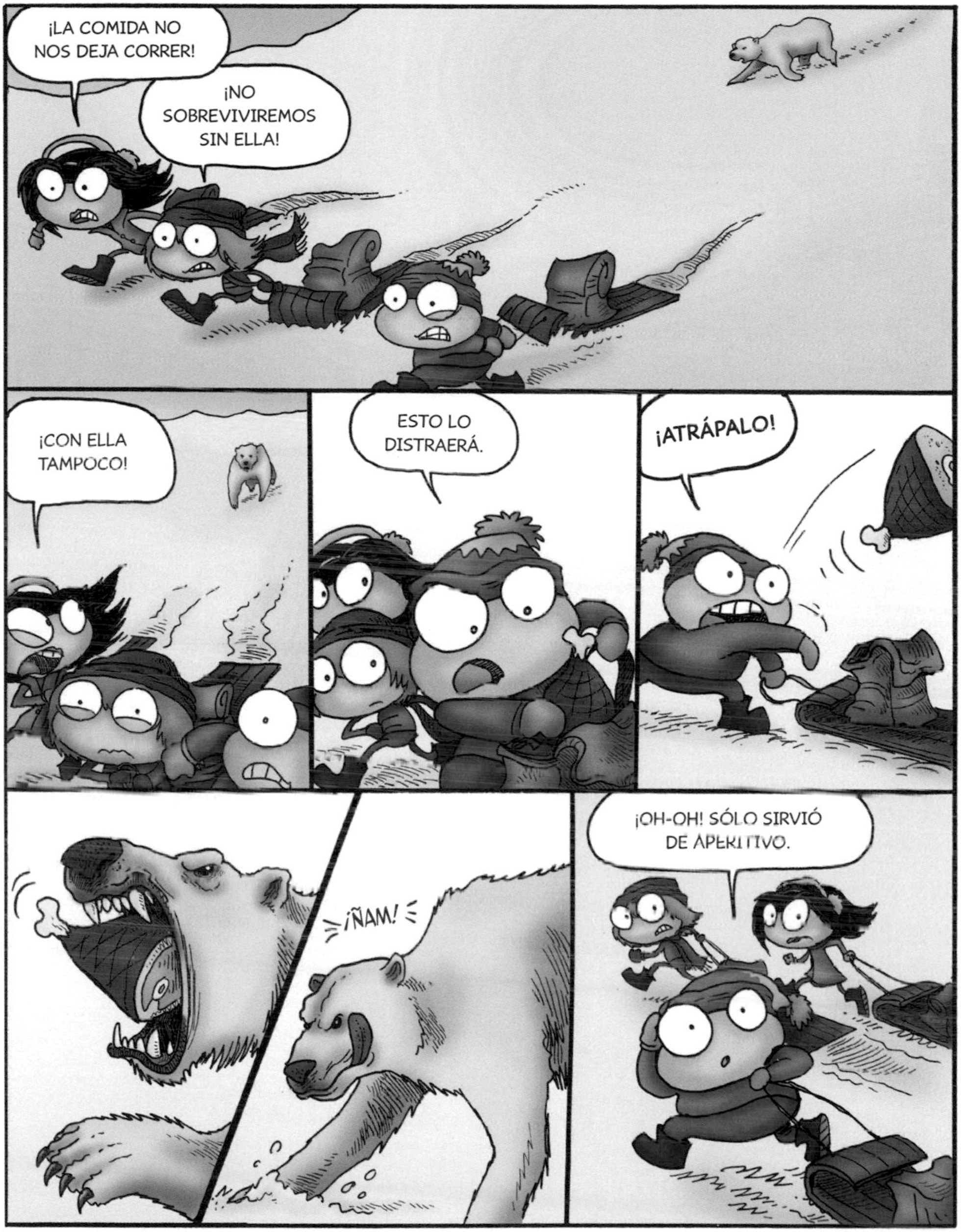
¡LA COMIDA NO NOS DEJA CORRER!
¡NO SOBREVIVIREMOS SIN ELLA!
¡CON ELLA TAMPOCO!
ESTO LO DISTRAERÁ.
¡ATRÁPALO!
¡ÑAM!
¡OH-OH! SÓLO SIRVIÓ DE APERITIVO.

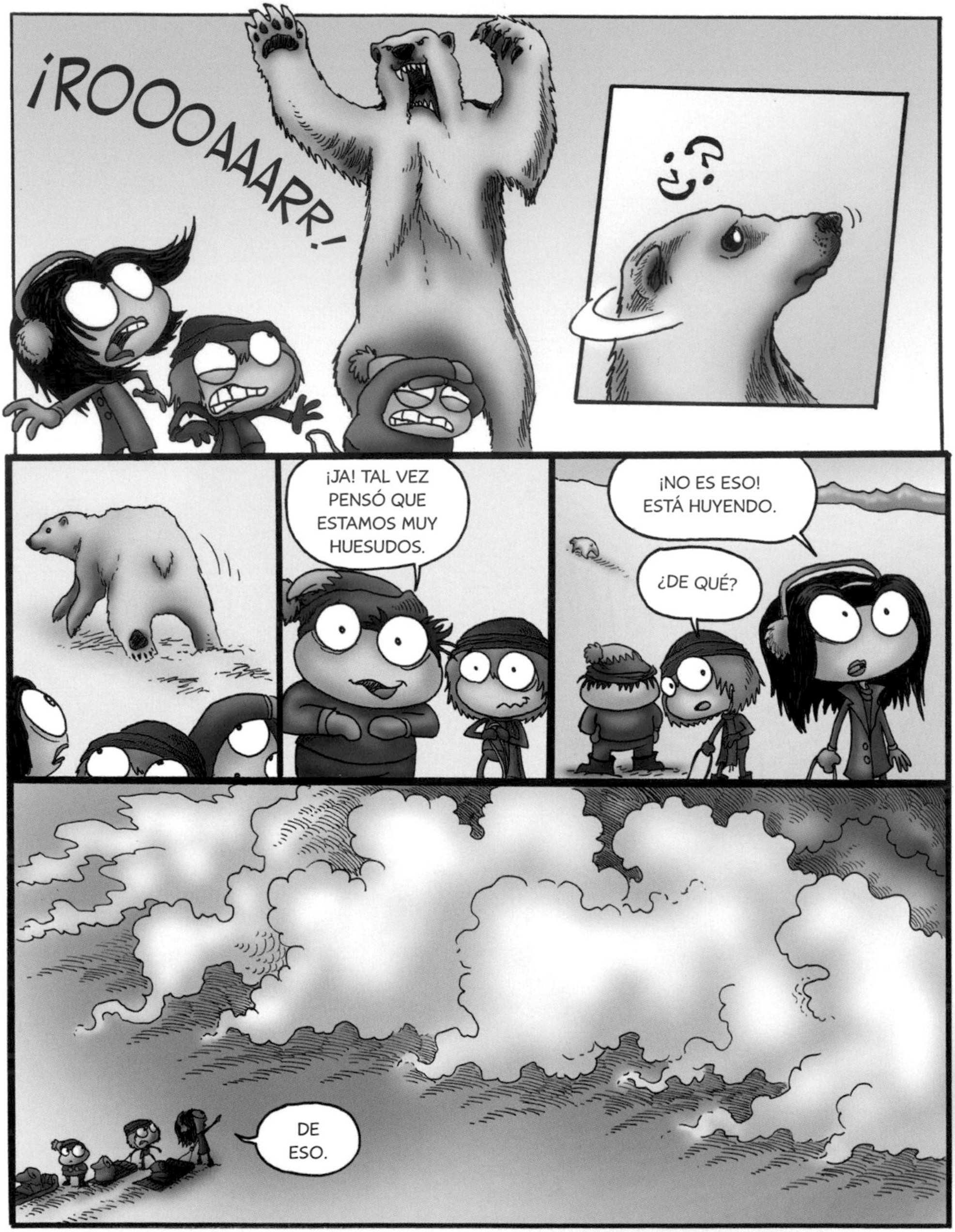
¡ROOOAAARR!
¿?
¡JA! TAL VEZ PENSÓ QUE ESTAMOS MUY HUESUDOS.
¡NO ES ESO! ESTÁ HUYENDO.
¿DE QUÉ?
DE ESO.

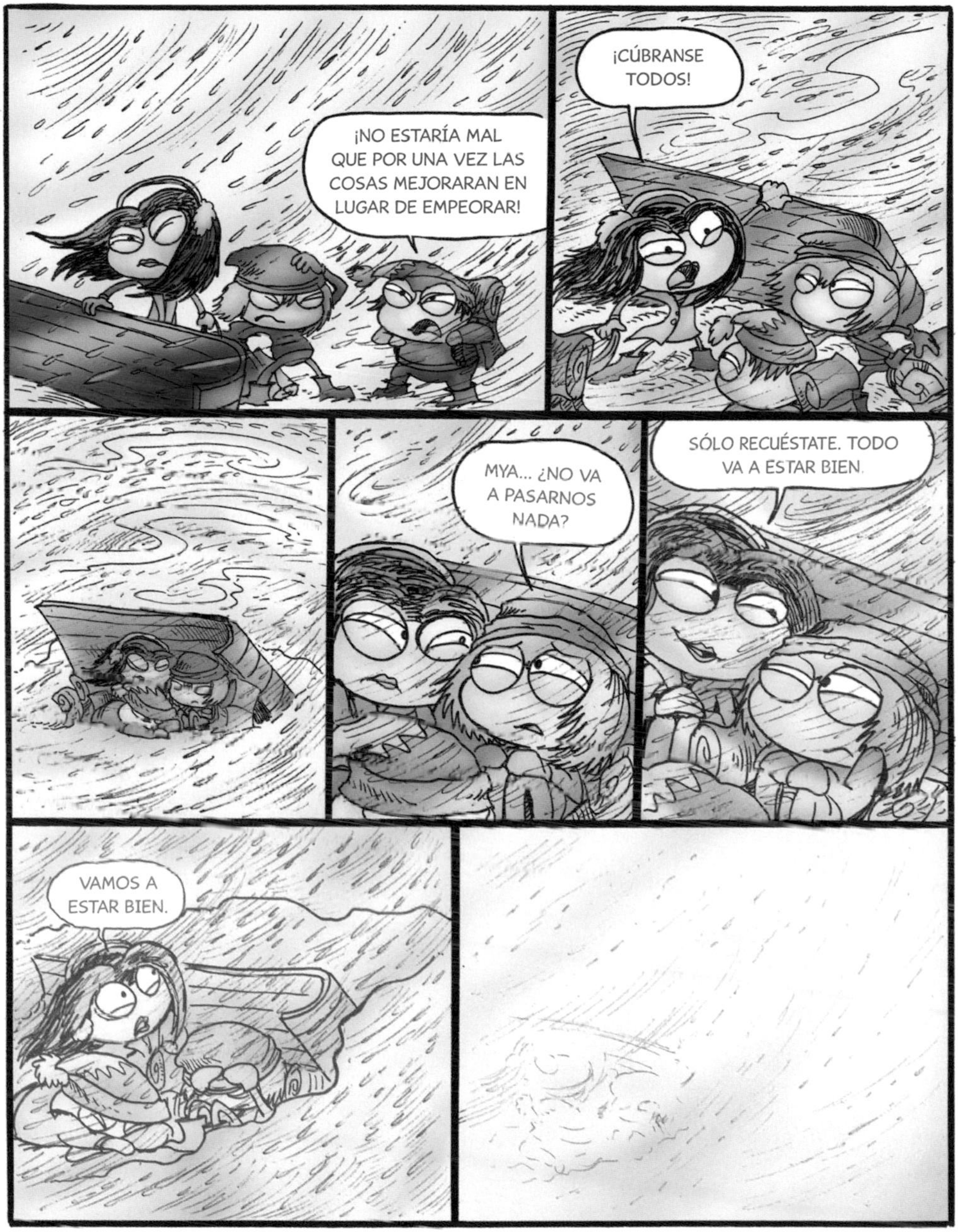
¡NO ESTARÍA MAL QUE POR UNA VEZ LAS COSAS MEJORARAN EN LUGAR DE EMPEORAR!
¡CÚBRANSE TODOS!
MYA... ¿NO VA A PASARNOS NADA?
SÓLO RECUÉSTATE. TODO VA A ESTAR BIEN.
VAMOS A ESTAR BIEN.

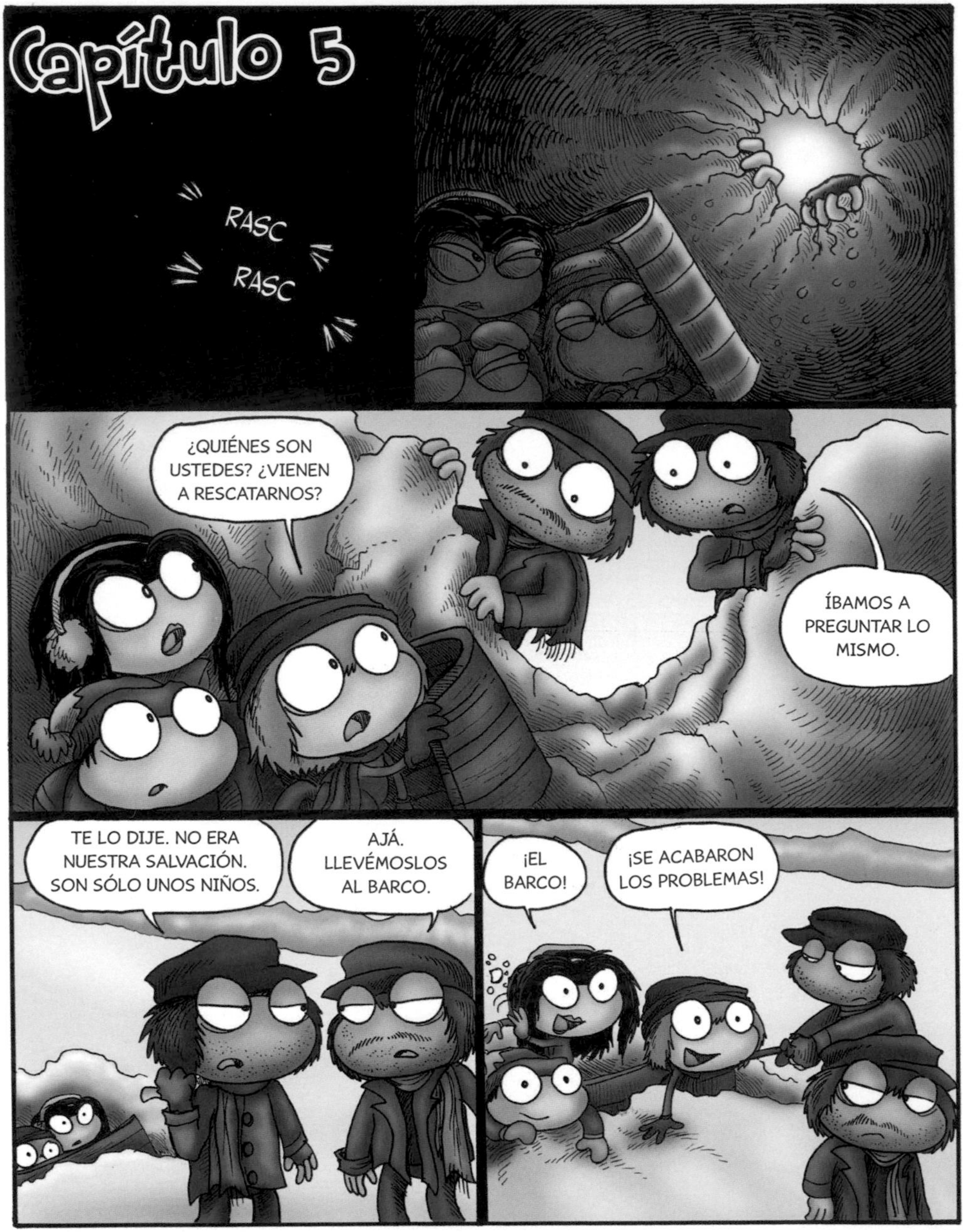
Capítulo 5
RASC
RASC
¿QUIÉNES SON USTEDES? ¿VIENEN A RESCATARNOS?
ÍBAMOS A PREGUNTAR LO MISMO.
TE LO DIJE. NO ERA NUESTRA SALVACIÓN. SON SÓLO UNOS NIÑOS.
AJÁ. LLEVÉMOSLOS AL BARCO.
¡EL BARCO!
¡SE ACABARON LOS PROBLEMAS!

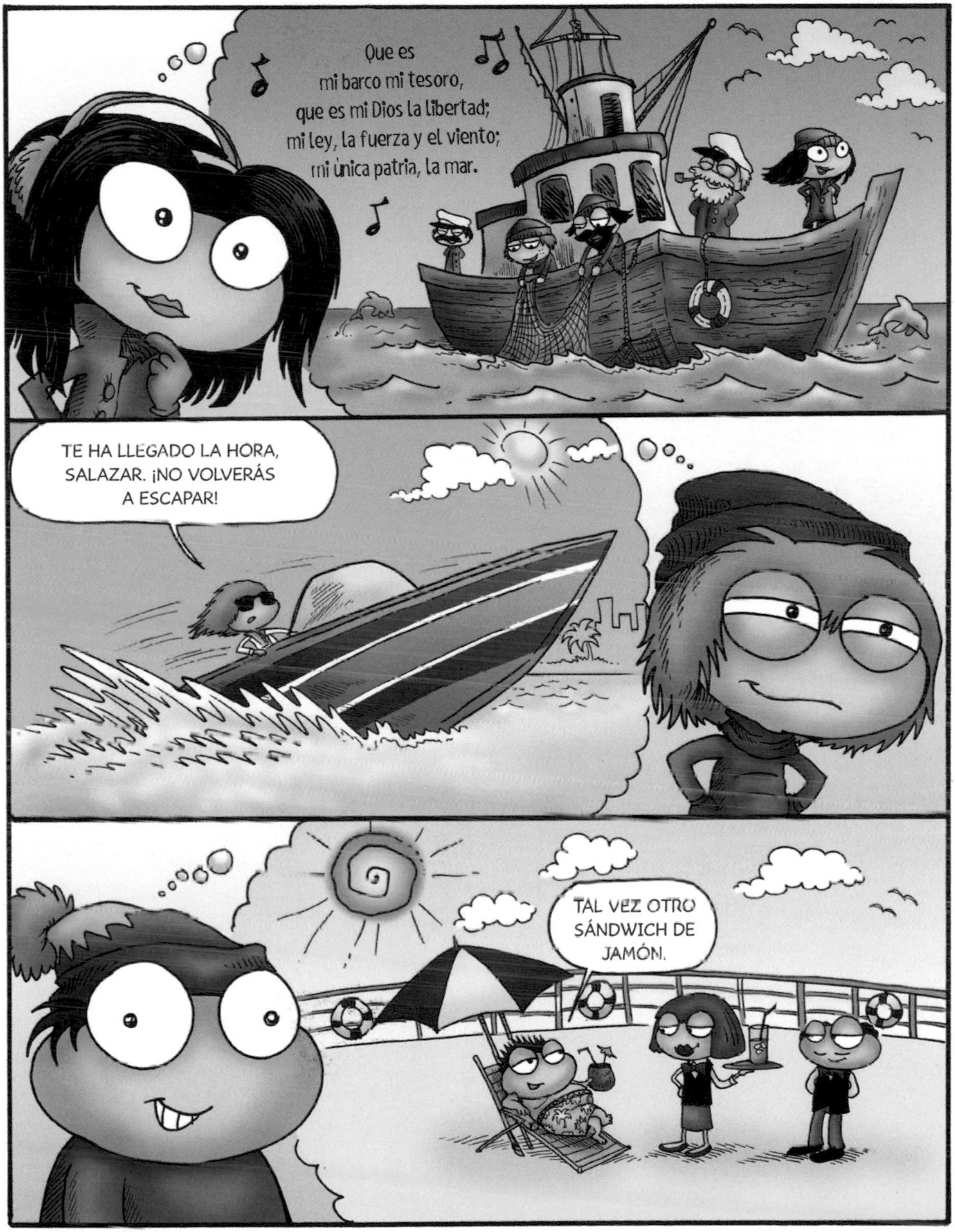
Que es
mi barco mi tesoro,
que es mi Dios la libertad;
mi ley, la fuerza y el viento;
mi única patria, la mar.
TE HA LLEGADO LA HORA, SALAZAR. ¡NO VOLVERÁS A ESCAPAR!
TAL VEZ OTRO SÁNDWICH DE JAMÓN.

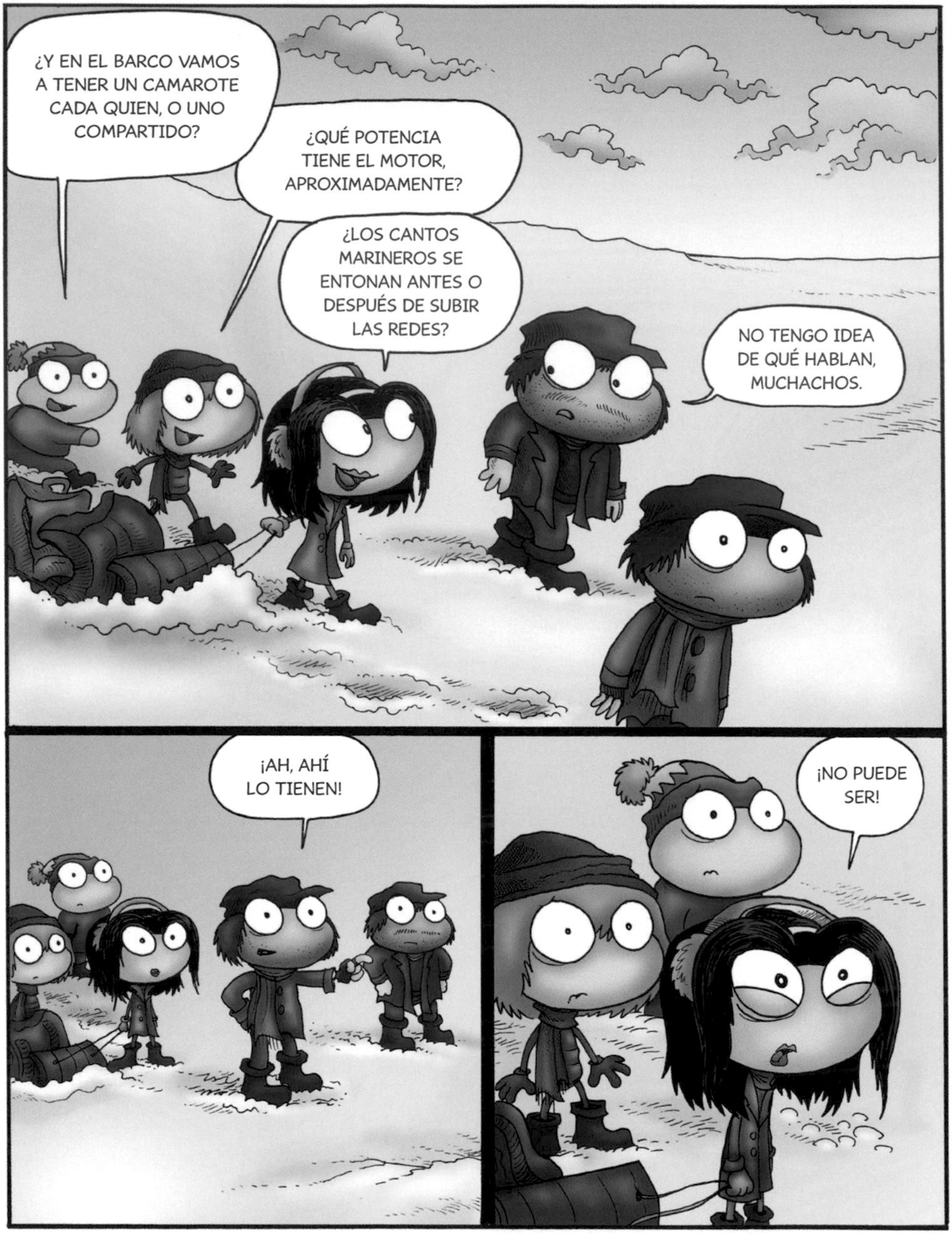
¿Y EN EL BARCO VAMOS A TENER UN CAMAROTE CADA QUIEN, O UNO COMPARTIDO?
¿QUÉ POTENCIA TIENE EL MOTOR, APROXIMADAMENTE?
¿LOS CANTOS MARINEROS SE ENTONAN ANTES O DESPUÉS DE SUBIR LAS REDES?
NO TENGO IDEA DE QUÉ HABLAN, MUCHACHOS.
¡AH, AHÍ LO TIENEN!
¡NO PUEDE SER!

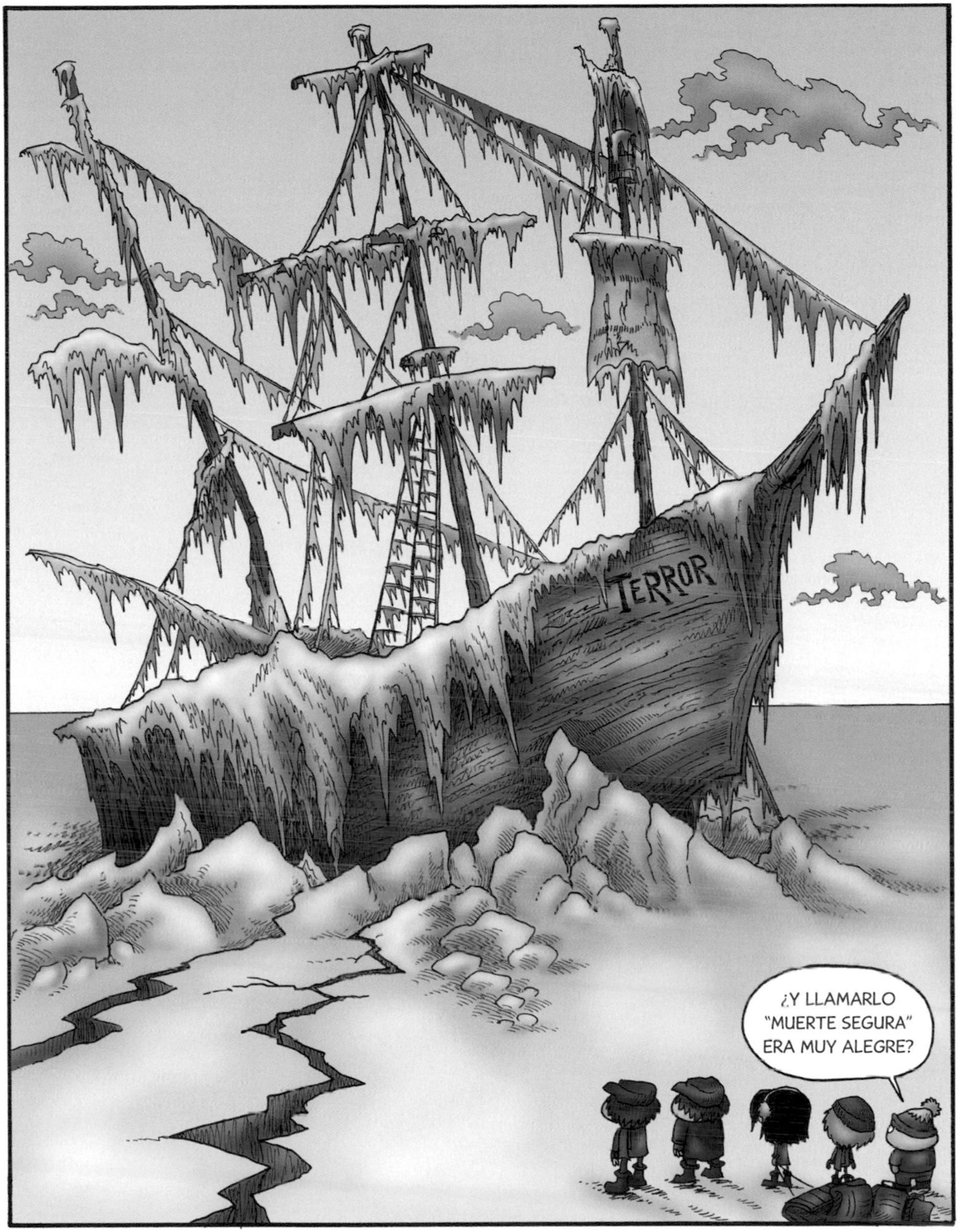
TERROR
¿Y LLAMARLO "MUERTE SEGURA" ERA MUY ALEGRE?

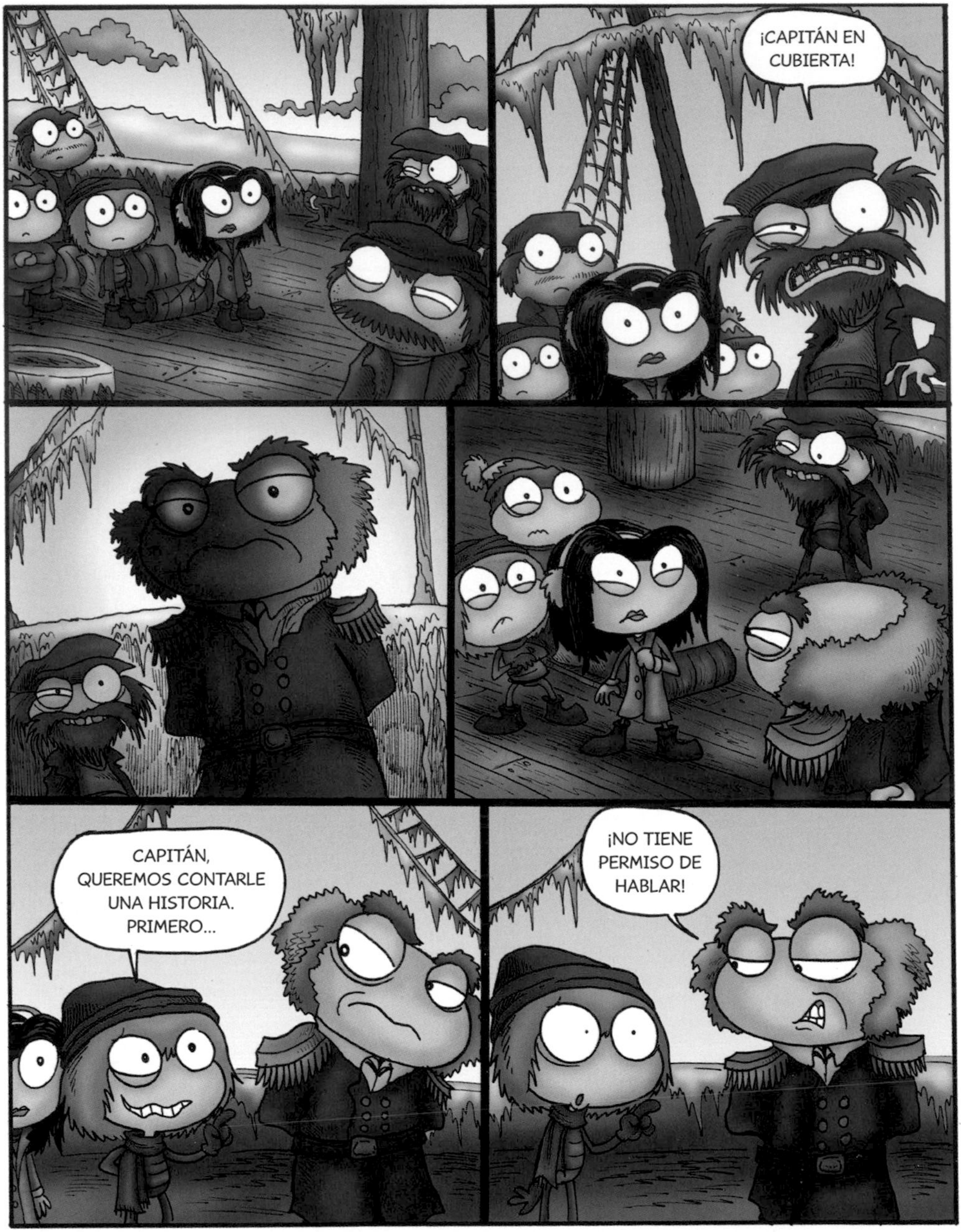
¡CAPITÁN EN CUBIERTA!
CAPITÁN, QUEREMOS CONTARLE UNA HISTORIA. PRIMERO...
¡NO TIENE PERMISO DE HABLAR!

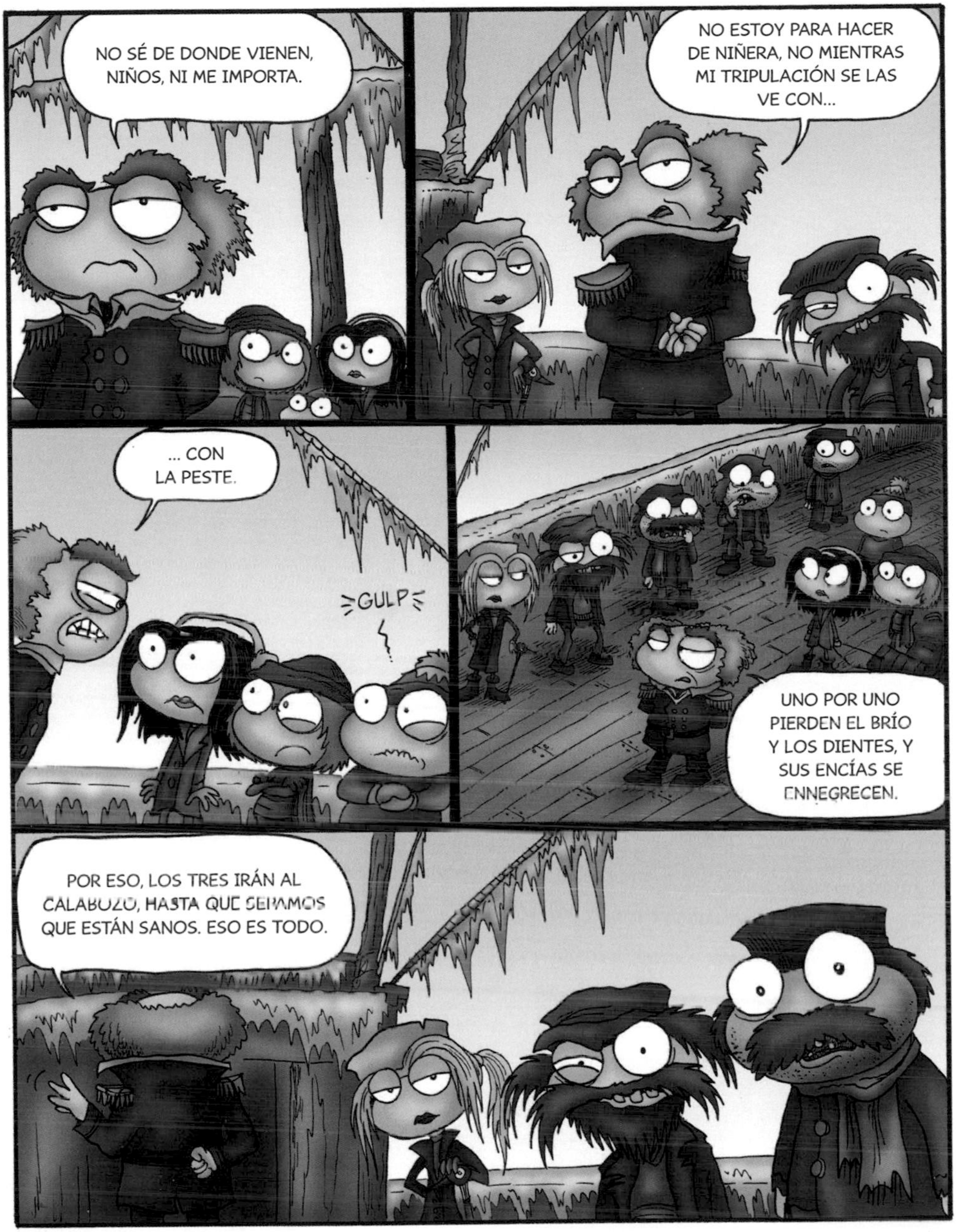
NO SÉ DE DONDE VIENEN, NIÑOS, NI ME IMPORTA.
NO ESTOY PARA HACER DE NIÑERA, NO MIENTRAS MI TRIPULACIÓN SE LAS VE CON...
... CON LA PESTE.
GULP
UNO POR UNO PIERDEN EL BRÍO Y LOS DIENTES, Y SUS ENCÍAS SE ENNEGRECEN.
POR ESO, LOS TRES IRÁN AL CALABOZO, HASTA QUE SEPAMOS QUE ESTÁN SANOS. ESO ES TODO.

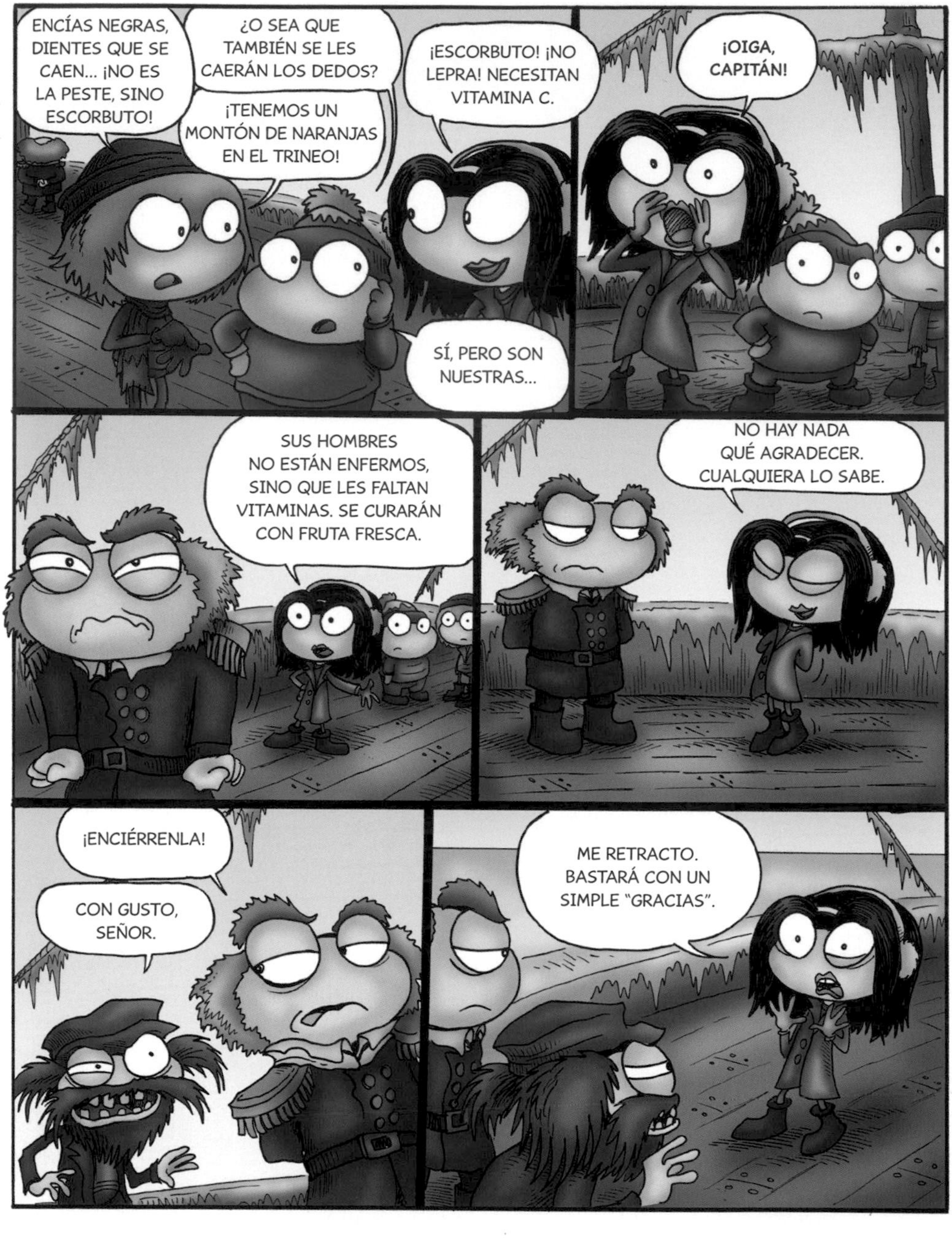

ENCÍAS NEGRAS, DIENTES QUE SE CAEN... ¡NO ES LA PESTE, SINO ESCORBUTO!
¿O SEA QUE TAMBIÉN SE LES CAERÁN LOS DEDOS?
¡TENEMOS UN MONTÓN DE NARANJAS EN EL TRINEO!
¡ESCORBUTO! ¡NO LEPRA! NECESITAN VITAMINA C.
SÍ, PERO SON NUESTRAS...
¡OIGA, CAPITÁN!
SUS HOMBRES NO ESTÁN ENFERMOS, SINO QUE LES FALTAN VITAMINAS. SE CURARÁN CON FRUTA FRESCA.
NO HAY NADA QUÉ AGRADECER. CUALQUIERA LO SABE.
¡ENCIÉRRENLA!
CON GUSTO, SEÑOR.
ME RETRACTO. BASTARÁ CON UN SIMPLE "GRACIAS".

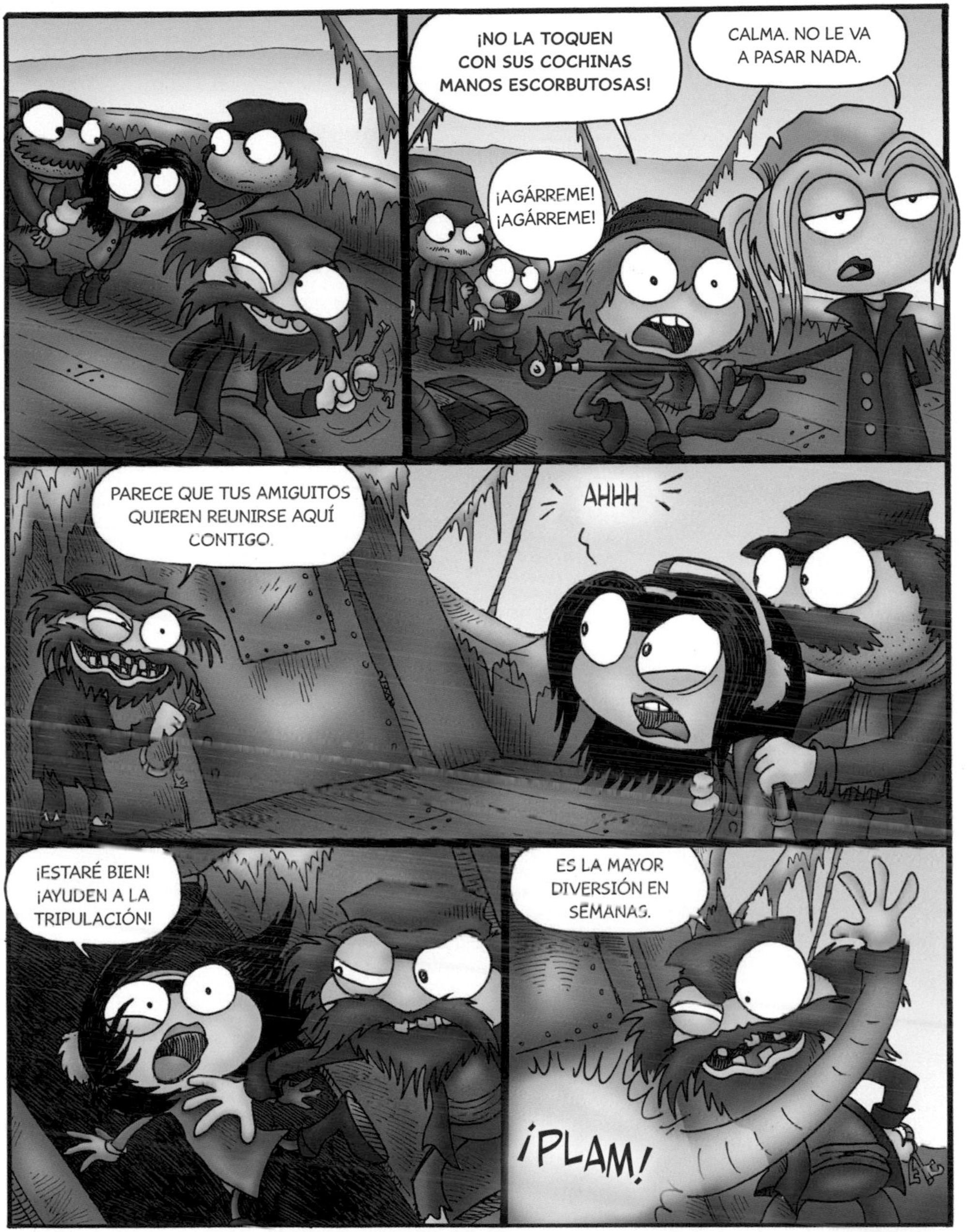
¡NO LA TOQUEN CON SUS COCHINAS MANOS ESCORBUTOSAS!
CALMA. NO LE VA A PASAR NADA.
¡AGÁRREME! ¡AGÁRREME!
PARECE QUE TUS AMIGUITOS QUIEREN REUNIRSE AQUÍ CONTIGO.
AHHH
¡ESTARÉ BIEN! ¡AYUDEN A LA TRIPULACIÓN!
ES LA MAYOR DIVERSIÓN EN SEMANAS.
¡PLAM!

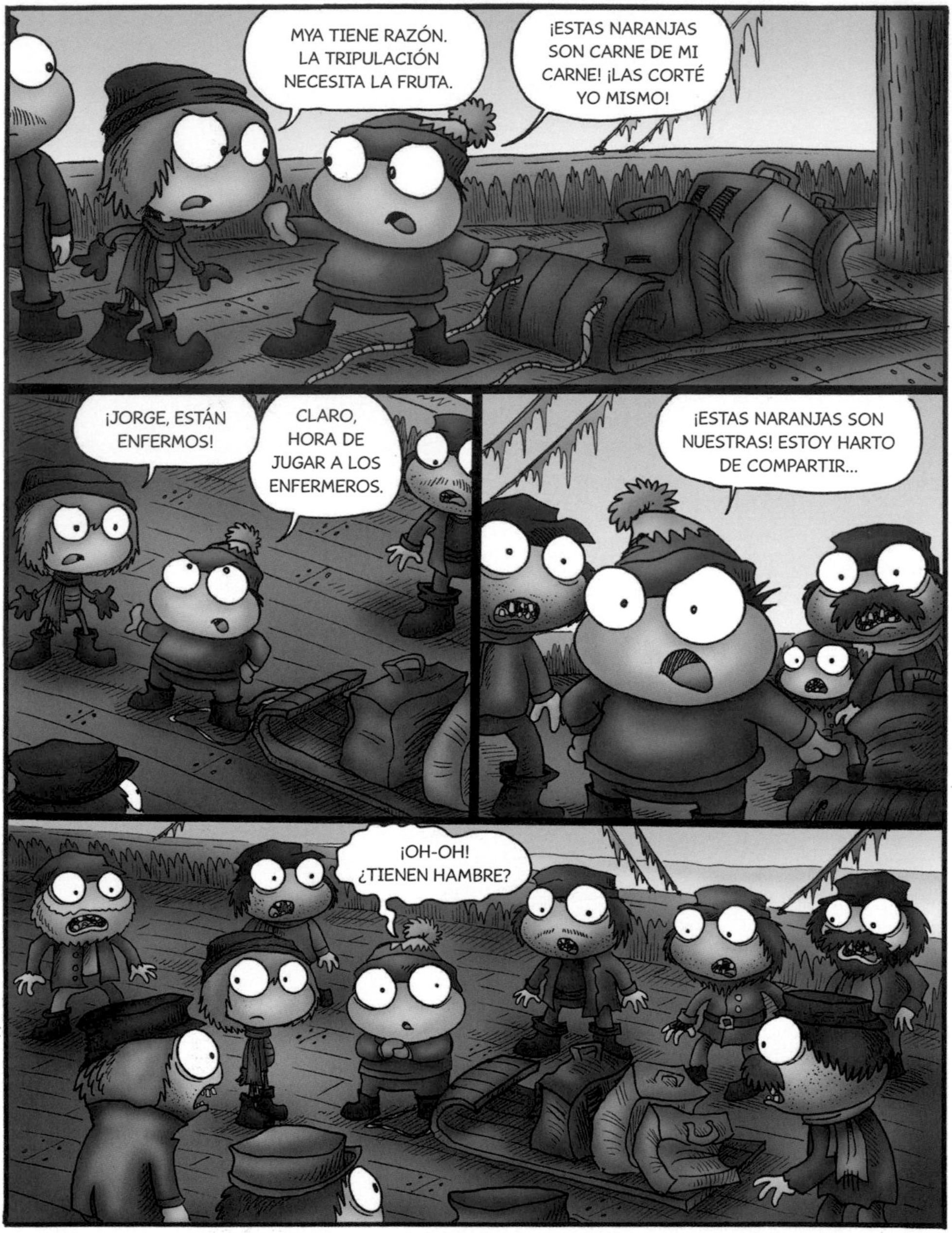
MYA TIENE RAZÓN. LA TRIPULACIÓN NECESITA LA FRUTA.
¡ESTAS NARANJAS SON CARNE DE MI CARNE! ¡LAS CORTÉ YO MISMO!
¡JORGE, ESTÁN ENFERMOS!
CLARO, HORA DE JUGAR A LOS ENFERMEROS.
¡ESTAS NARANJAS SON NUESTRAS! ESTOY HARTO DE COMPARTIR...
¡OH-OH! ¿TIENEN HAMBRE?

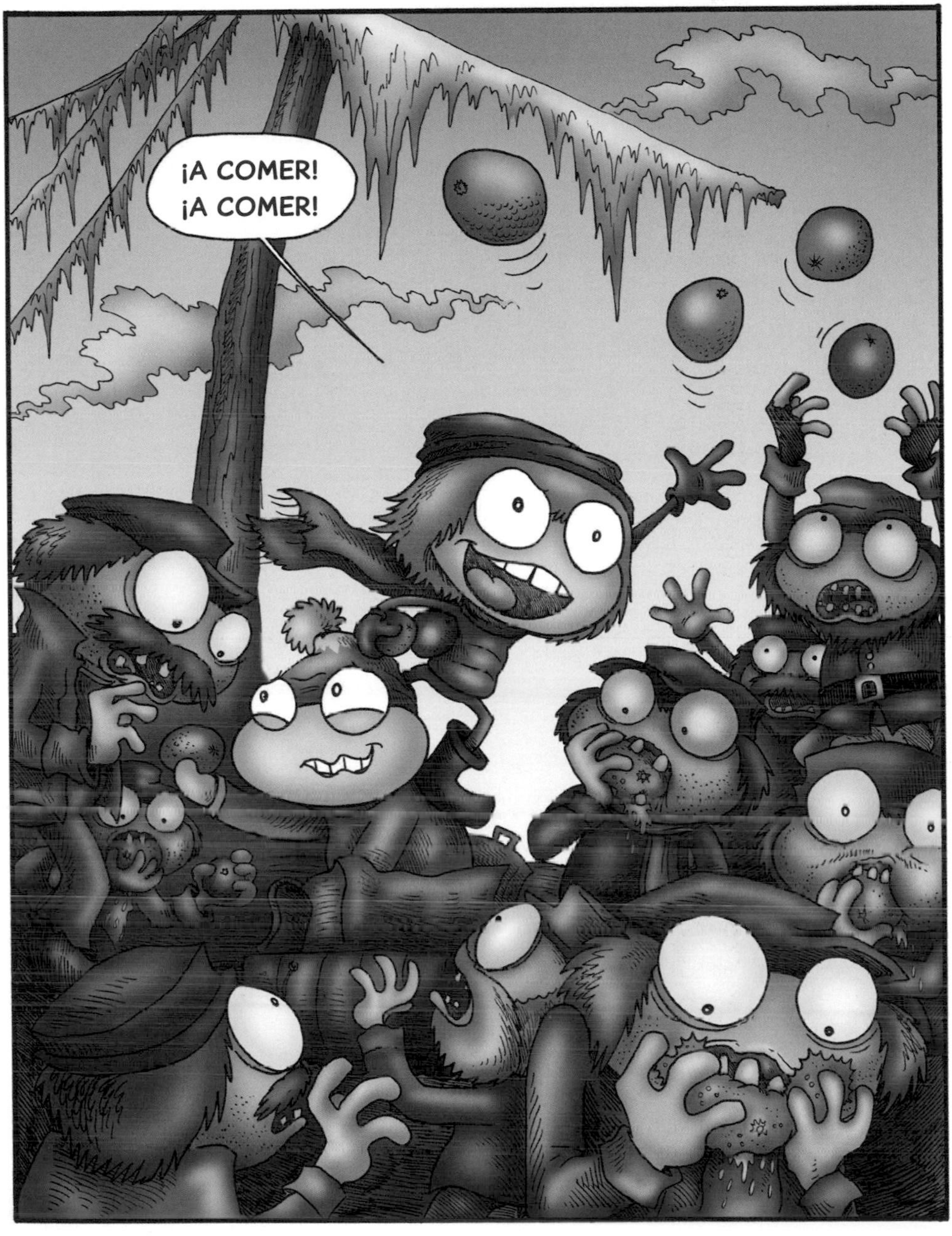
¡A COMER!
¡A COMER!

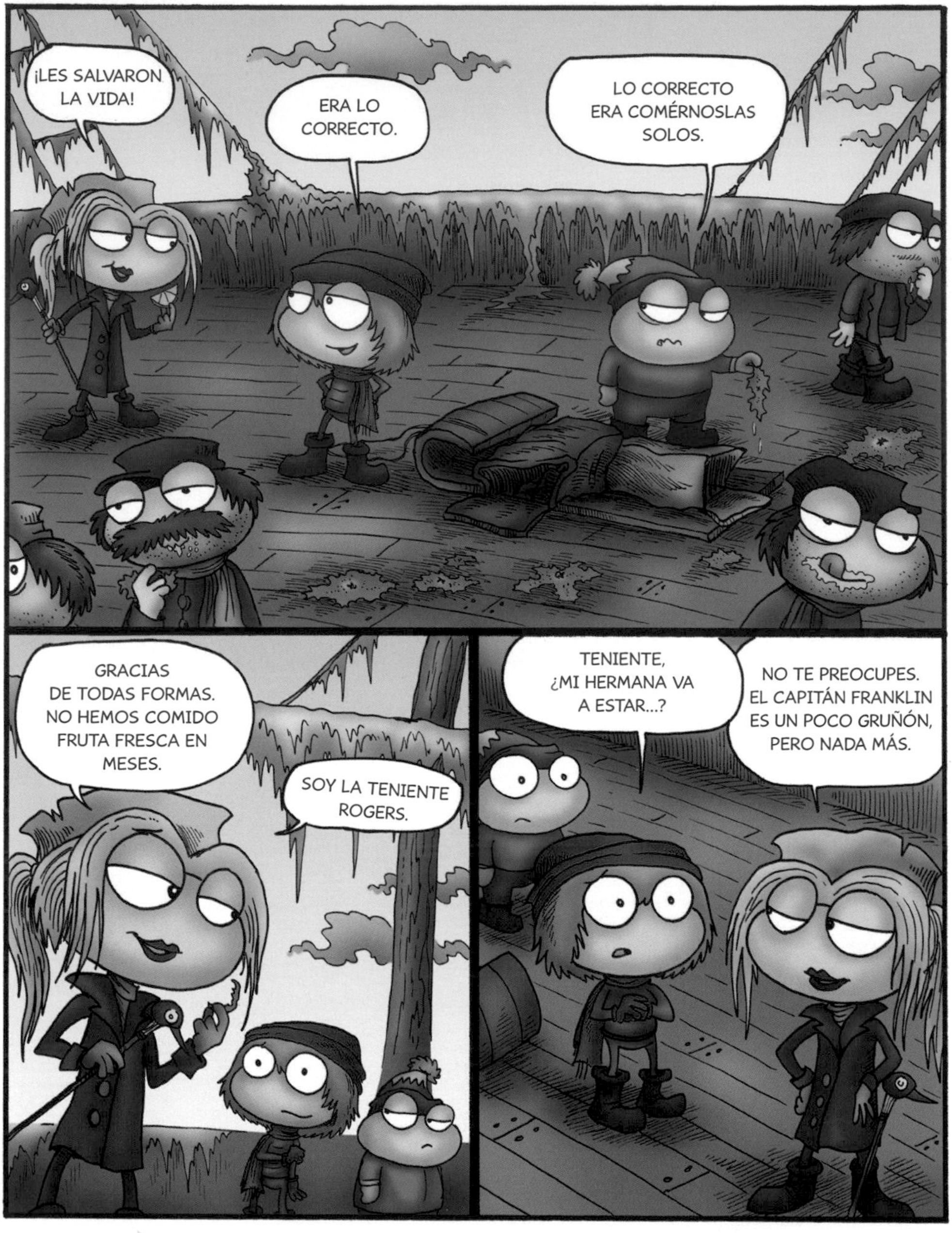
¡LES SALVARON LA VIDA!
ERA LO CORRECTO.
LO CORRECTO ERA COMÉRNOSLAS SOLOS.
GRACIAS DE TODAS FORMAS. NO HEMOS COMIDO FRUTA FRESCA EN MESES.
SOY LA TENIENTE ROGERS.
TENIENTE, ¿MI HERMANA VA A ESTAR...?
NO TE PREOCUPES. EL CAPITÁN FRANKLIN ES UN POCO GRUÑÓN, PERO NADA MÁS.

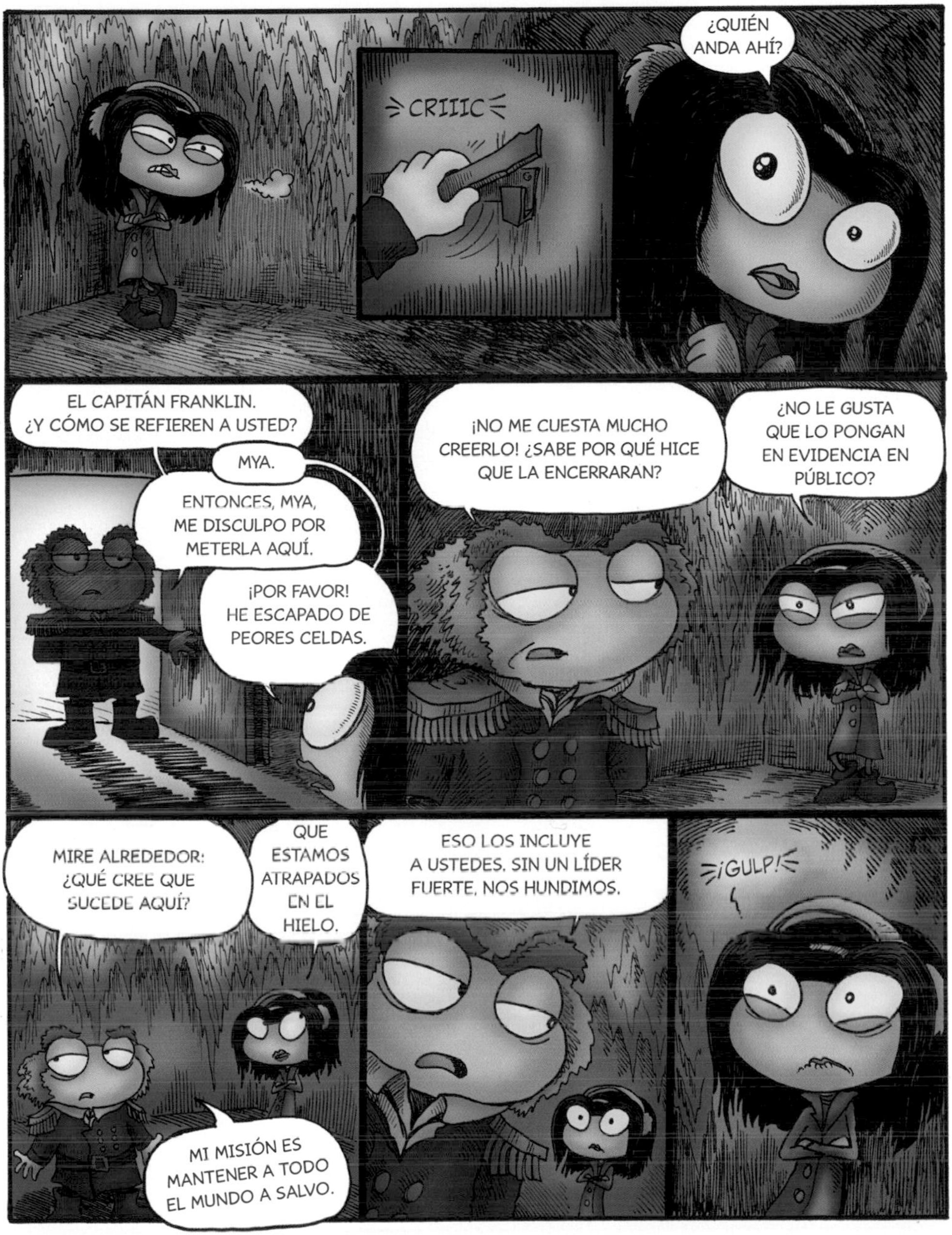
CRIIIC
¿QUIÉN ANDA AHÍ?
EL CAPITÁN FRANKLIN. ¿Y CÓMO SE REFIEREN A USTED?
MYA.
ENTONCES, MYA, ME DISCULPO POR METERLA AQUÍ.
¡POR FAVOR! HE ESCAPADO DE PEORES CELDAS.
¡NO ME CUESTA MUCHO CREERLO! ¿SABE POR QUÉ HICE QUE LA ENCERRARAN?
¿NO LE GUSTA QUE LO PONGAN EN EVIDENCIA EN PÚBLICO?
MIRE ALREDEDOR: ¿QUÉ CREE QUE SUCEDE AQUÍ?
QUE ESTAMOS ATRAPADOS EN EL HIELO.
MI MISIÓN ES MANTENER A TODO EL MUNDO A SALVO.
ESO LOS INCLUYE A USTEDES. SIN UN LÍDER FUERTE, NOS HUNDIMOS.
¡GULP!

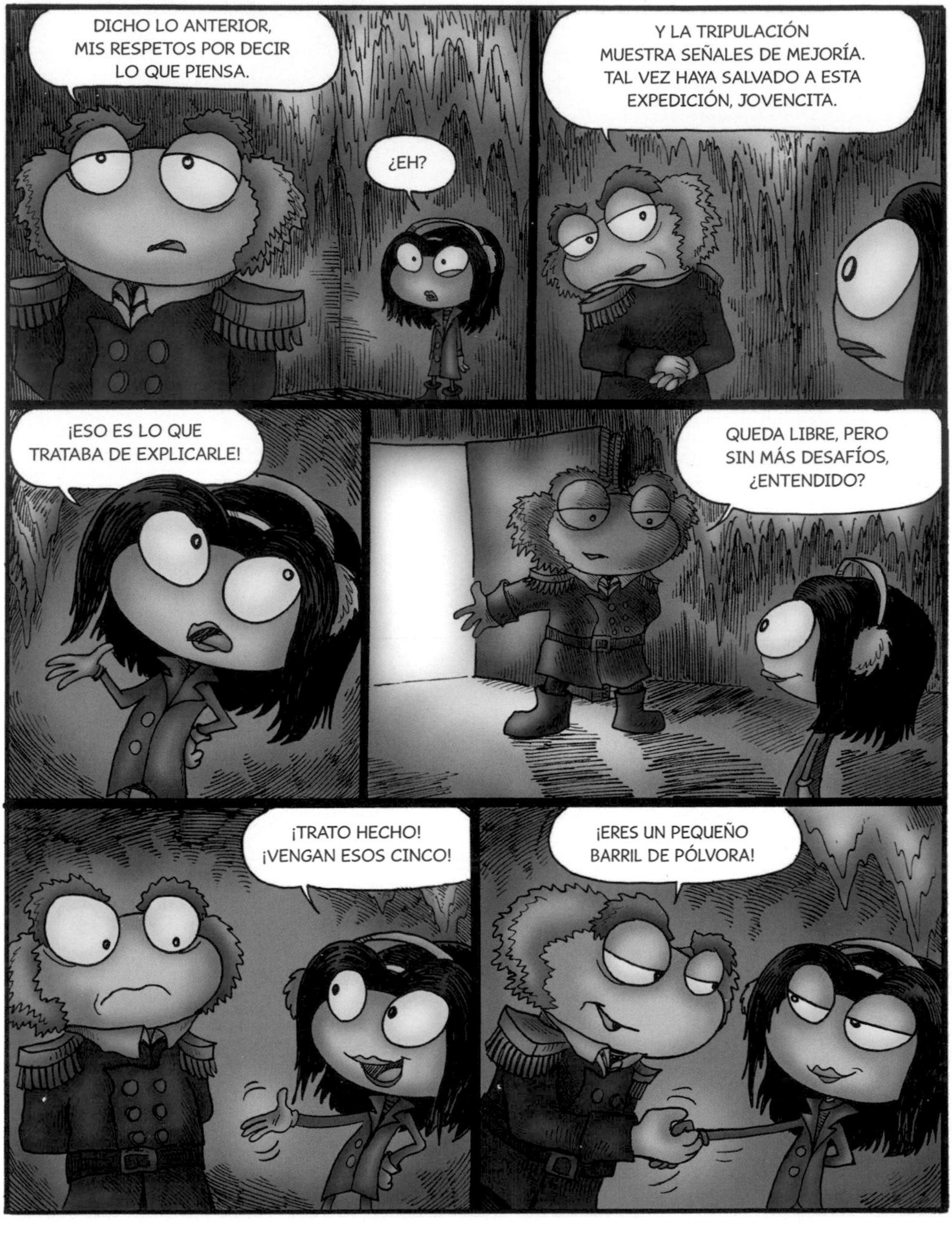
DICHO LO ANTERIOR, MIS RESPETOS POR DECIR LO QUE PIENSA.
¿EH?
Y LA TRIPULACIÓN MUESTRA SEÑALES DE MEJORÍA. TAL VEZ HAYA SALVADO A ESTA EXPEDICIÓN, JOVENCITA.
¡ESO ES LO QUE TRATABA DE EXPLICARLE!
QUEDA LIBRE, PERO SIN MÁS DESAFÍOS, ¿ENTENDIDO?
¡TRATO HECHO! ¡VENGAN ESOS CINCO!
¡ERES UN PEQUEÑO BARRIL DE PÓLVORA!

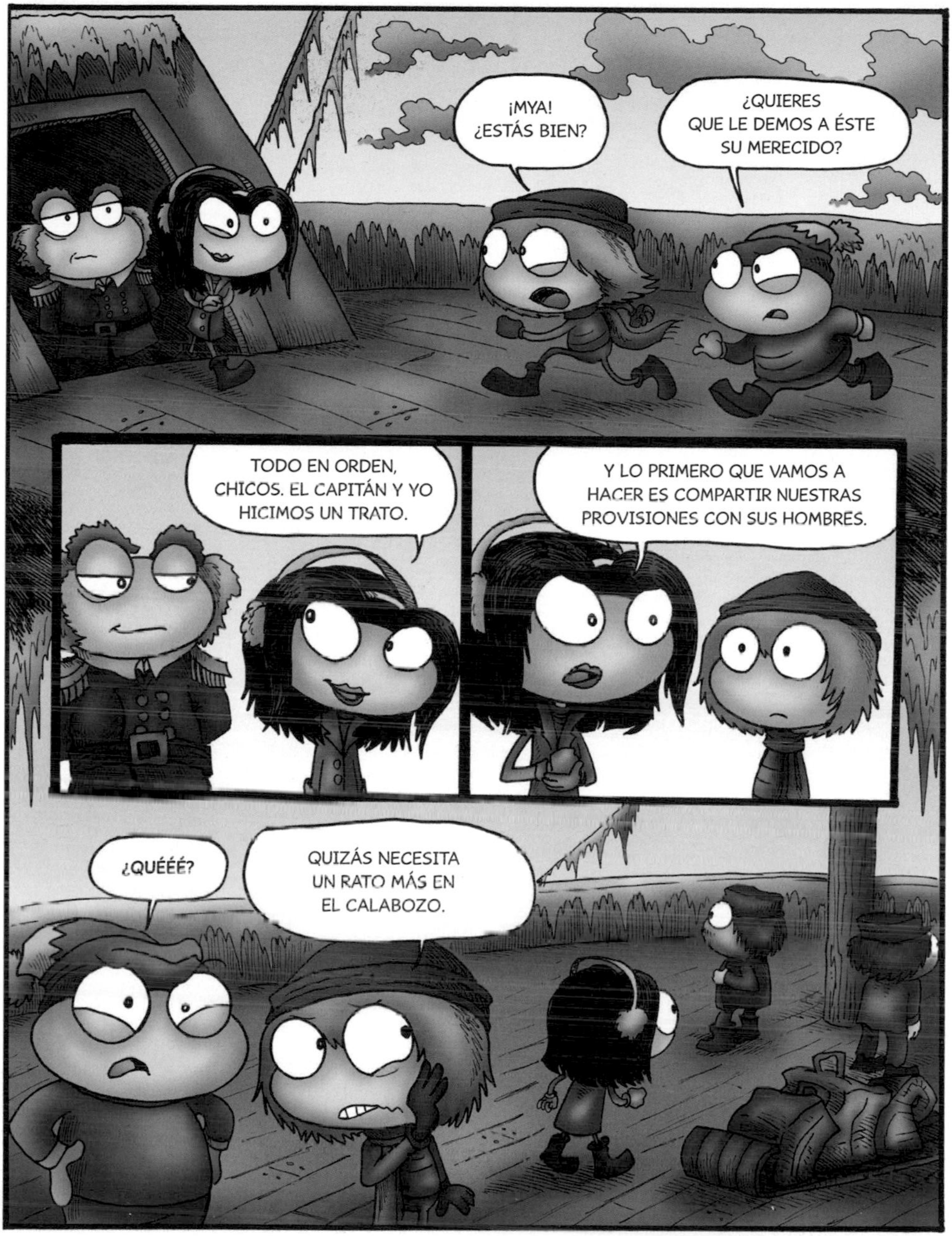
¡MYA! ¿ESTÁS BIEN?
¿QUIERES QUE LE DEMOS A ÉSTE SU MERECIDO?
TODO EN ORDEN, CHICOS. EL CAPITÁN Y YO HICIMOS UN TRATO.
Y LO PRIMERO QUE VAMOS A HACER ES COMPARTIR NUESTRAS PROVISIONES CON SUS HOMBRES.
¿QUÉÉÉ?
QUIZÁS NECESITA UN RATO MÁS EN EL CALABOZO.

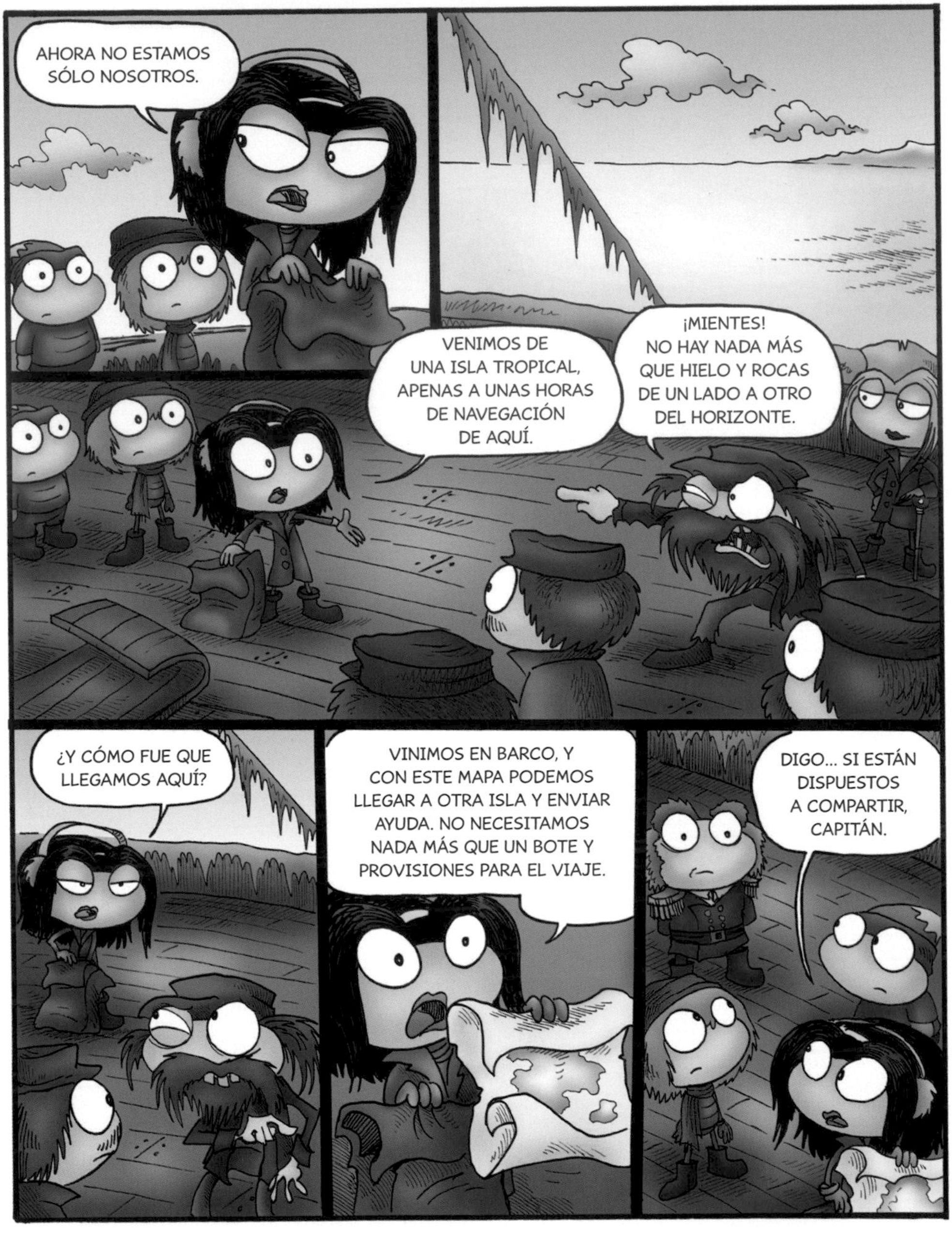
AHORA NO ESTAMOS SÓLO NOSOTROS.
VENIMOS DE UNA ISLA TROPICAL, APENAS A UNAS HORAS DE NAVEGACIÓN DE AQUÍ.
¡MIENTES! NO HAY NADA MÁS QUE HIELO Y ROCAS DE UN LADO A OTRO DEL HORIZONTE.
¿Y CÓMO FUE QUE LLEGAMOS AQUÍ?
VINIMOS EN BARCO, Y CON ESTE MAPA PODEMOS LLEGAR A OTRA ISLA Y ENVIAR AYUDA. NO NECESITAMOS NADA MÁS QUE UN BOTE Y PROVISIONES PARA EL VIAJE.
DIGO... SI ESTÁN DISPUESTOS A COMPARTIR, CAPITÁN.

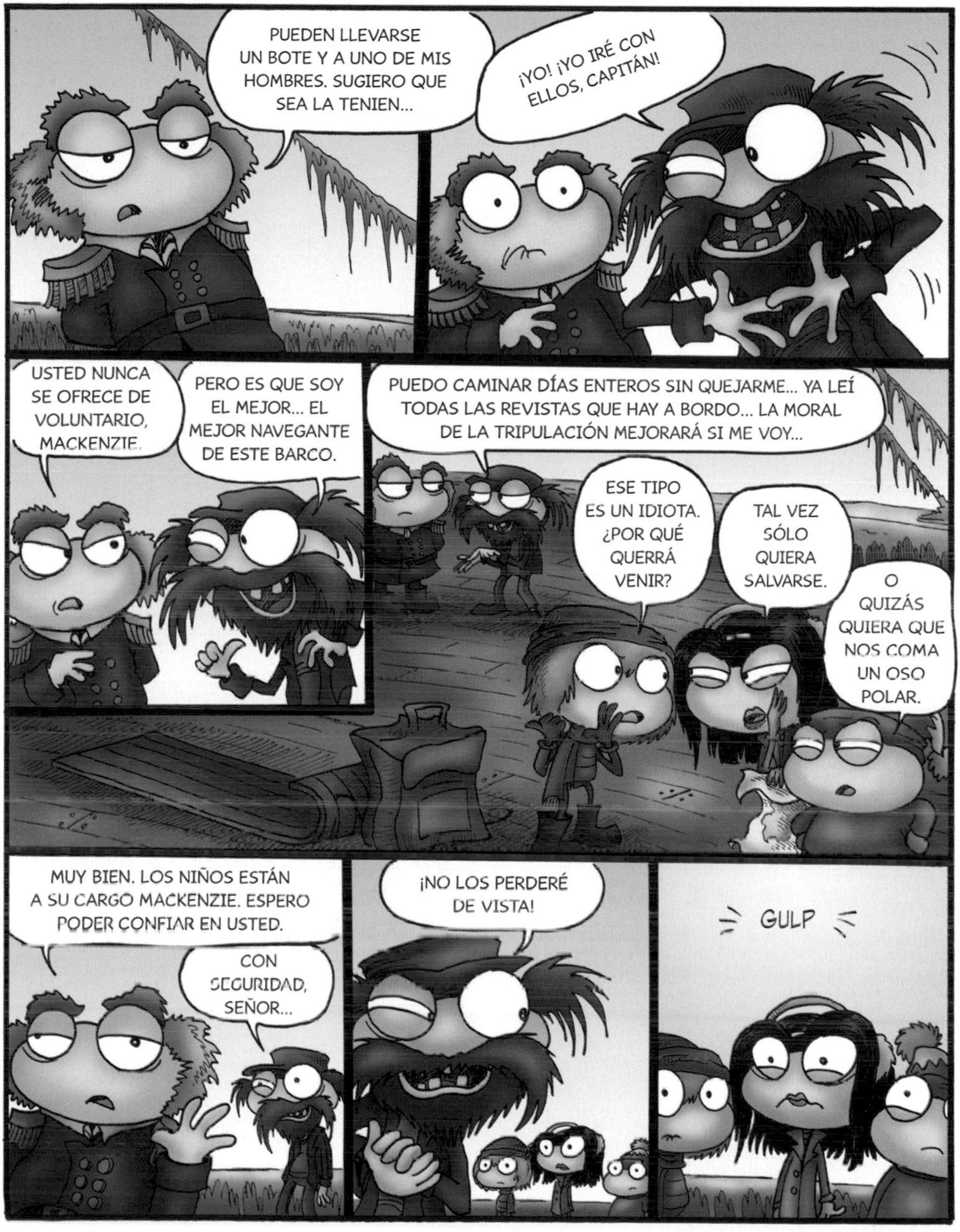

PUEDEN LLEVARSE UN BOTE Y A UNO DE MIS HOMBRES. SUGIERO QUE SEA LA TENIEN...
¡YO! ¡YO IRÉ CON ELLOS, CAPITÁN!
USTED NUNCA SE OFRECE DE VOLUNTARIO, MACKENZIE.
PERO ES QUE SOY EL MEJOR... EL MEJOR NAVEGANTE DE ESTE BARCO.
PUEDO CAMINAR DÍAS ENTEROS SIN QUEJARME... YA LEÍ TODAS LAS REVISTAS QUE HAY A BORDO... LA MORAL DE LA TRIPULACIÓN MEJORARÁ SI ME VOY...
ESE TIPO ES UN IDIOTA. ¿POR QUÉ QUERRÁ VENIR?
TAL VEZ SÓLO QUIERA SALVARSE.
O QUIZÁS QUIERA QUE NOS COMA UN OSO POLAR.
MUY BIEN. LOS NIÑOS ESTÁN A SU CARGO MACKENZIE. ESPERO PODER CONFIAR EN USTED.
CON SEGURIDAD, SEÑOR...
¡NO LOS PERDERÉ DE VISTA!
GULP

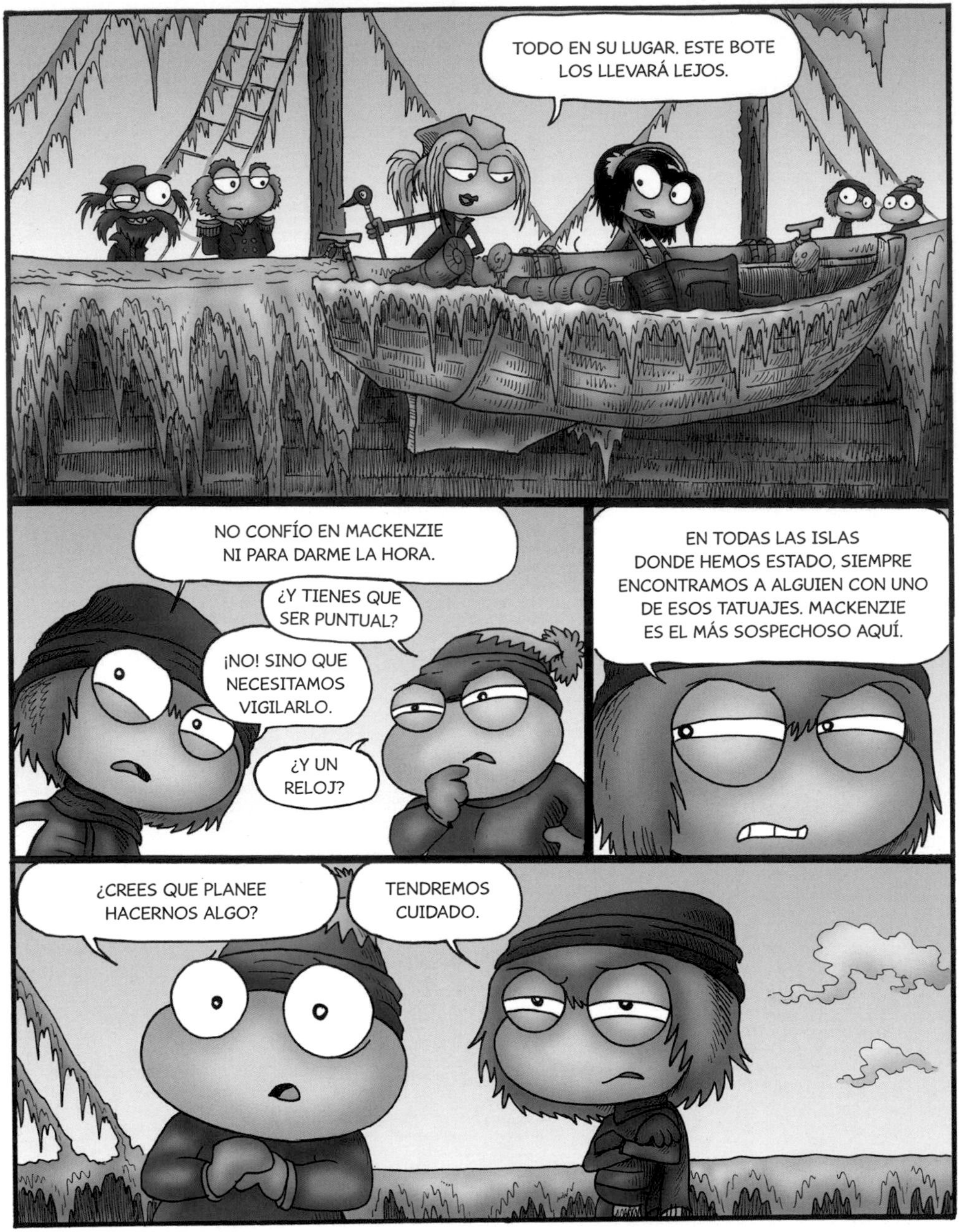
TODO EN SU LUGAR. ESTE BOTE LOS LLEVARÁ LEJOS.
NO CONFÍO EN MACKENZIE NI PARA DARME LA HORA.
¿Y TIENES QUE SER PUNTUAL?
¡NO! SINO QUE NECESITAMOS VIGILARLO.
¿Y UN RELOJ?
EN TODAS LAS ISLAS DONDE HEMOS ESTADO, SIEMPRE ENCONTRAMOS A ALGUIEN CON UNO DE ESOS TATUAJES. MACKENZIE ES EL MÁS SOSPECHOSO AQUÍ.
¿CREES QUE PLANEE HACERNOS ALGO?
TENDREMOS CUIDADO.

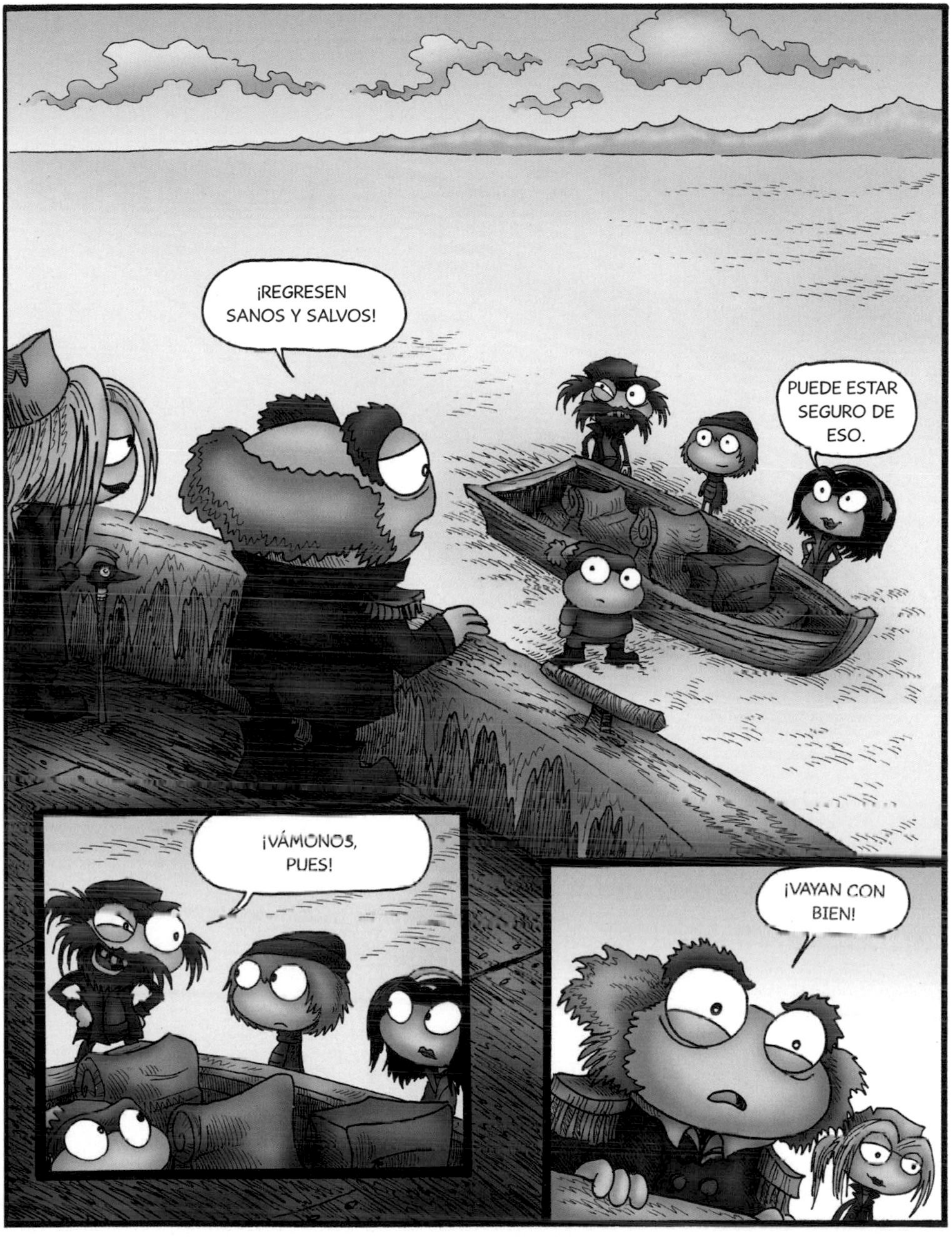
¡REGRESEN SANOS Y SALVOS!
PUEDE ESTAR SEGURO DE ESO.
¡VÁMONOS, PUES!
¡VAYAN CON BIEN!

Capítulo 6

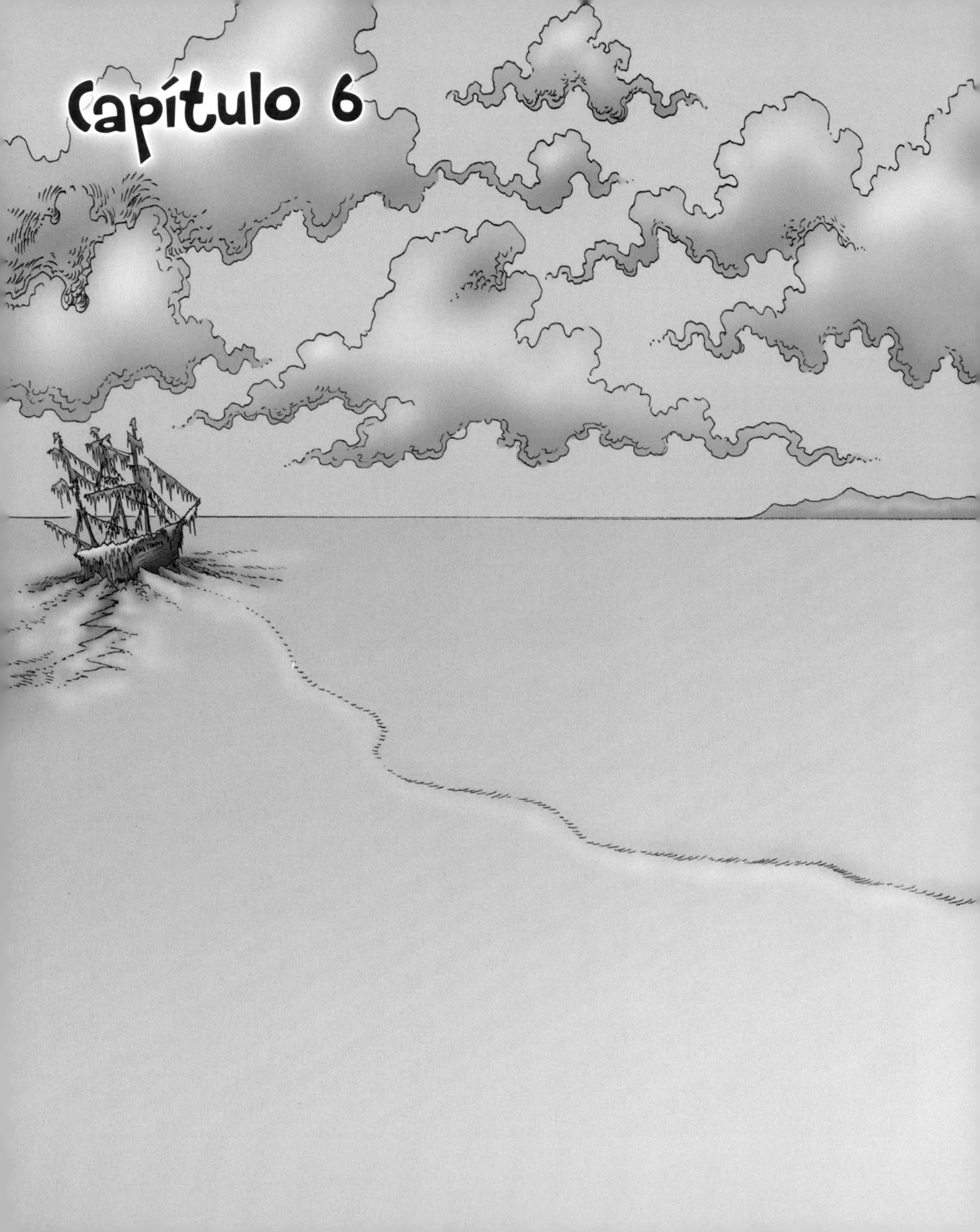

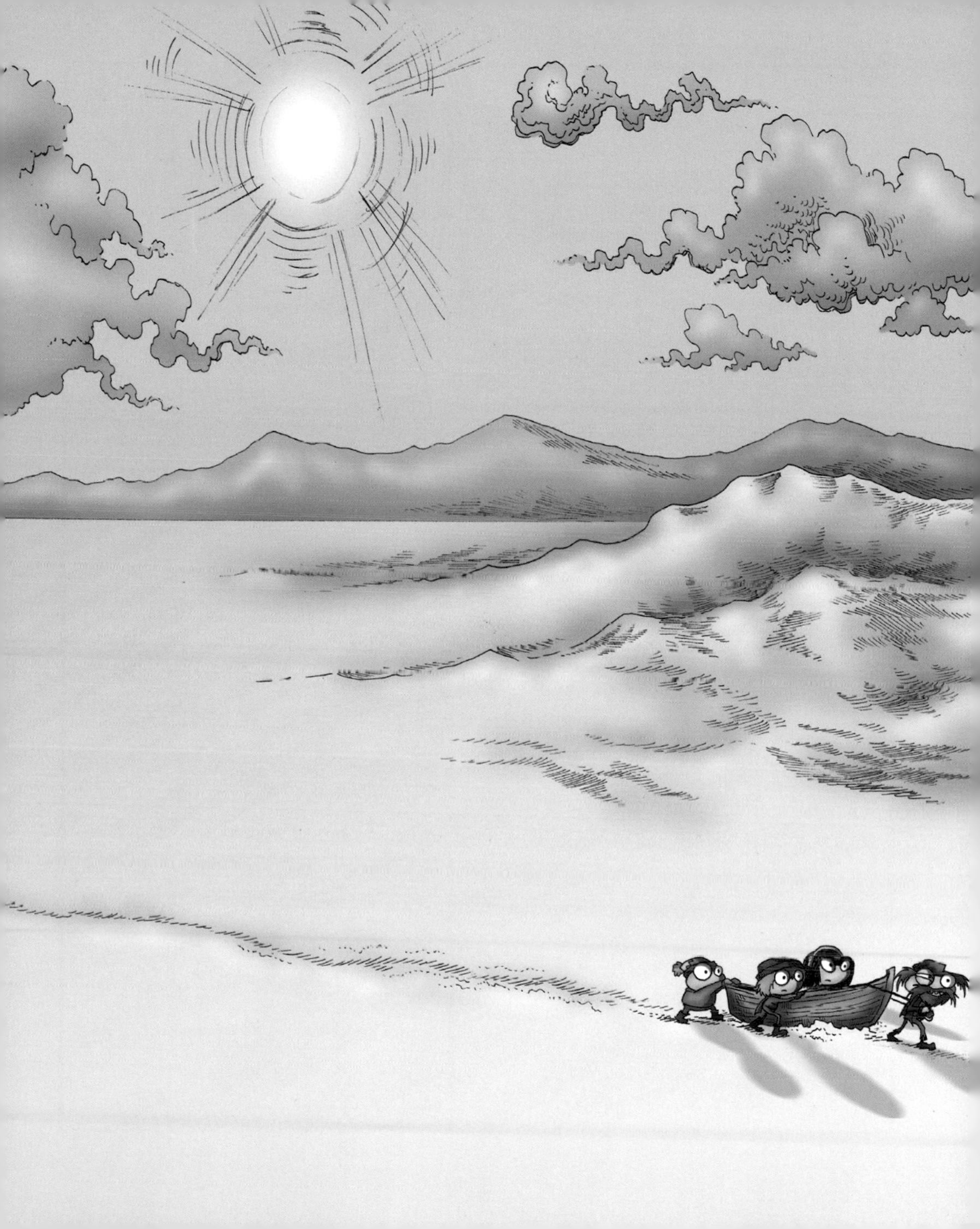

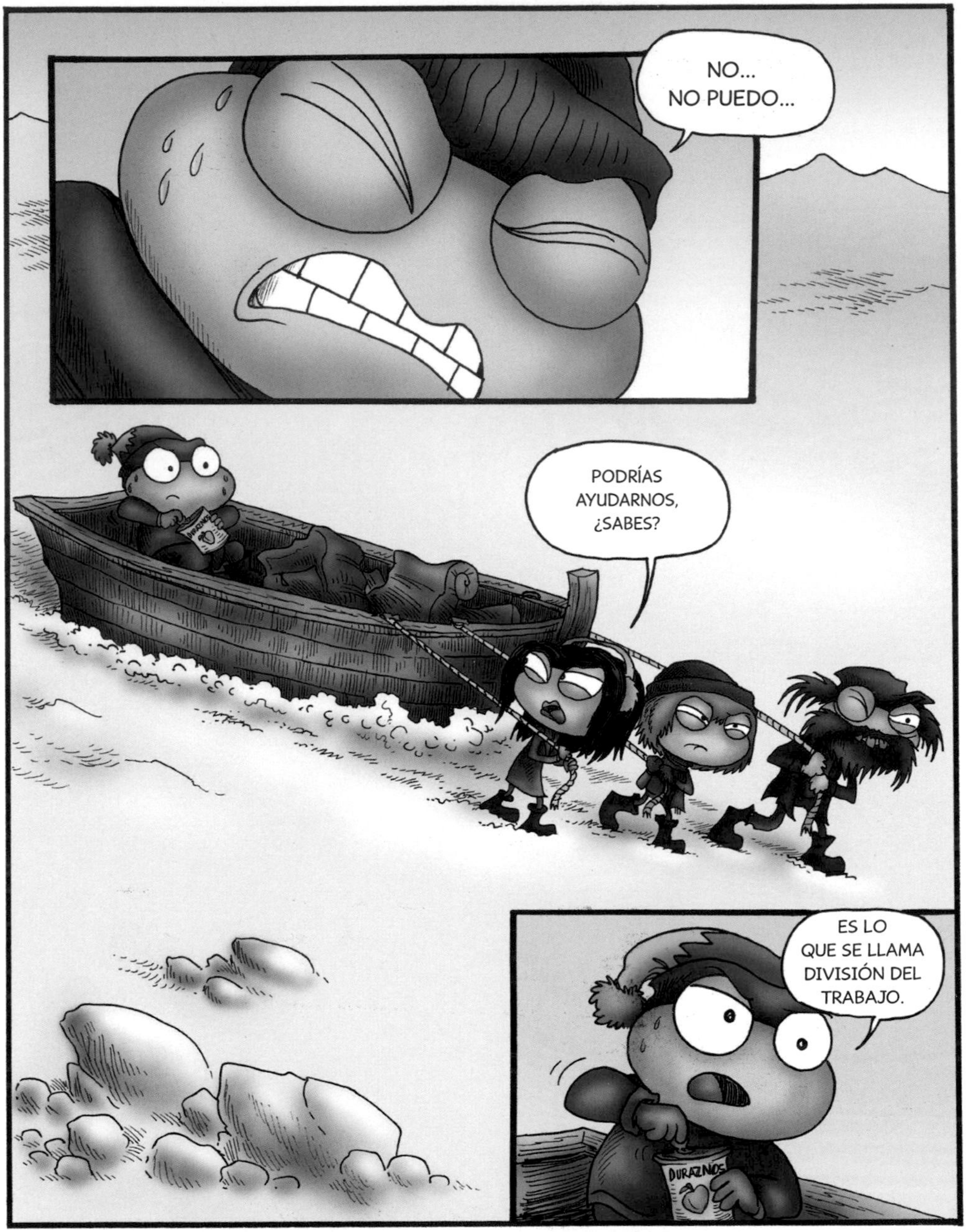
NO...
NO PUEDO...
PODRÍAS AYUDARNOS, ¿SABES?
ES LO QUE SE LLAMA DIVISIÓN DEL TRABAJO.
DURAZNOS

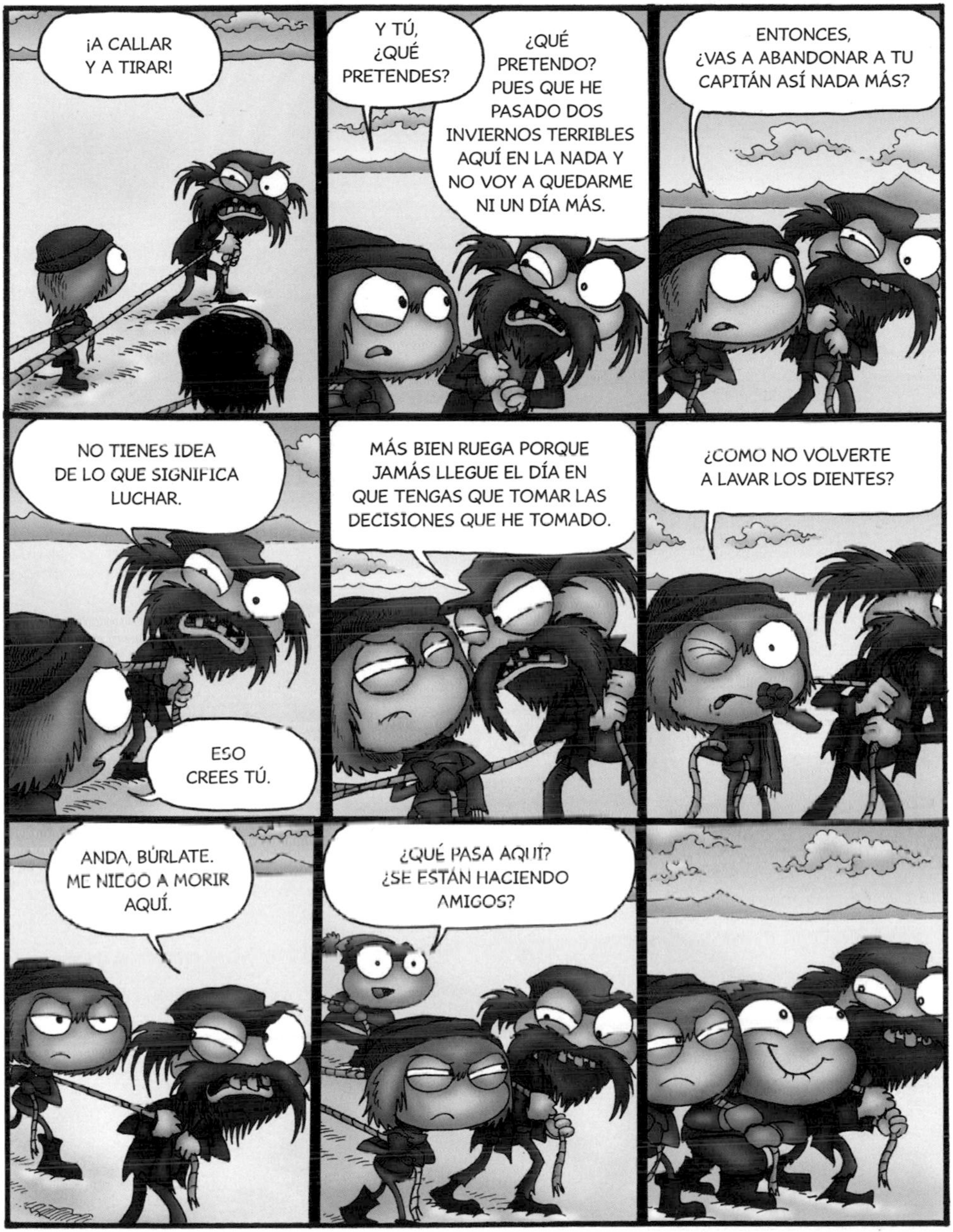
¡A CALLAR Y A TIRAR!
Y TÚ, ¿QUÉ PRETENDES?
¿QUÉ PRETENDO? PUES QUE HE PASADO DOS INVIERNOS TERRIBLES AQUÍ EN LA NADA Y NO VOY A QUEDARME NI UN DÍA MÁS.
ENTONCES, ¿VAS A ABANDONAR A TU CAPITÁN ASÍ NADA MÁS?
NO TIENES IDEA DE LO QUE SIGNIFICA LUCHAR.
ESO CREES TÚ.
MÁS BIEN RUEGA PORQUE JAMÁS LLEGUE EL DÍA EN QUE TENGAS QUE TOMAR LAS DECISIONES QUE HE TOMADO.
¿COMO NO VOLVERTE A LAVAR LOS DIENTES?
ANDA, BÚRLATE. ME NIEGO A MORIR AQUÍ.
¿QUÉ PASA AQUÍ? ¿SE ESTÁN HACIENDO AMIGOS?

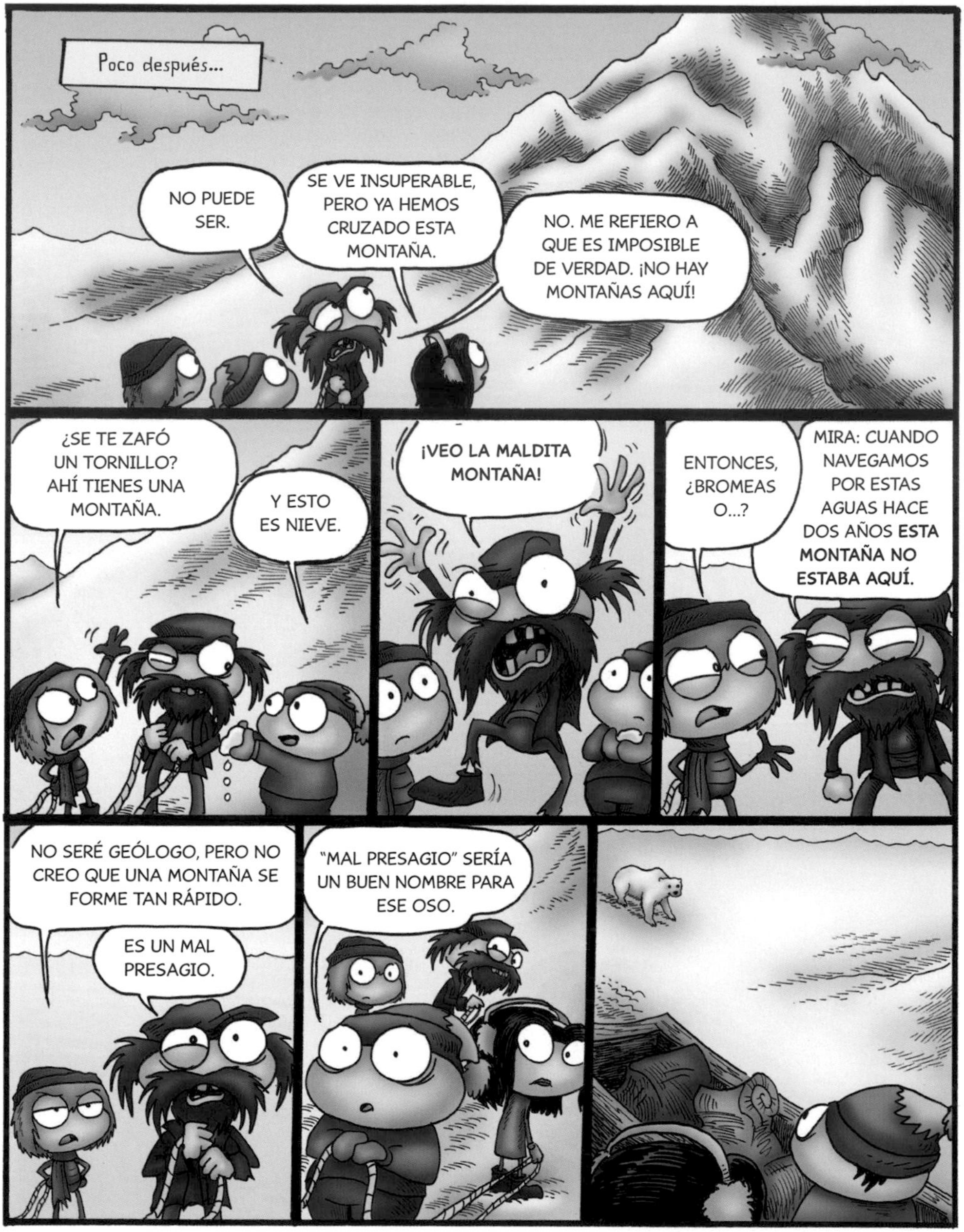
Poco después...
NO PUEDE SER.
SE VE INSUPERABLE, PERO YA HEMOS CRUZADO ESTA MONTAÑA.
NO. ME REFIERO A QUE ES IMPOSIBLE DE VERDAD. ¡NO HAY MONTAÑAS AQUÍ!
¿SE TE ZAFÓ UN TORNILLO? AHÍ TIENES UNA MONTAÑA.
Y ESTO ES NIEVE.
¡VEO LA MALDITA MONTAÑA!
ENTONCES, ¿BROMEAS O...?
MIRA: CUANDO NAVEGAMOS POR ESTAS AGUAS HACE DOS AÑOS **ESTA MONTAÑA NO ESTABA AQUÍ.**
NO SERÉ GEÓLOGO, PERO NO CREO QUE UNA MONTAÑA SE FORME TAN RÁPIDO.
ES UN MAL PRESAGIO.
"MAL PRESAGIO" SERÍA UN BUEN NOMBRE PARA ESE OSO.

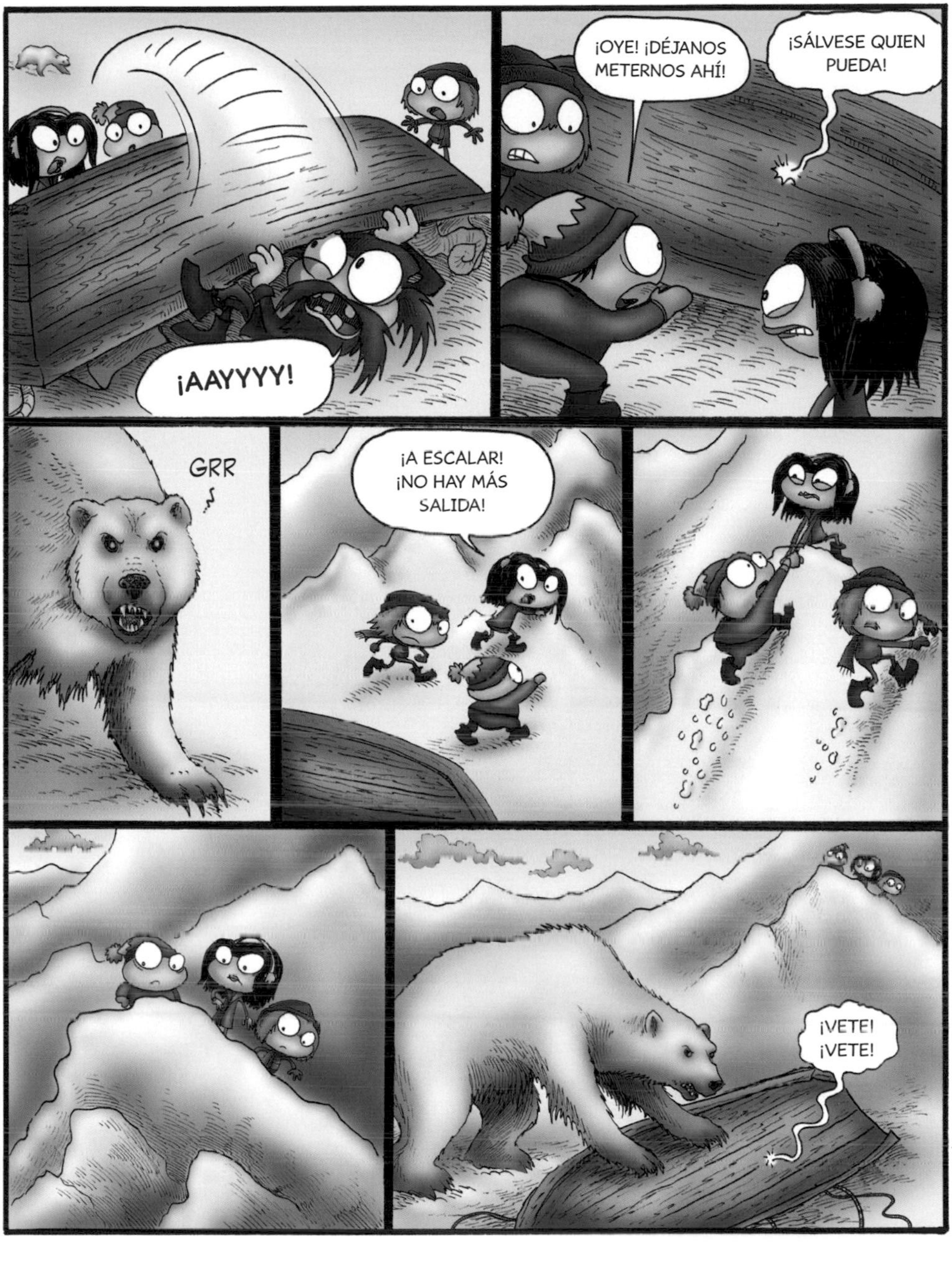
¡AAYYYY!
¡OYE! ¡DÉJANOS METERNOS AHÍ!
¡SÁLVESE QUIEN PUEDA!
GRR
¡A ESCALAR! ¡NO HAY MÁS SALIDA!
¡VETE! ¡VETE!

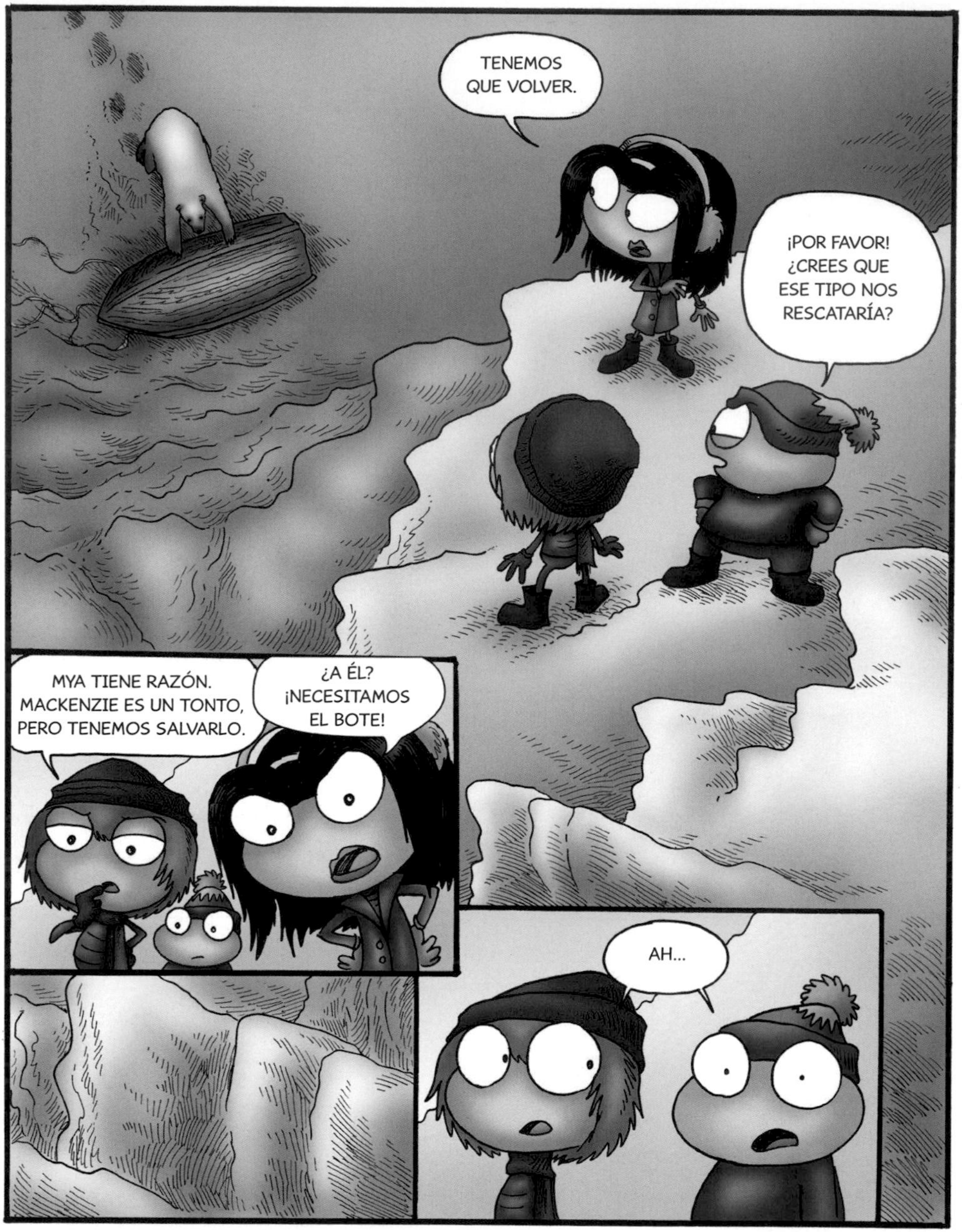
TENEMOS QUE VOLVER.
¡POR FAVOR! ¿CREES QUE ESE TIPO NOS RESCATARÍA?
MYA TIENE RAZÓN. MACKENZIE ES UN TONTO, PERO TENEMOS SALVARLO.
¿A ÉL? ¡NECESITAMOS EL BOTE!
AH...

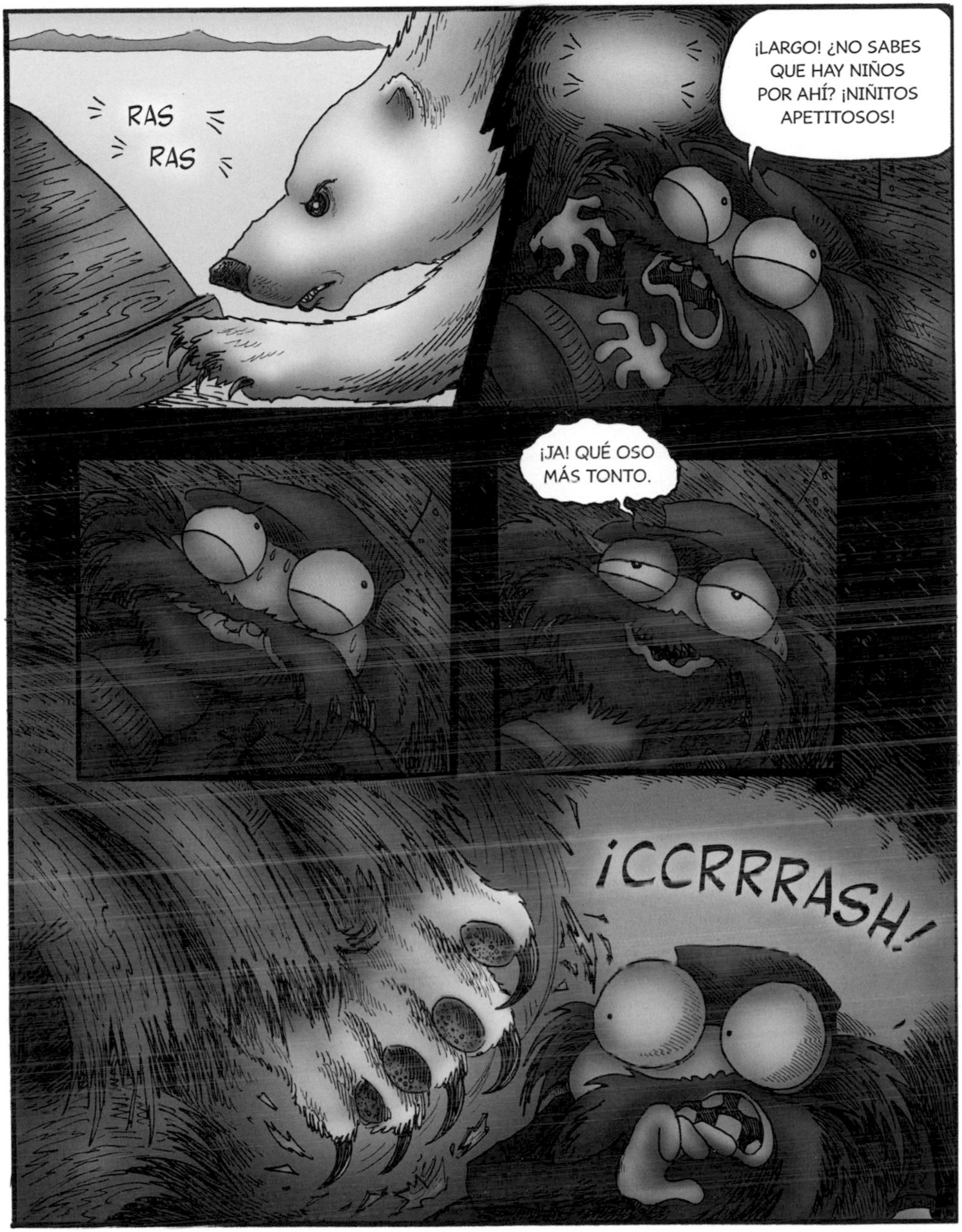
RAS
RAS
¡LARGO! ¿NO SABES QUE HAY NIÑOS POR AHÍ? ¡NIÑITOS APETITOSOS!
¡JA! QUÉ OSO MÁS TONTO.
¡CCRRRASH!

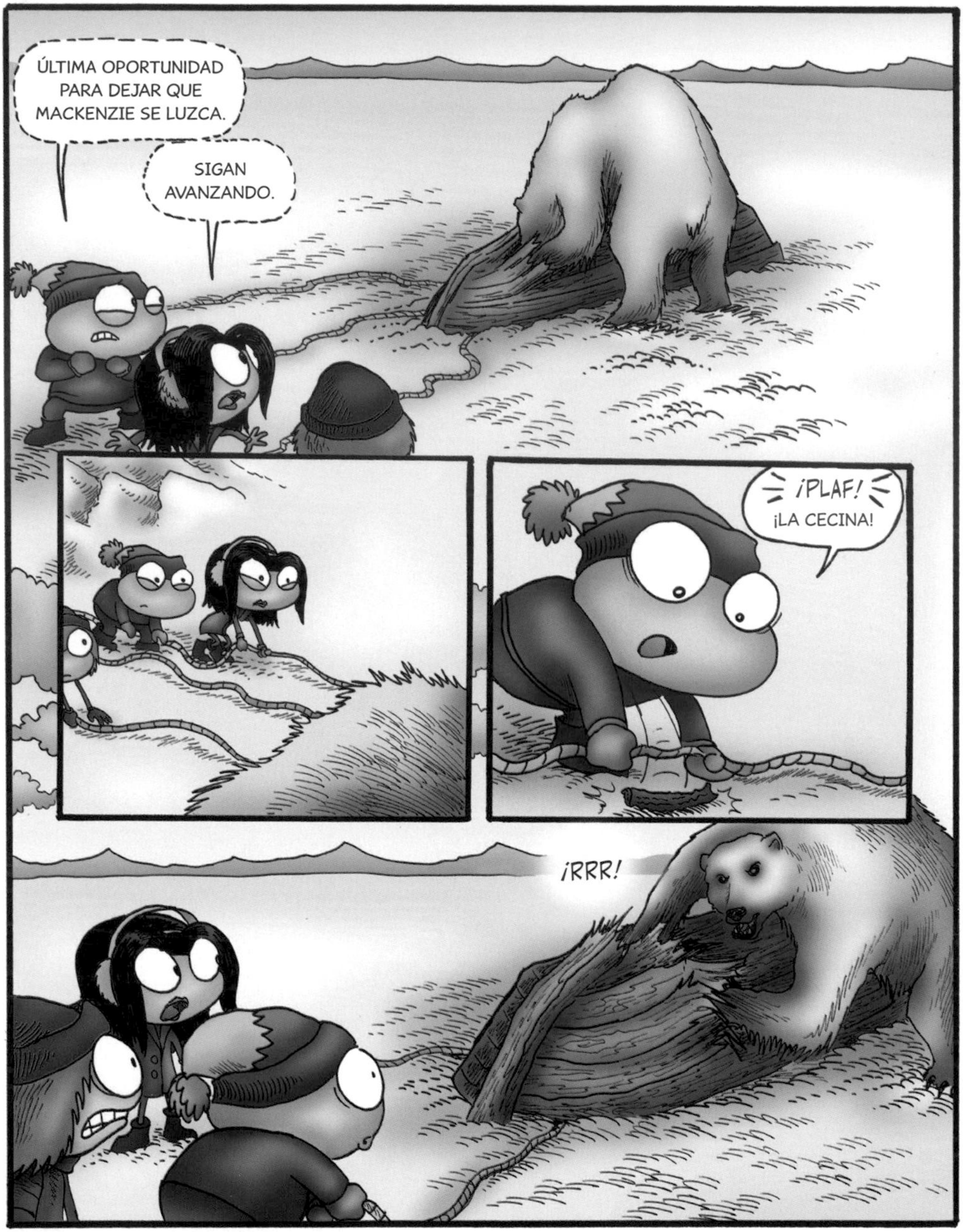
ÚLTIMA OPORTUNIDAD PARA DEJAR QUE MACKENZIE SE LUZCA.
SIGAN AVANZANDO.
¡PLAF!
¡LA CECINA!
¡RRR!

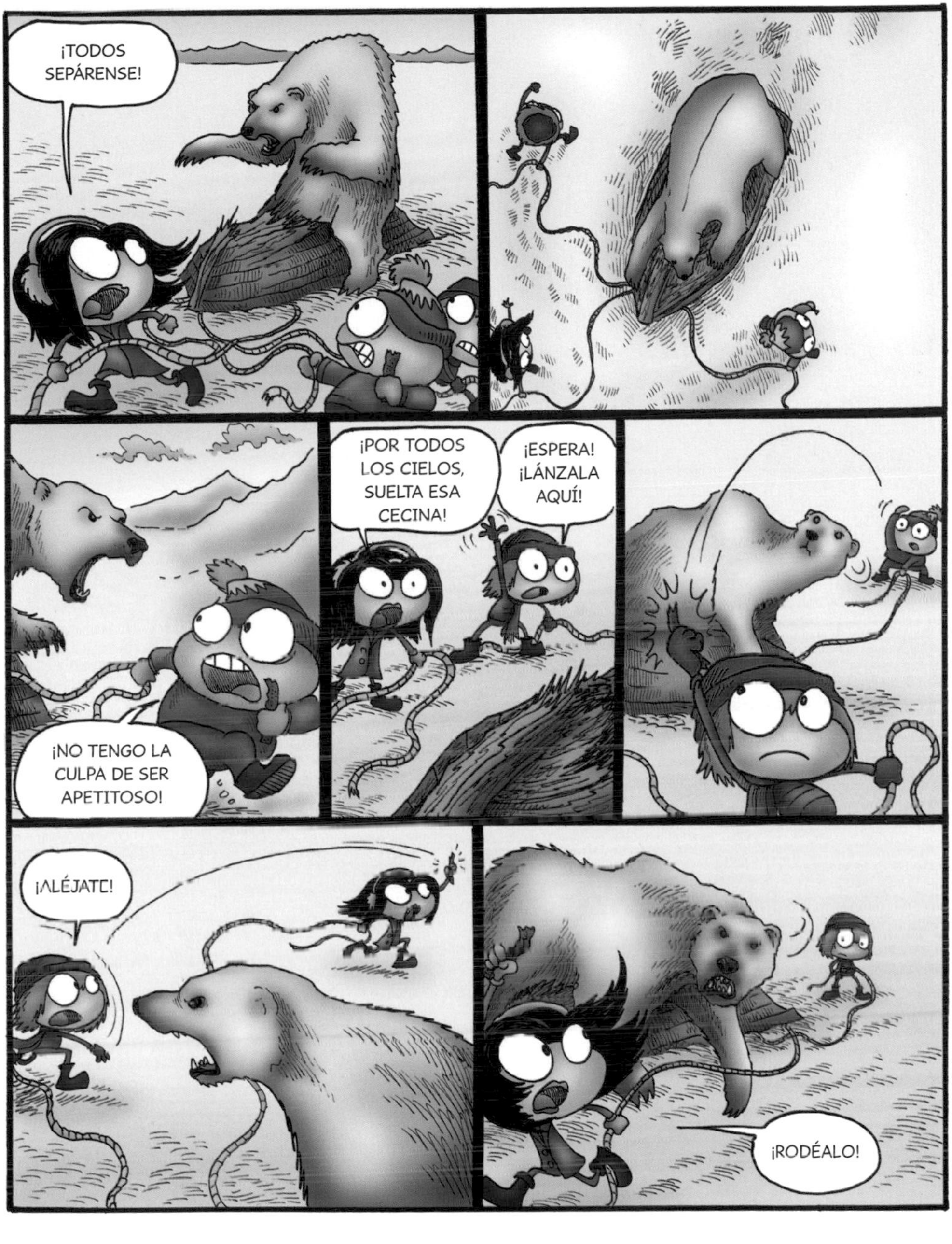
¡TODOS SEPÁRENSE!
¡NO TENGO LA CULPA DE SER APETITOSO!
¡POR TODOS LOS CIELOS, SUELTA ESA CECINA!
¡ESPERA! ¡LÁNZALA AQUÍ!
¡ALÉJATE!
¡RODÉALO!

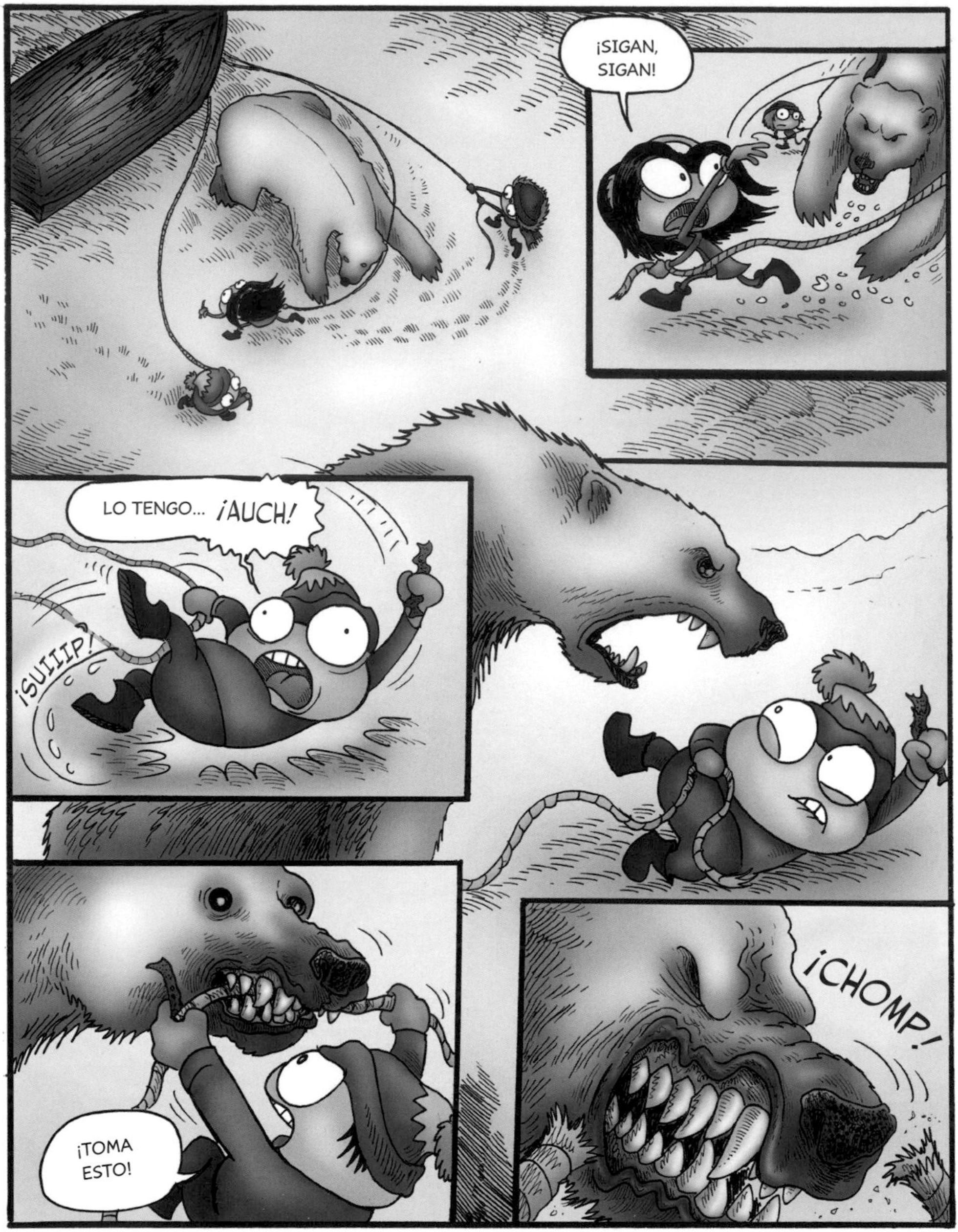
¡SIGAN, SIGAN!
LO TENGO... ¡AUCH!
¡SUIIIP!
¡TOMA ESTO!
¡CHOMP!

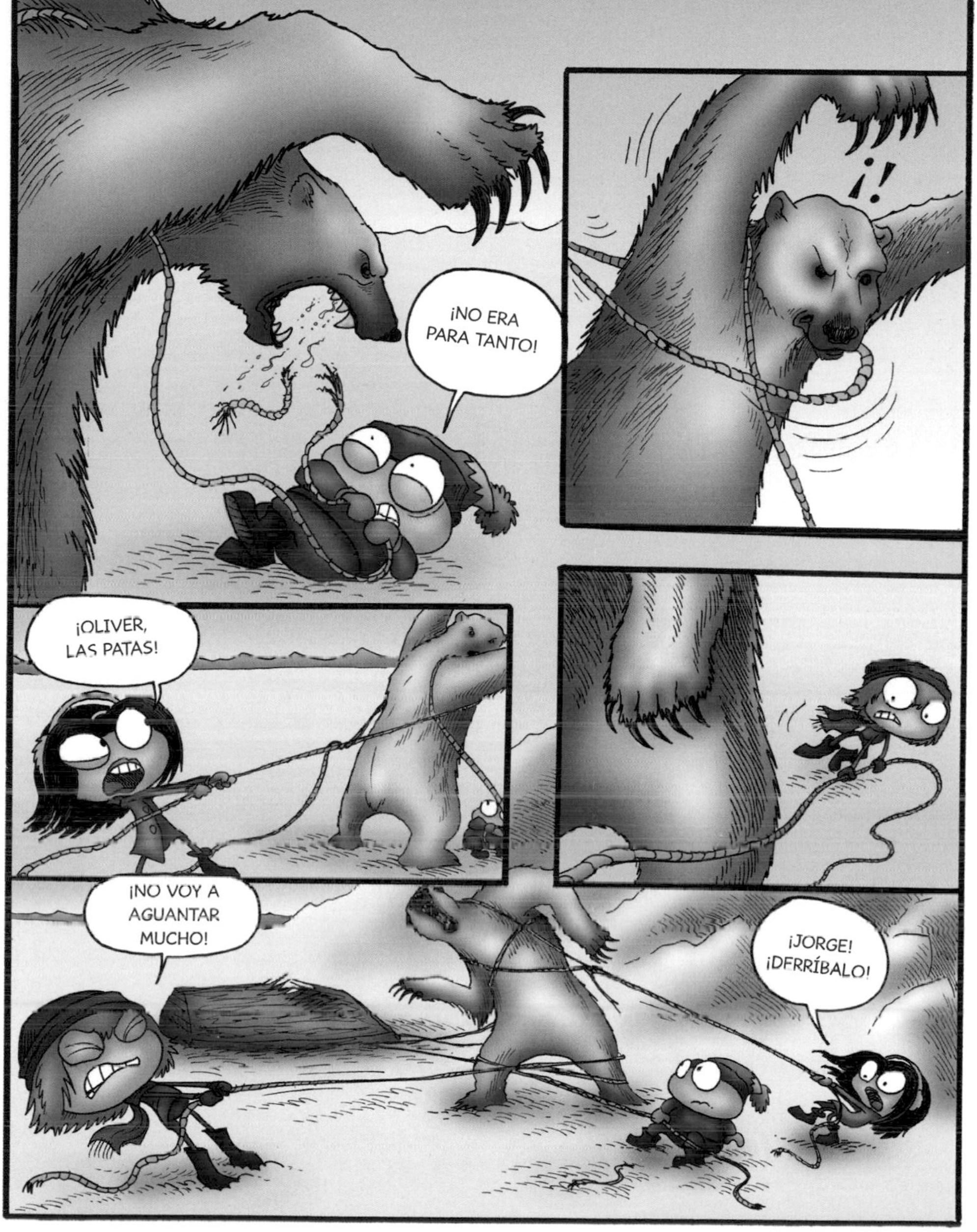
¡NO ERA PARA TANTO!
¡!
¡OLIVER, LAS PATAS!
¡NO VOY A AGUANTAR MUCHO!
¡JORGE! ¡DERRÍBALO!

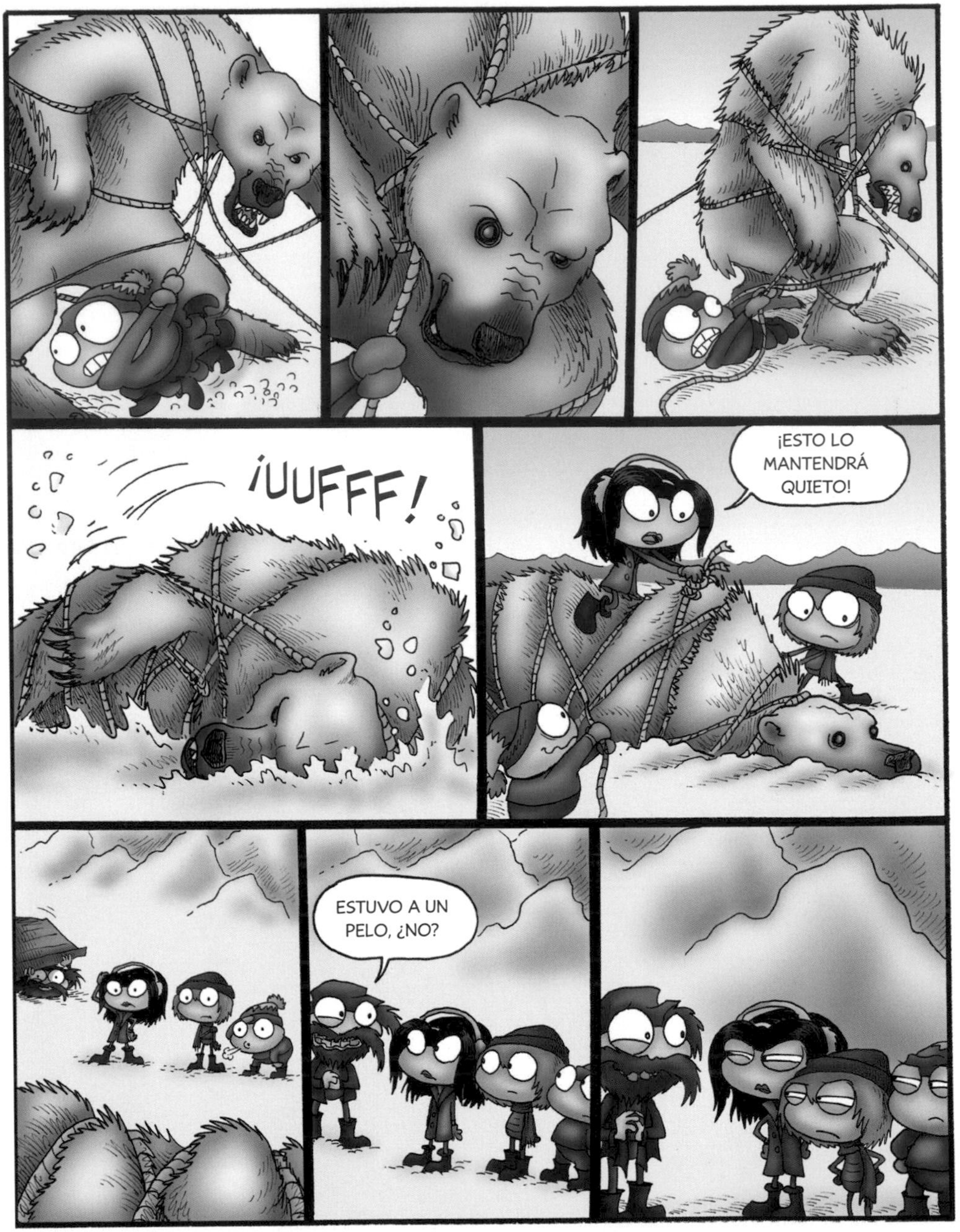
¡UUFFF!
¡ESTO LO MANTENDRÁ QUIETO!
ESTUVO A UN PELO, ¿NO?

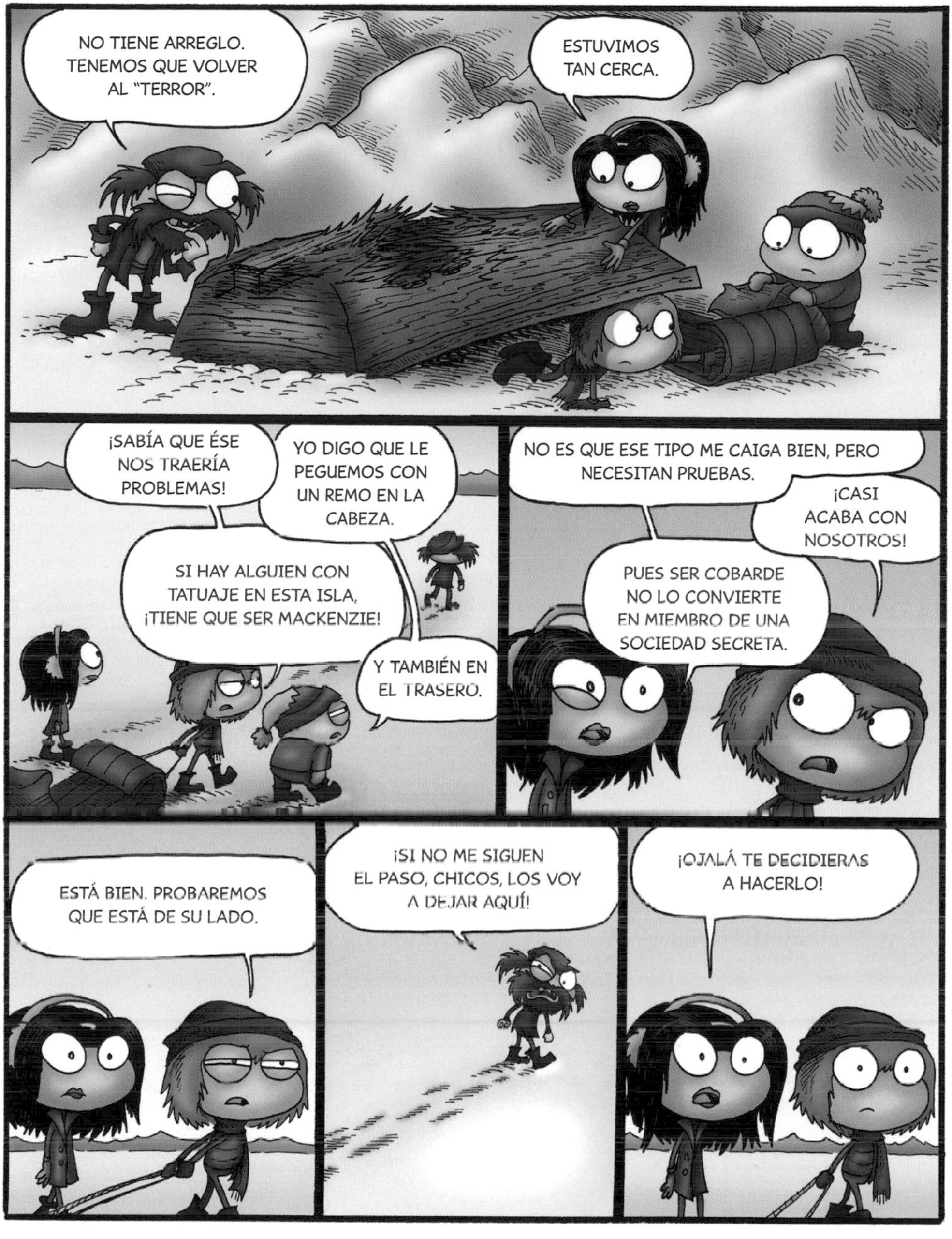
NO TIENE ARREGLO. TENEMOS QUE VOLVER AL "TERROR".
ESTUVIMOS TAN CERCA.
¡SABÍA QUE ÉSE NOS TRAERÍA PROBLEMAS!
YO DIGO QUE LE PEGUEMOS CON UN REMO EN LA CABEZA.
SI HAY ALGUIEN CON TATUAJE EN ESTA ISLA, ¡TIENE QUE SER MACKENZIE!
Y TAMBIÉN EN EL TRASERO.
NO ES QUE ESE TIPO ME CAIGA BIEN, PERO NECESITAN PRUEBAS.
¡CASI ACABA CON NOSOTROS!
PUES SER COBARDE NO LO CONVIERTE EN MIEMBRO DE UNA SOCIEDAD SECRETA.
ESTÁ BIEN. PROBAREMOS QUE ESTÁ DE SU LADO.
¡SI NO ME SIGUEN EL PASO, CHICOS, LOS VOY A DEJAR AQUÍ!
¡OJALÁ TE DECIDIERAS A HACERLO!

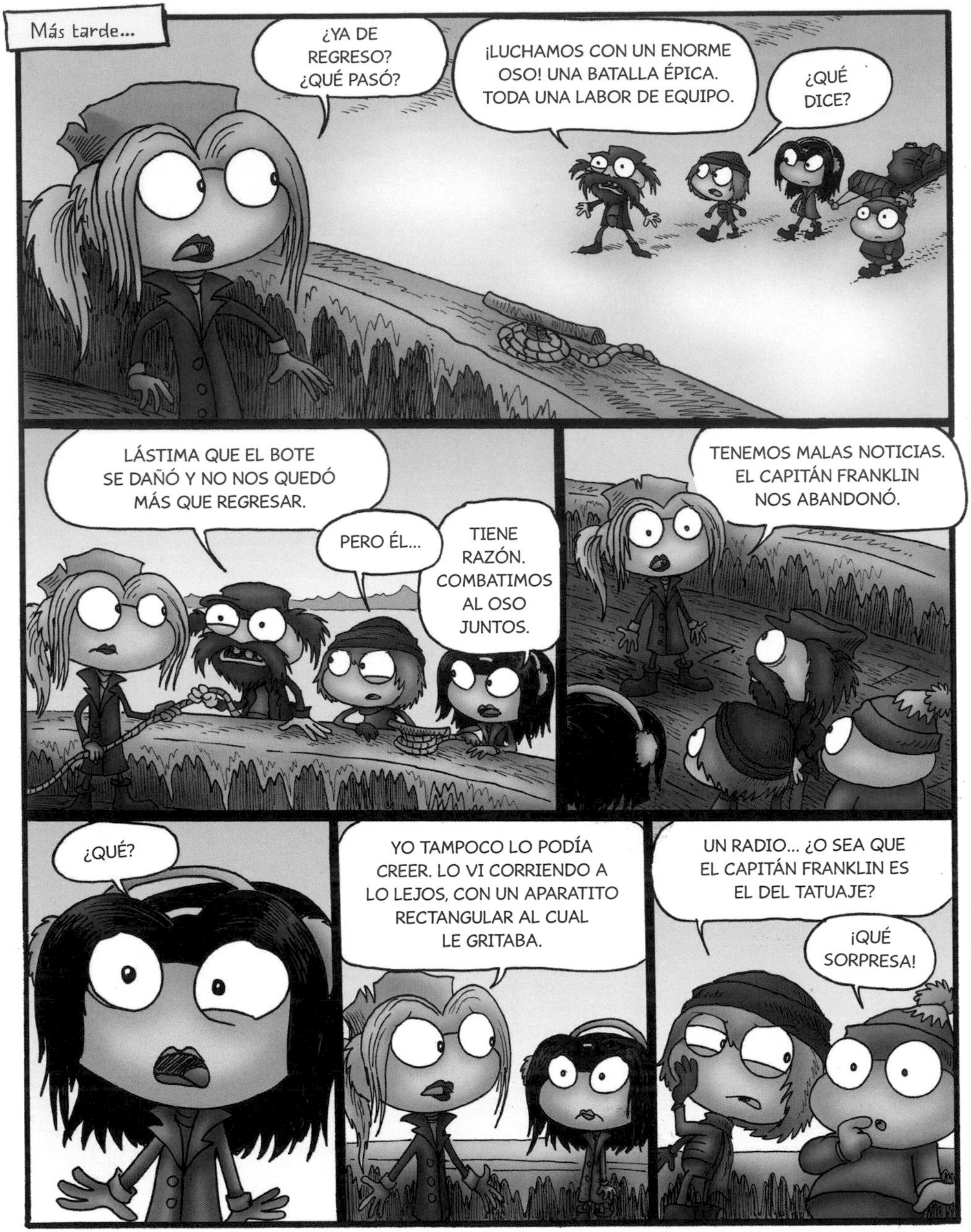

Más tarde...
¿YA DE REGRESO? ¿QUÉ PASÓ?
¡LUCHAMOS CON UN ENORME OSO! UNA BATALLA ÉPICA. TODA UNA LABOR DE EQUIPO.
¿QUÉ DICE?
LÁSTIMA QUE EL BOTE SE DAÑÓ Y NO NOS QUEDÓ MÁS QUE REGRESAR.
PERO ÉL...
TIENE RAZÓN. COMBATIMOS AL OSO JUNTOS.
TENEMOS MALAS NOTICIAS. EL CAPITÁN FRANKLIN NOS ABANDONÓ.
¿QUÉ?
YO TAMPOCO LO PODÍA CREER. LO VI CORRIENDO A LO LEJOS, CON UN APARATITO RECTANGULAR AL CUAL LE GRITABA.
UN RADIO... ¿O SEA QUE EL CAPITÁN FRANKLIN ES EL DEL TATUAJE?
¡QUÉ SORPRESA!

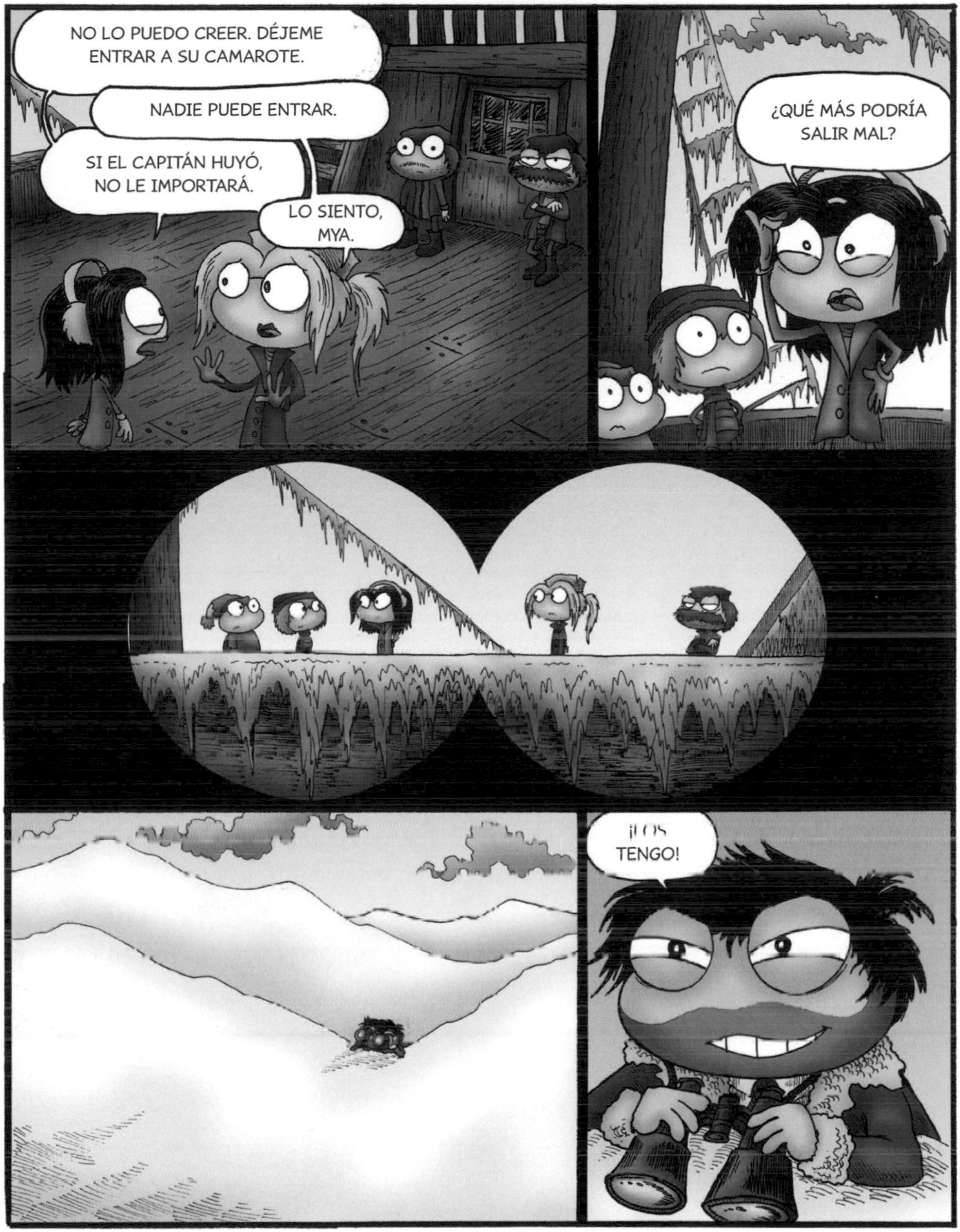
NO LO PUEDO CREER. DÉJEME ENTRAR A SU CAMAROTE.
NADIE PUEDE ENTRAR.
SI EL CAPITÁN HUYÓ, NO LE IMPORTARÁ.
LO SIENTO, MYA.
¿QUÉ MÁS PODRÍA SALIR MAL?
¡LOS TENGO!

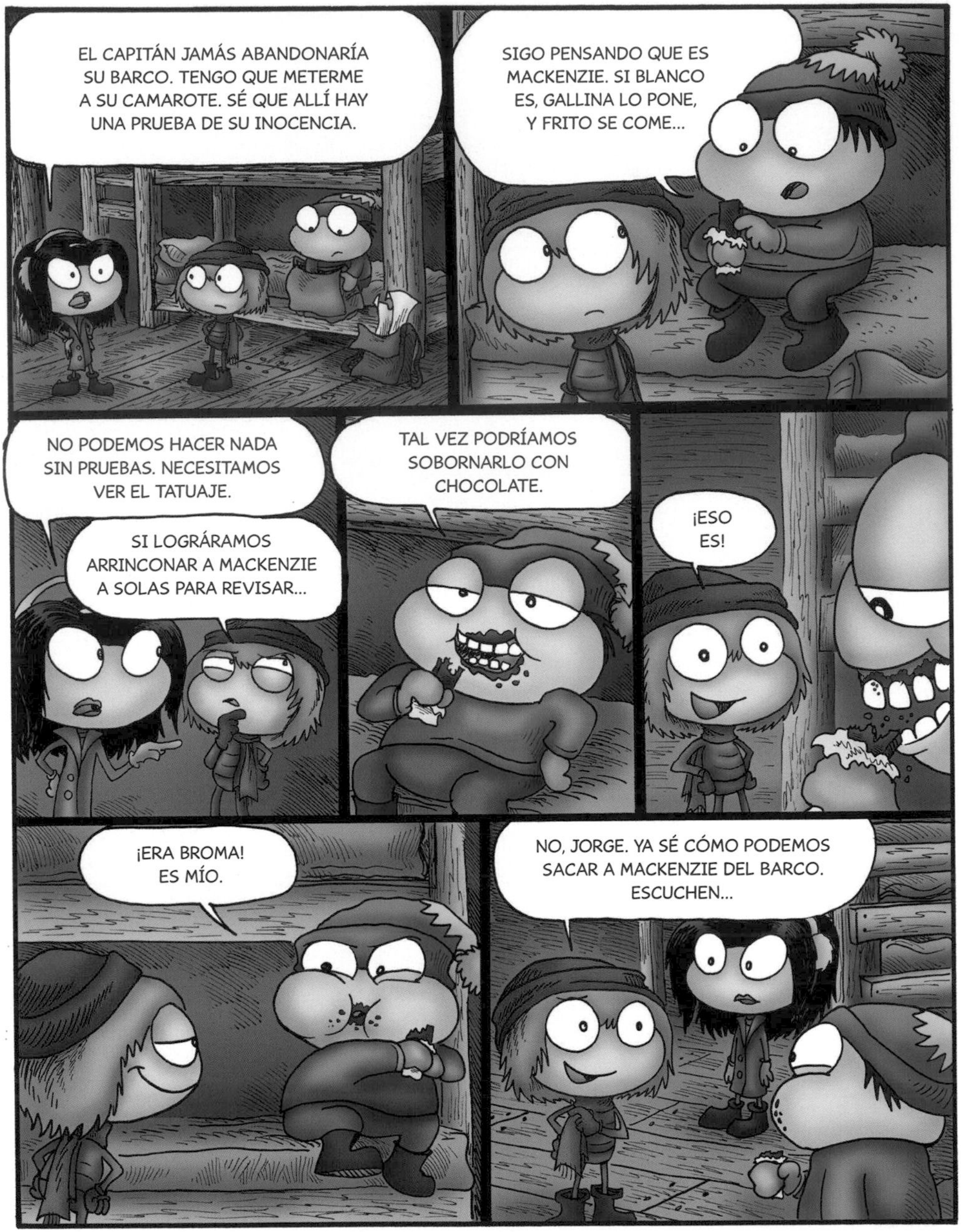
EL CAPITÁN JAMÁS ABANDONARÍA SU BARCO. TENGO QUE METERME A SU CAMAROTE. SÉ QUE ALLÍ HAY UNA PRUEBA DE SU INOCENCIA.
SIGO PENSANDO QUE ES MACKENZIE. SI BLANCO ES, GALLINA LO PONE, Y FRITO SE COME...
NO PODEMOS HACER NADA SIN PRUEBAS. NECESITAMOS VER EL TATUAJE.
SI LOGRÁRAMOS ARRINCONAR A MACKENZIE A SOLAS PARA REVISAR...
TAL VEZ PODRÍAMOS SOBORNARLO CON CHOCOLATE.
¡ESO ES!
¡ERA BROMA! ES MÍO.
NO, JORGE. YA SÉ CÓMO PODEMOS SACAR A MACKENZIE DEL BARCO. ESCUCHEN...

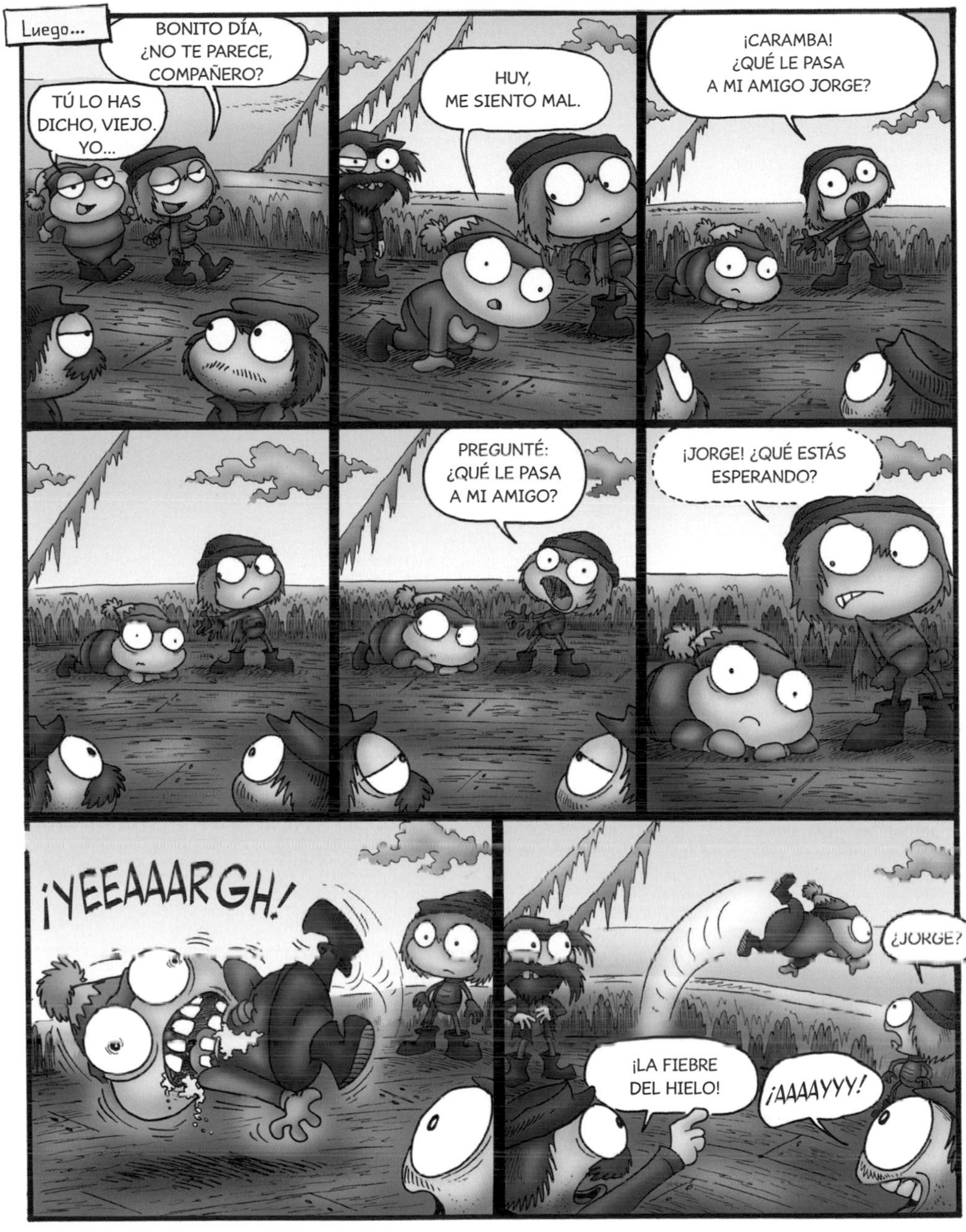
Luego...
BONITO DÍA, ¿NO TE PARECE, COMPAÑERO?
TÚ LO HAS DICHO, VIEJO. YO...
HUY, ME SIENTO MAL.
¡CARAMBA! ¿QUÉ LE PASA A MI AMIGO JORGE?
PREGUNTÉ: ¿QUÉ LE PASA A MI AMIGO?
¡JORGE! ¿QUÉ ESTÁS ESPERANDO?
¡YEEAAARGH!
¿JORGE?
¡LA FIEBRE DEL HIELO!
¡AAAAYYY!

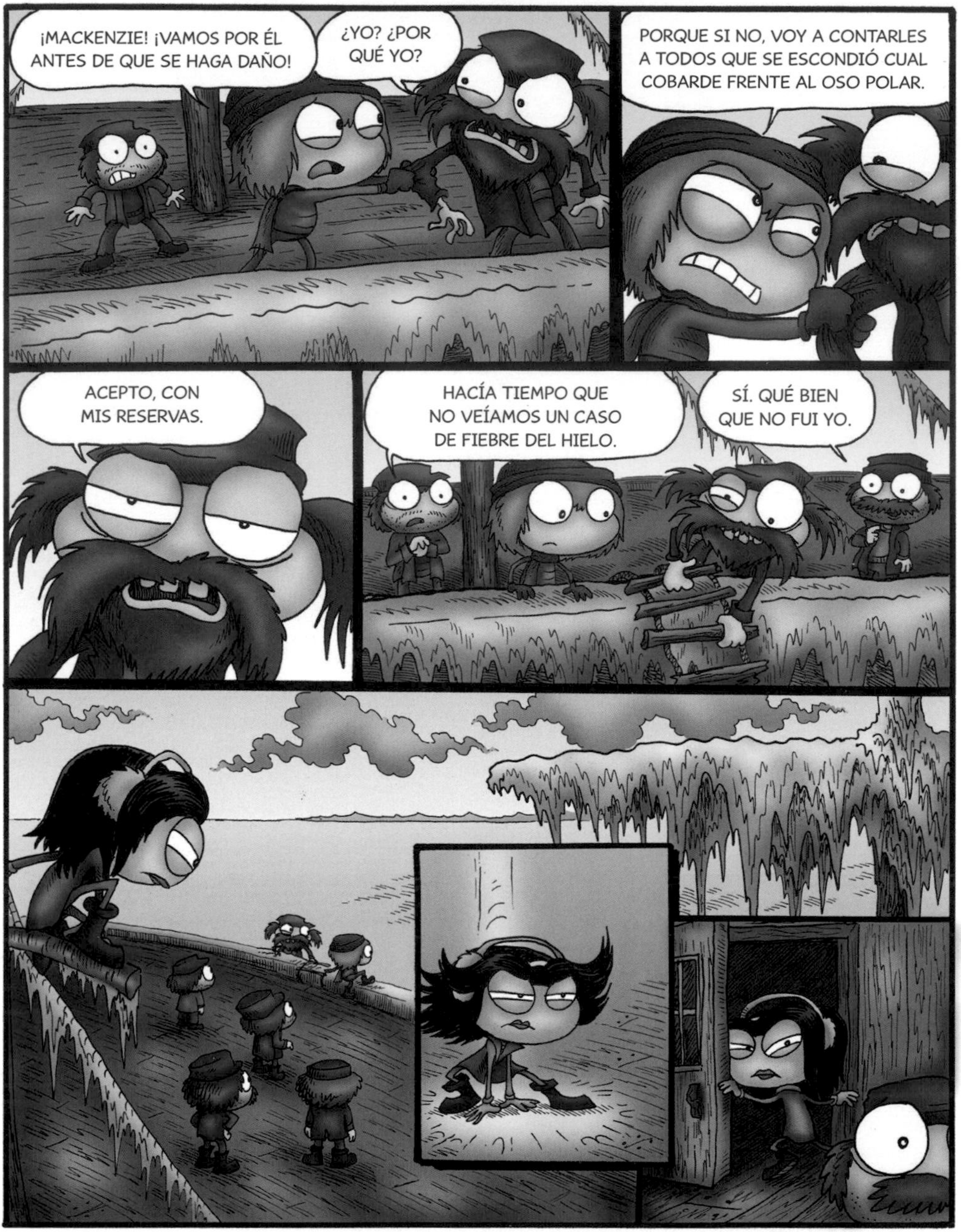
¡MACKENZIE! ¡VAMOS POR ÉL ANTES DE QUE SE HAGA DAÑO!
¿YO? ¿POR QUÉ YO?
PORQUE SI NO, VOY A CONTARLES A TODOS QUE SE ESCONDIÓ CUAL COBARDE FRENTE AL OSO POLAR.
ACEPTO, CON MIS RESERVAS.
HACÍA TIEMPO QUE NO VEÍAMOS UN CASO DE FIEBRE DEL HIELO.
SÍ. QUÉ BIEN QUE NO FUI YO.

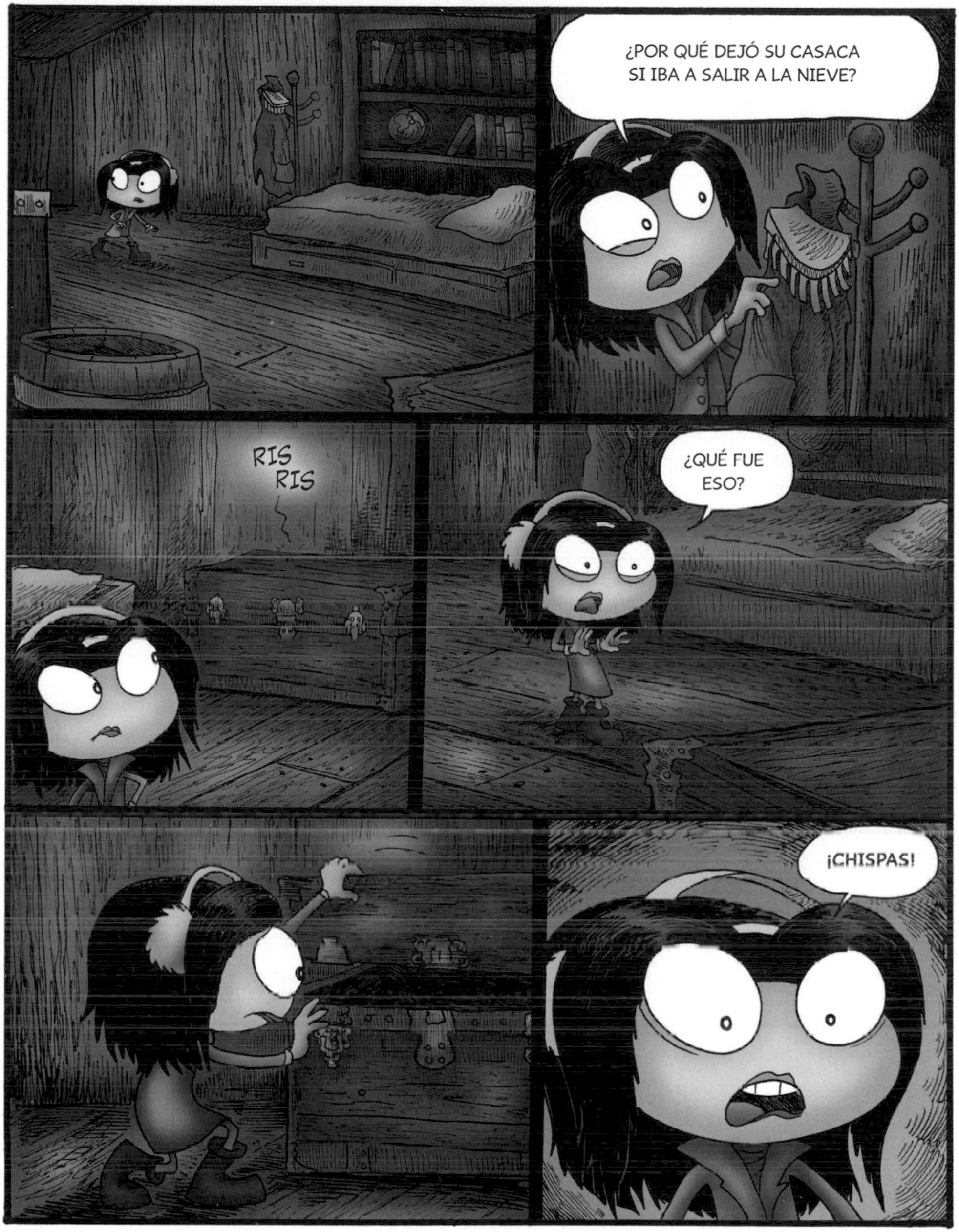
¿POR QUÉ DEJÓ SU CASACA
SI IBA A SALIR A LA NIEVE?
RIS
RIS
¿QUÉ FUE
ESO?
¡CHISPAS!

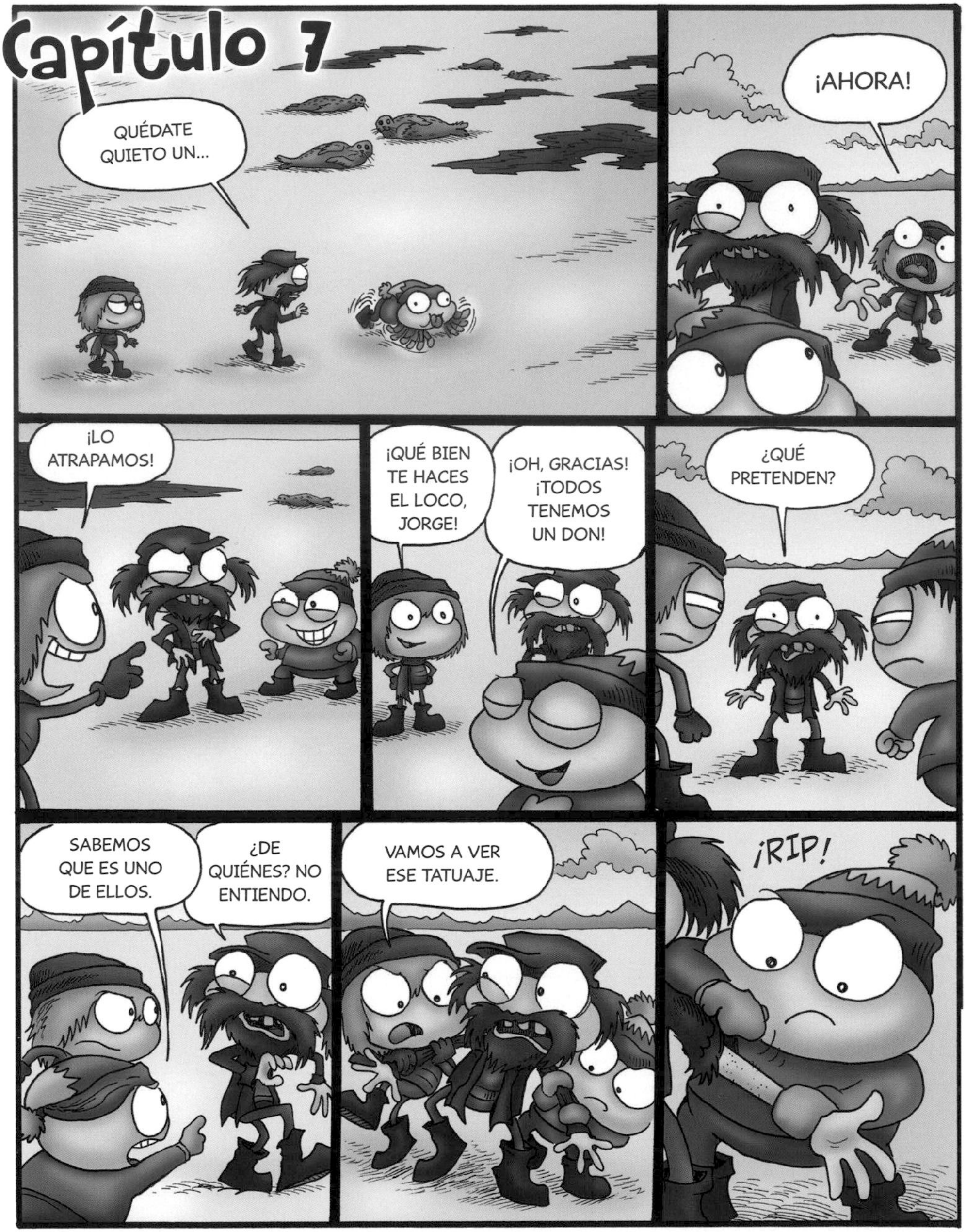
Capítulo 7
QUÉDATE QUIETO UN...
¡AHORA!
¡LO ATRAPAMOS!
¡QUÉ BIEN TE HACES EL LOCO, JORGE!
¡OH, GRACIAS! ¡TODOS TENEMOS UN DON!
¿QUÉ PRETENDEN?
SABEMOS QUE ES UNO DE ELLOS.
¿DE QUIÉNES? NO ENTIENDO.
VAMOS A VER ESE TATUAJE.
¡RIP!

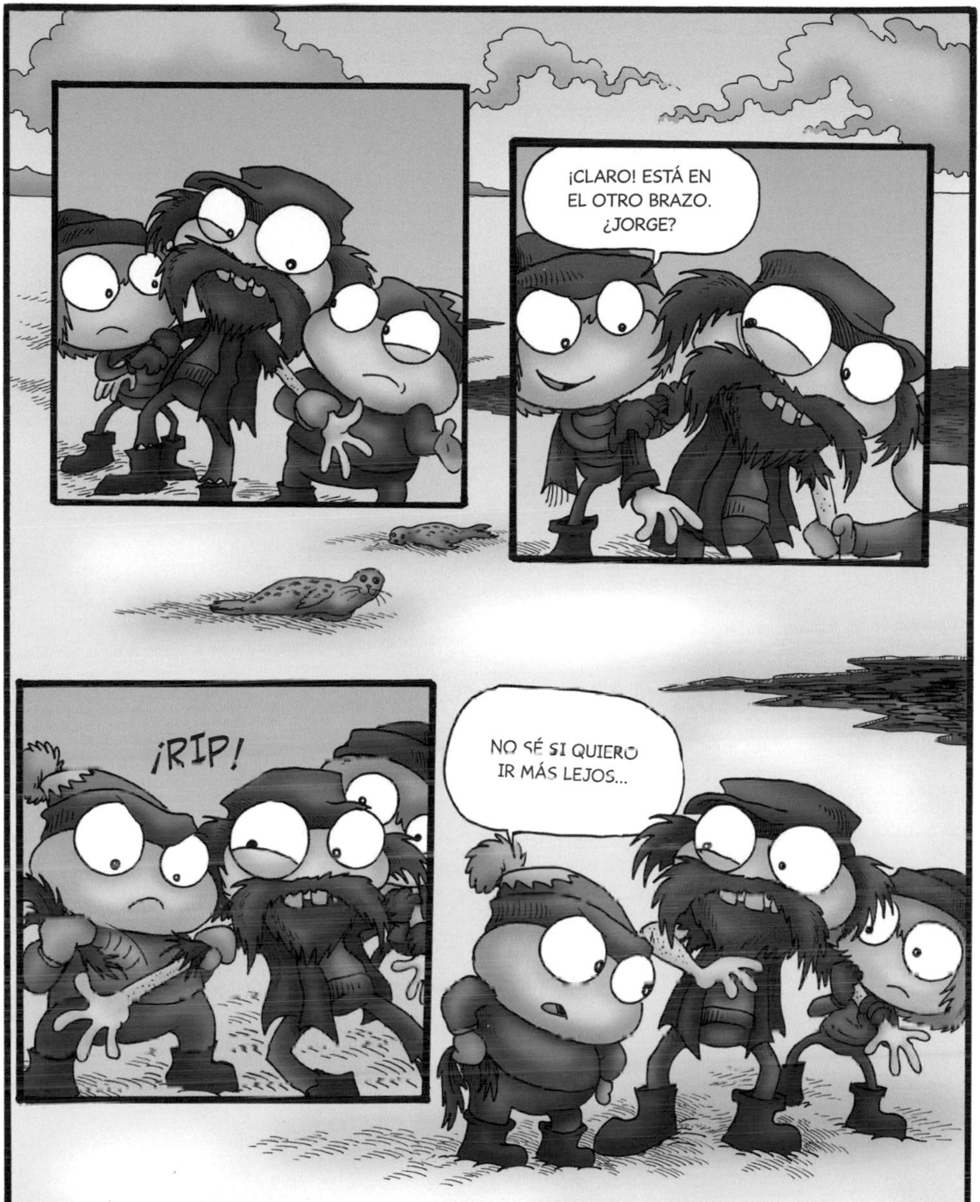
¡CLARO! ESTÁ EN EL OTRO BRAZO. ¿JORGE?
¡RIP!
NO SÉ SI QUIERO IR MÁS LEJOS...

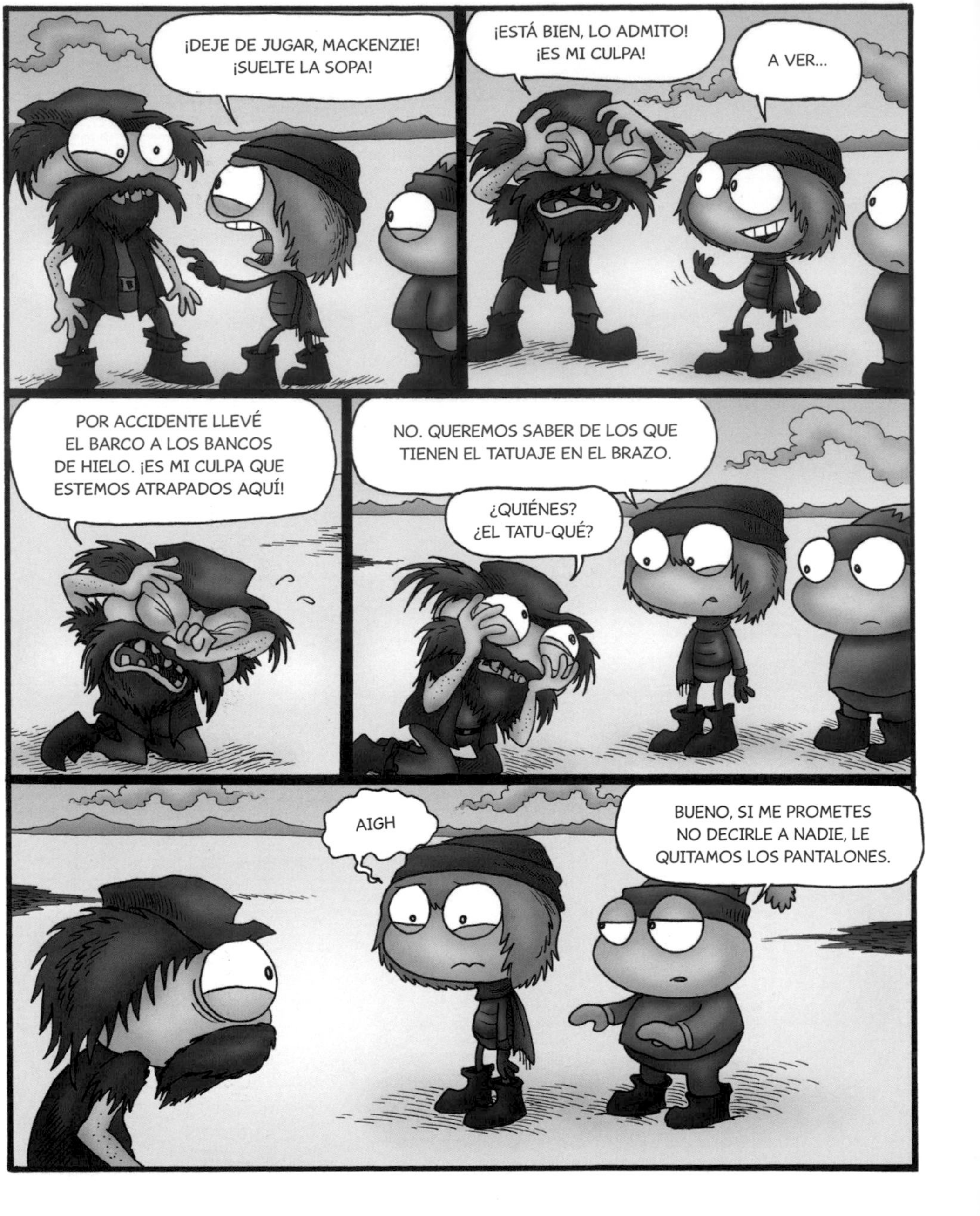
¡DEJE DE JUGAR, MACKENZIE! ¡SUELTE LA SOPA!
¡ESTÁ BIEN, LO ADMITO! ¡ES MI CULPA!
A VER...
POR ACCIDENTE LLEVÉ EL BARCO A LOS BANCOS DE HIELO. ¡ES MI CULPA QUE ESTEMOS ATRAPADOS AQUÍ!
NO. QUEREMOS SABER DE LOS QUE TIENEN EL TATUAJE EN EL BRAZO.
¿QUIÉNES? ¿EL TATU-QUÉ?
AIGH
BUENO, SI ME PROMETES NO DECIRLE A NADIE, LE QUITAMOS LOS PANTALONES.

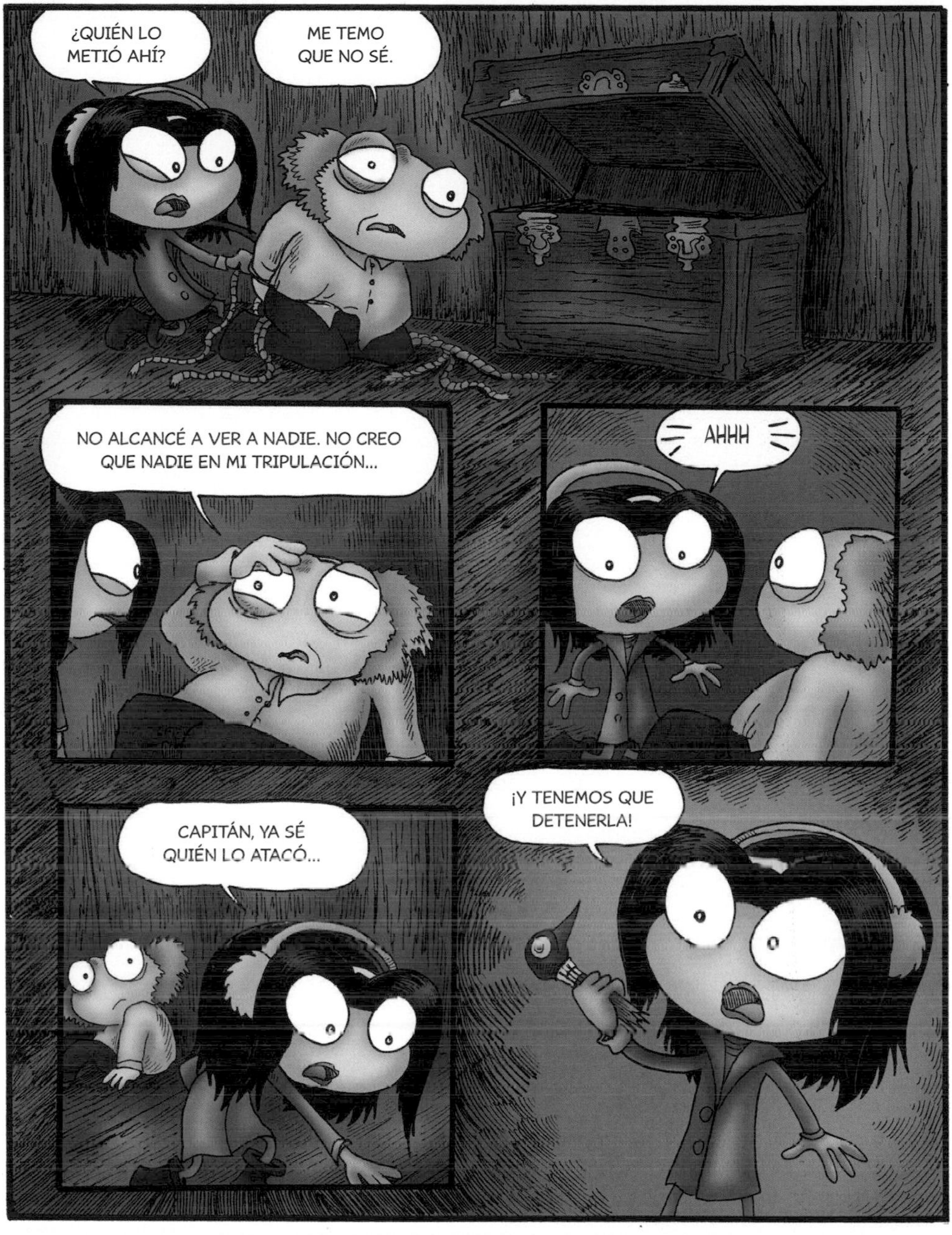
¿QUIÉN LO METIÓ AHÍ?
ME TEMO QUE NO SÉ.
NO ALCANCÉ A VER A NADIE. NO CREO QUE NADIE EN MI TRIPULACIÓN...
AHHH
CAPITÁN, YA SÉ QUIÉN LO ATACÓ...
¡Y TENEMOS QUE DETENERLA!

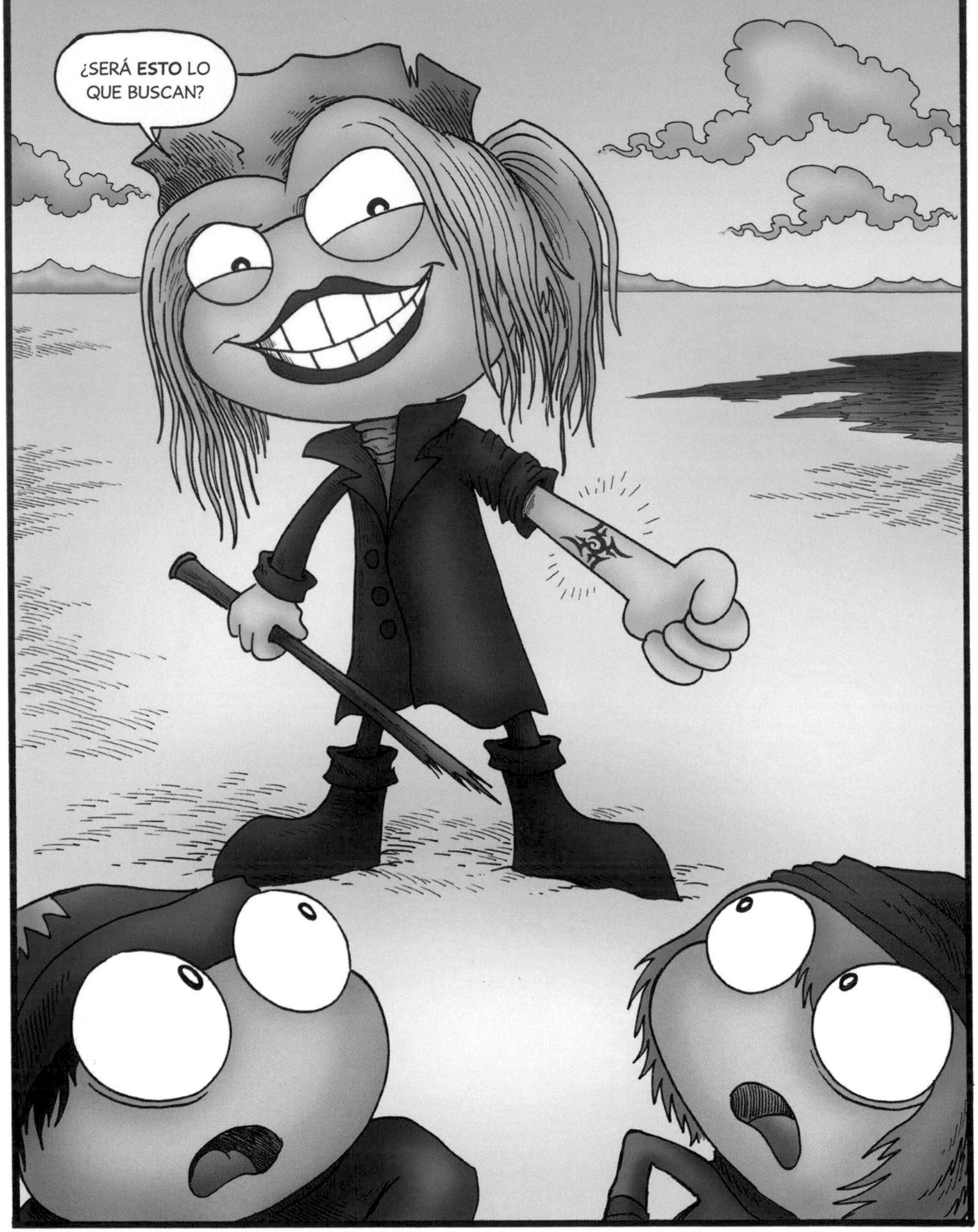
¿SERÁ **ESTO** LO QUE BUSCAN?

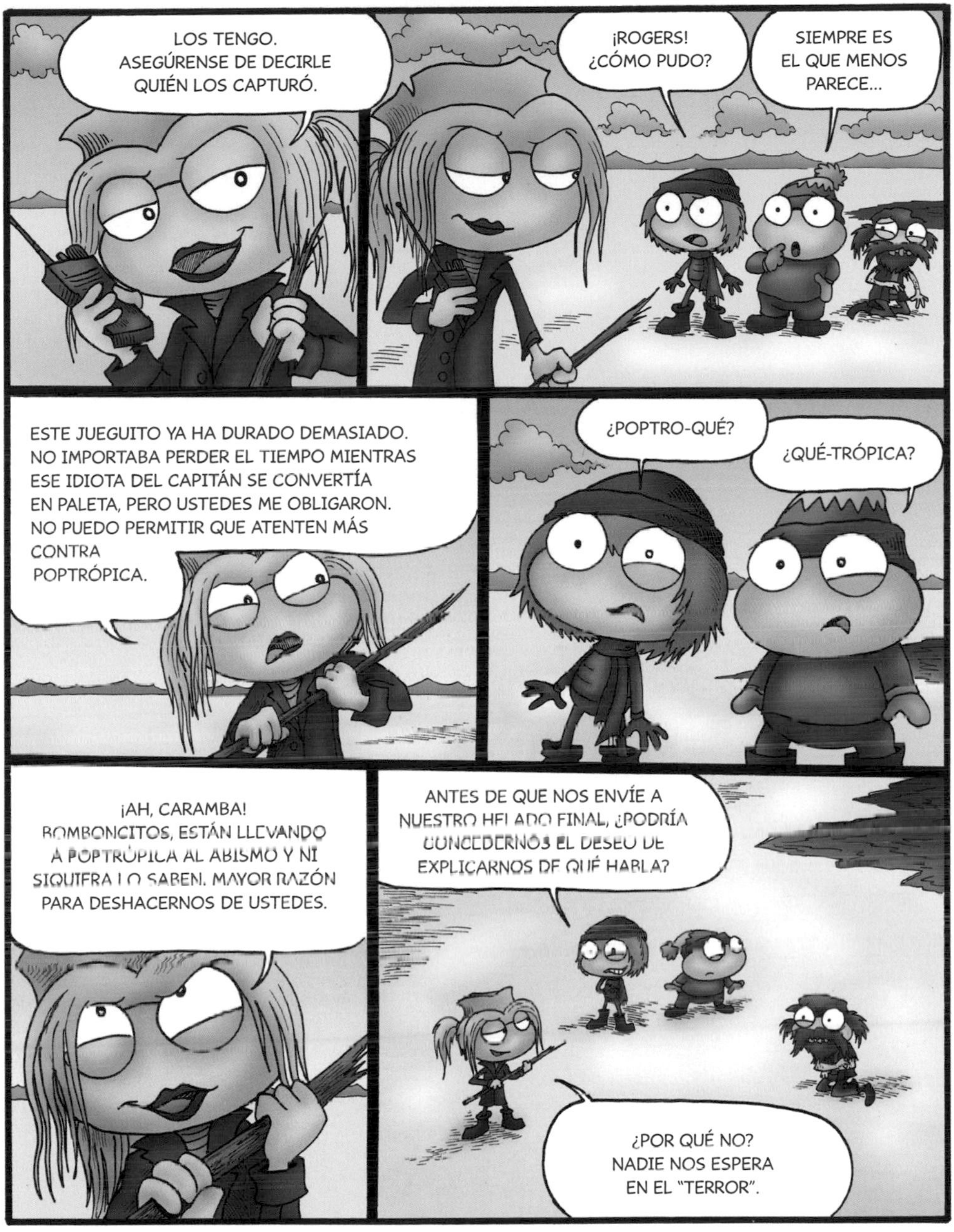
LOS TENGO. ASEGÚRENSE DE DECIRLE QUIÉN LOS CAPTURÓ.
¡ROGERS! ¿CÓMO PUDO?
SIEMPRE ES EL QUE MENOS PARECE...
ESTE JUEGUITO YA HA DURADO DEMASIADO. NO IMPORTABA PERDER EL TIEMPO MIENTRAS ESE IDIOTA DEL CAPITÁN SE CONVERTÍA EN PALETA, PERO USTEDES ME OBLIGARON. NO PUEDO PERMITIR QUE ATENTEN MÁS CONTRA POPTRÓPICA.
¿POPTRO-QUÉ?
¿QUÉ-TRÓPICA?
¡AH, CARAMBA! BOMBONCITOS, ESTÁN LLEVANDO A POPTRÓPICA AL ABISMO Y NI SIQUIERA LO SABEN. MAYOR RAZÓN PARA DESHACERNOS DE USTEDES.
ANTES DE QUE NOS ENVÍE A NUESTRO HELADO FINAL, ¿PODRÍA CONCEDERNOS EL DESEO DE EXPLICARNOS DE QUÉ HABLA?
¿POR QUÉ NO? NADIE NOS ESPERA EN EL "TERROR".

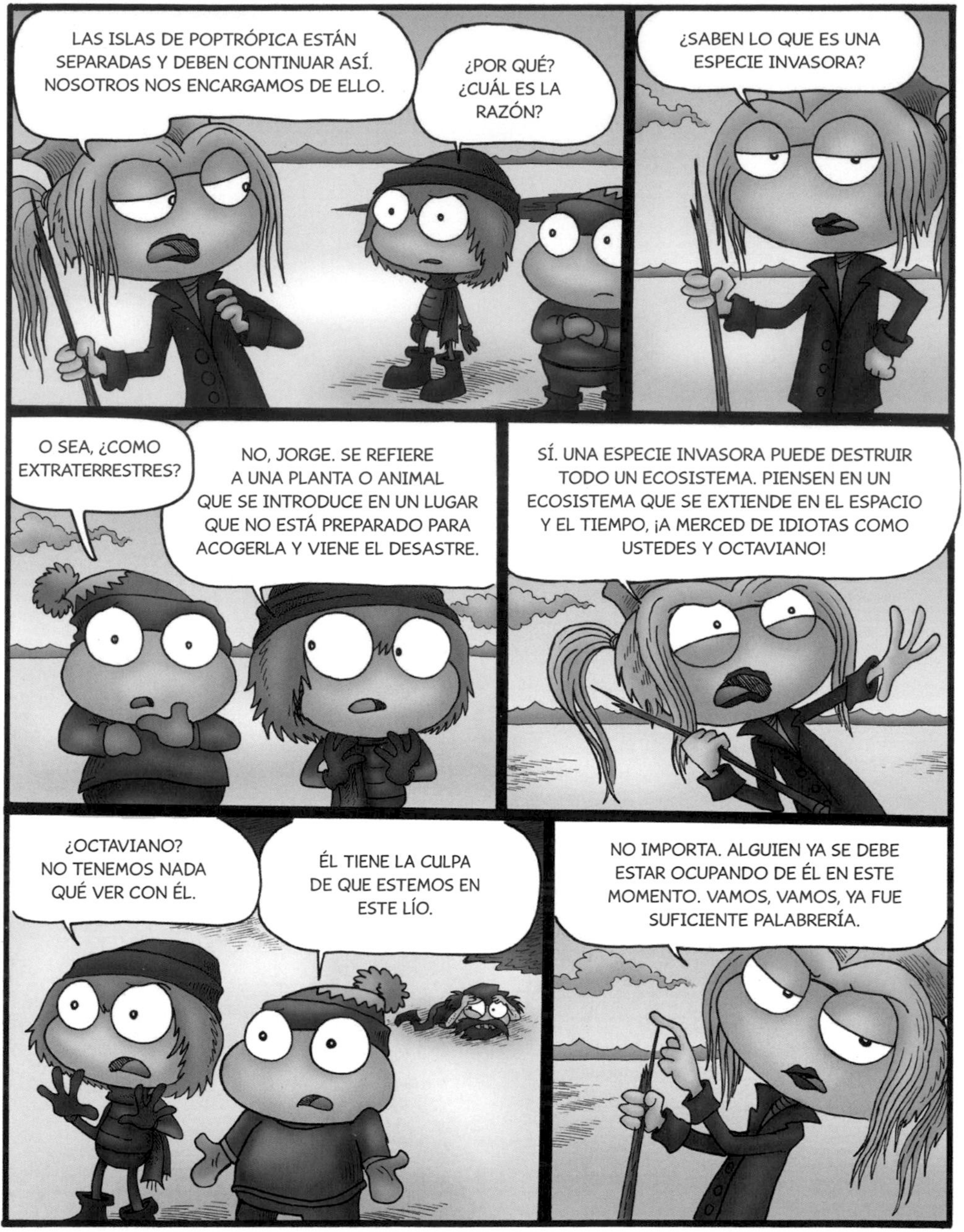
LAS ISLAS DE POPTRÓPICA ESTÁN SEPARADAS Y DEBEN CONTINUAR ASÍ. NOSOTROS NOS ENCARGAMOS DE ELLO.
¿POR QUÉ? ¿CUÁL ES LA RAZÓN?
¿SABEN LO QUE ES UNA ESPECIE INVASORA?
O SEA, ¿COMO EXTRATERRESTRES?
NO, JORGE. SE REFIERE A UNA PLANTA O ANIMAL QUE SE INTRODUCE EN UN LUGAR QUE NO ESTÁ PREPARADO PARA ACOGERLA Y VIENE EL DESASTRE.
SÍ. UNA ESPECIE INVASORA PUEDE DESTRUIR TODO UN ECOSISTEMA. PIENSEN EN UN ECOSISTEMA QUE SE EXTIENDE EN EL ESPACIO Y EL TIEMPO, ¡A MERCED DE IDIOTAS COMO USTEDES Y OCTAVIANO!
¿OCTAVIANO? NO TENEMOS NADA QUÉ VER CON ÉL.
ÉL TIENE LA CULPA DE QUE ESTEMOS EN ESTE LÍO.
NO IMPORTA. ALGUIEN YA SE DEBE ESTAR OCUPANDO DE ÉL EN ESTE MOMENTO. VAMOS, VAMOS, YA FUE SUFICIENTE PALABRERÍA.

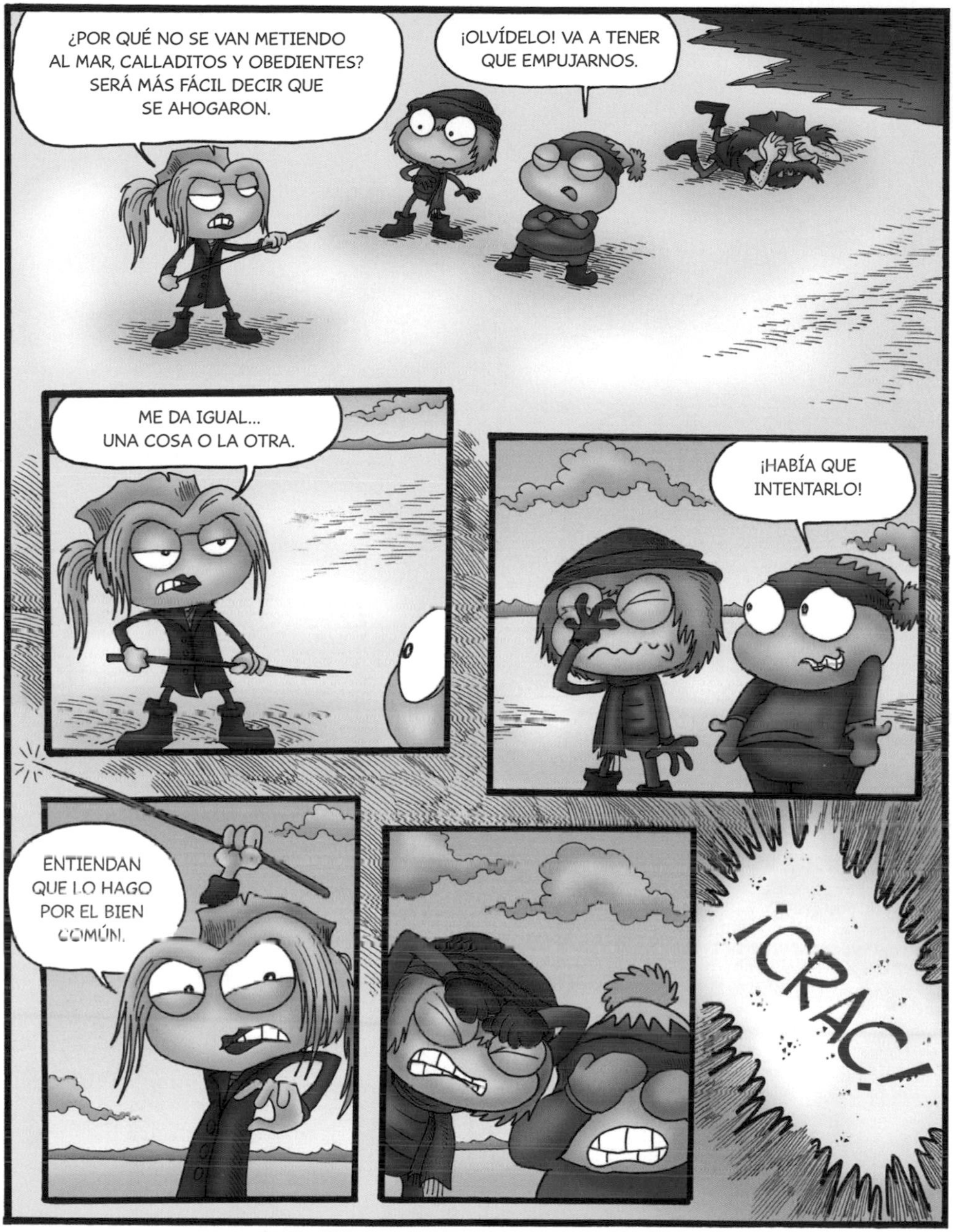
¿POR QUÉ NO SE VAN METIENDO AL MAR, CALLADITOS Y OBEDIENTES? SERÁ MÁS FÁCIL DECIR QUE SE AHOGARON.
¡OLVÍDELO! VA A TENER QUE EMPUJARNOS.
ME DA IGUAL... UNA COSA O LA OTRA.
¡HABÍA QUE INTENTARLO!
ENTIENDAN QUE LO HAGO POR EL BIEN COMÚN.
¡CRAC!

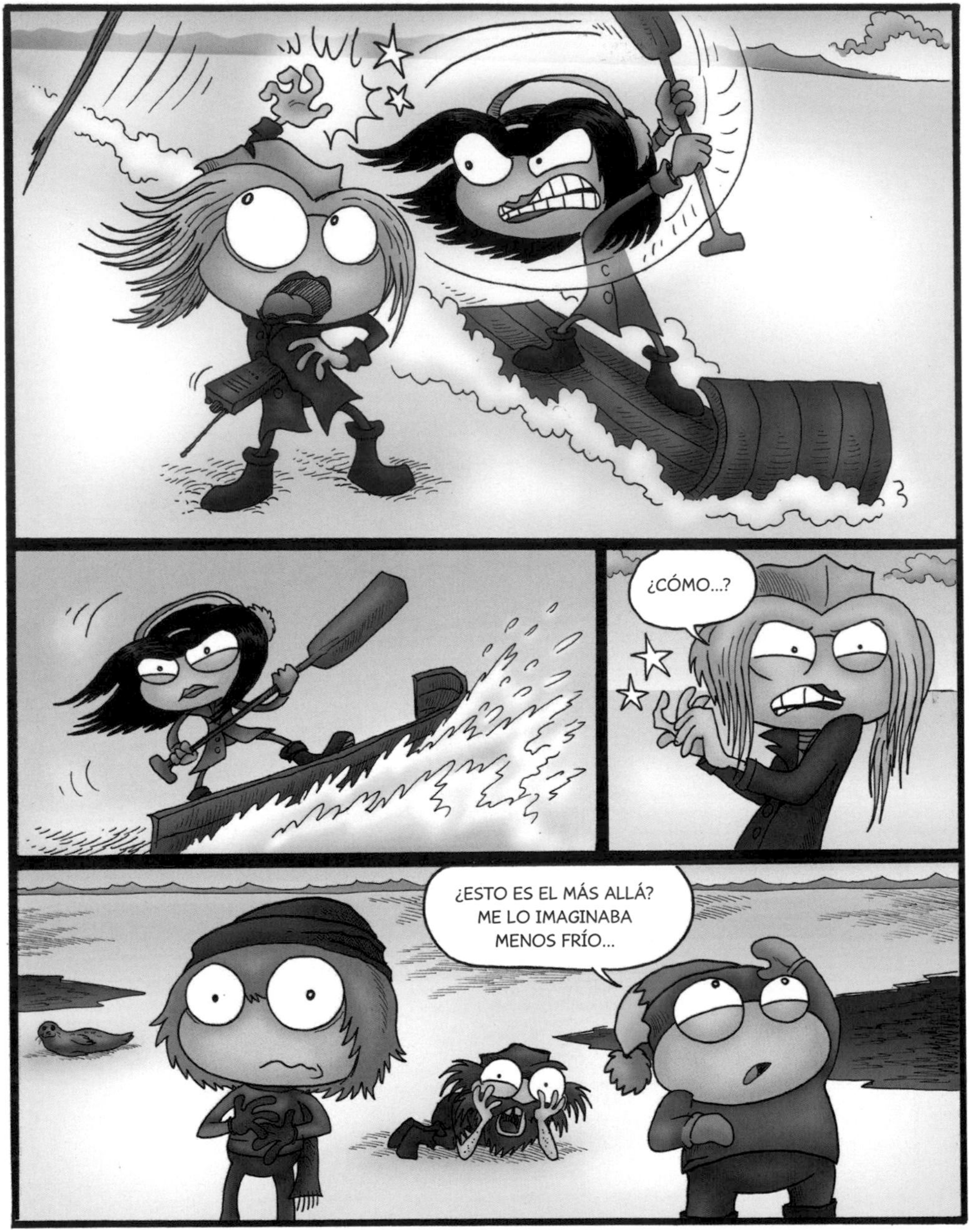
¿CÓMO...?
¿ESTO ES EL MÁS ALLÁ? ME LO IMAGINABA MENOS FRÍO...

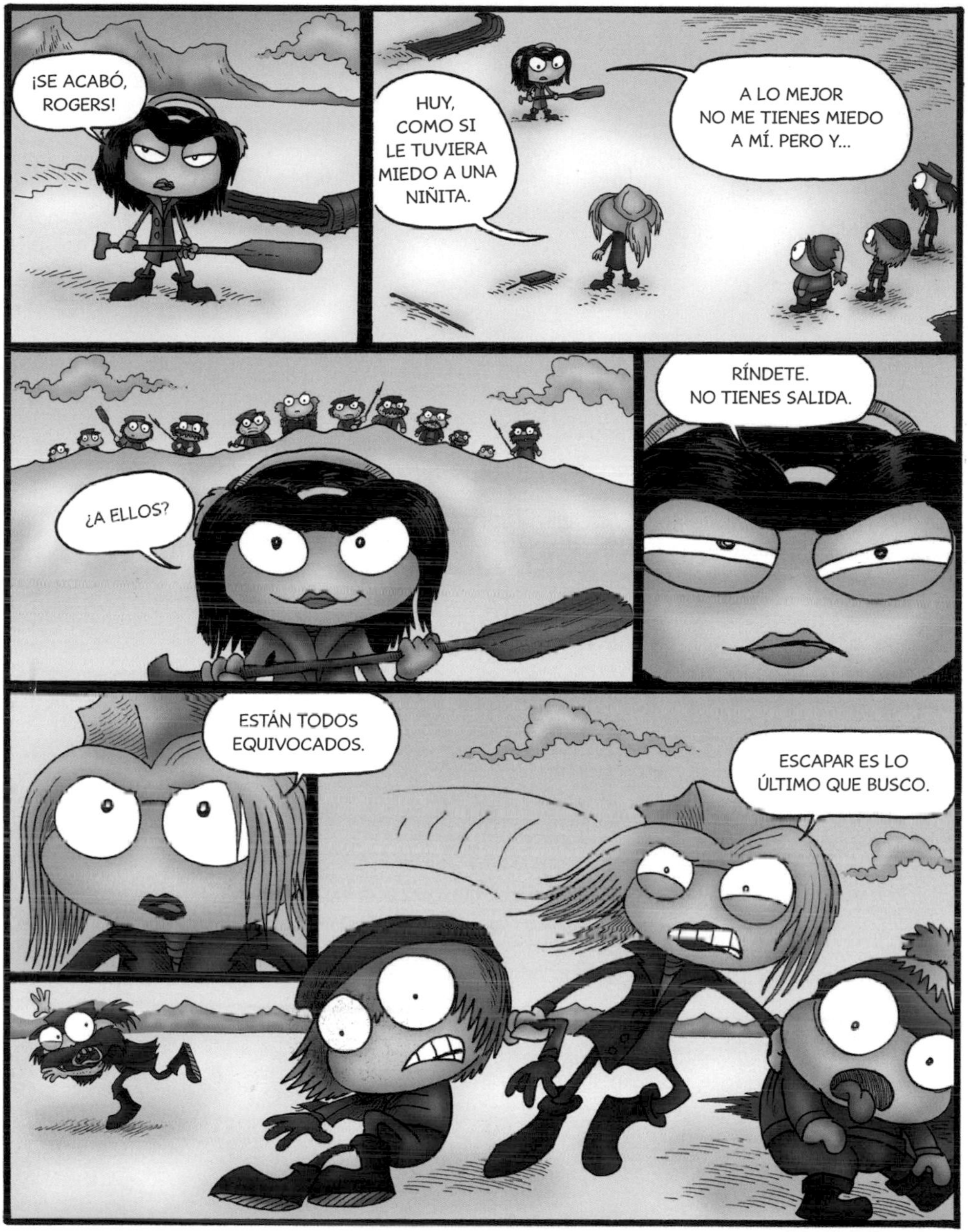
¡SE ACABÓ, ROGERS!
HUY, COMO SI LE TUVIERA MIEDO A UNA NIÑITA.
A LO MEJOR NO ME TIENES MIEDO A MÍ. PERO Y...
¿A ELLOS?
RÍNDETE. NO TIENES SALIDA.
ESTÁN TODOS EQUIVOCADOS.
ESCAPAR ES LO ÚLTIMO QUE BUSCO.

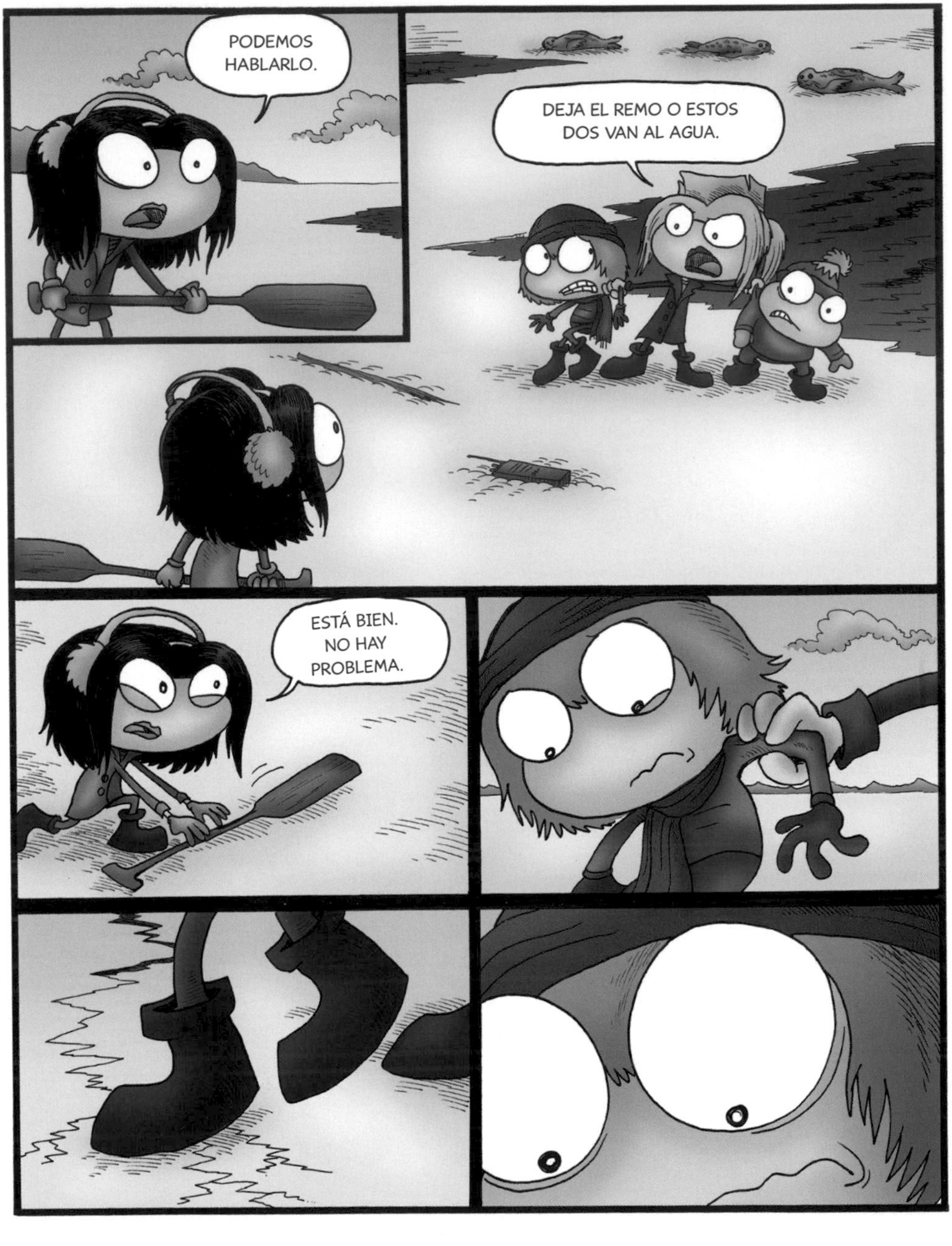
PODEMOS HABLARLO.
DEJA EL REMO O ESTOS DOS VAN AL AGUA.
ESTÁ BIEN. NO HAY PROBLEMA.

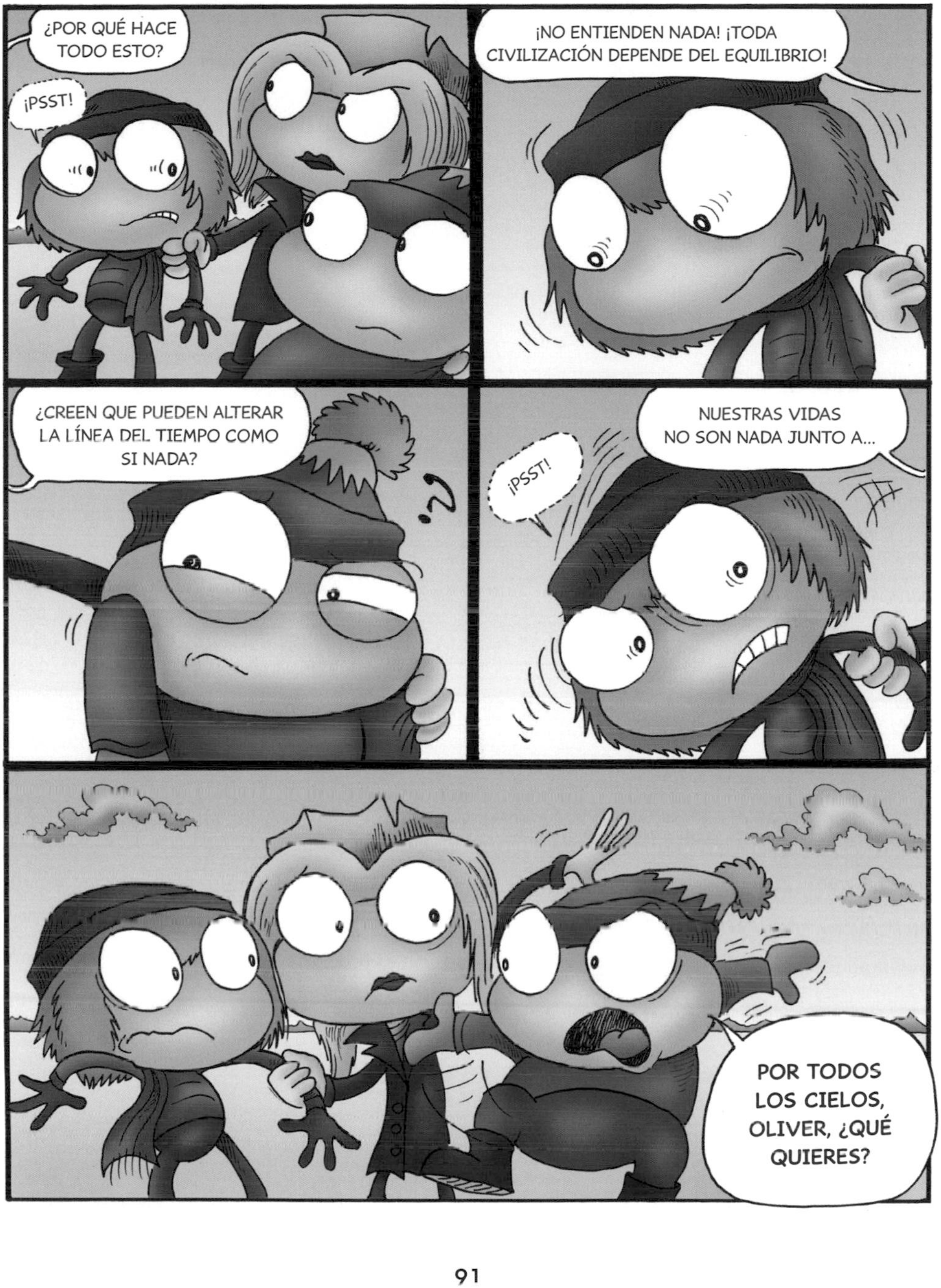
¿POR QUÉ HACE TODO ESTO?
¡PSST!
¡NO ENTIENDEN NADA! ¡TODA CIVILIZACIÓN DEPENDE DEL EQUILIBRIO!
¿CREEN QUE PUEDEN ALTERAR LA LÍNEA DEL TIEMPO COMO SI NADA?
¿?
NUESTRAS VIDAS NO SON NADA JUNTO A...
¡PSST!
POR TODOS LOS CIELOS, OLIVER, ¿QUÉ QUIERES?

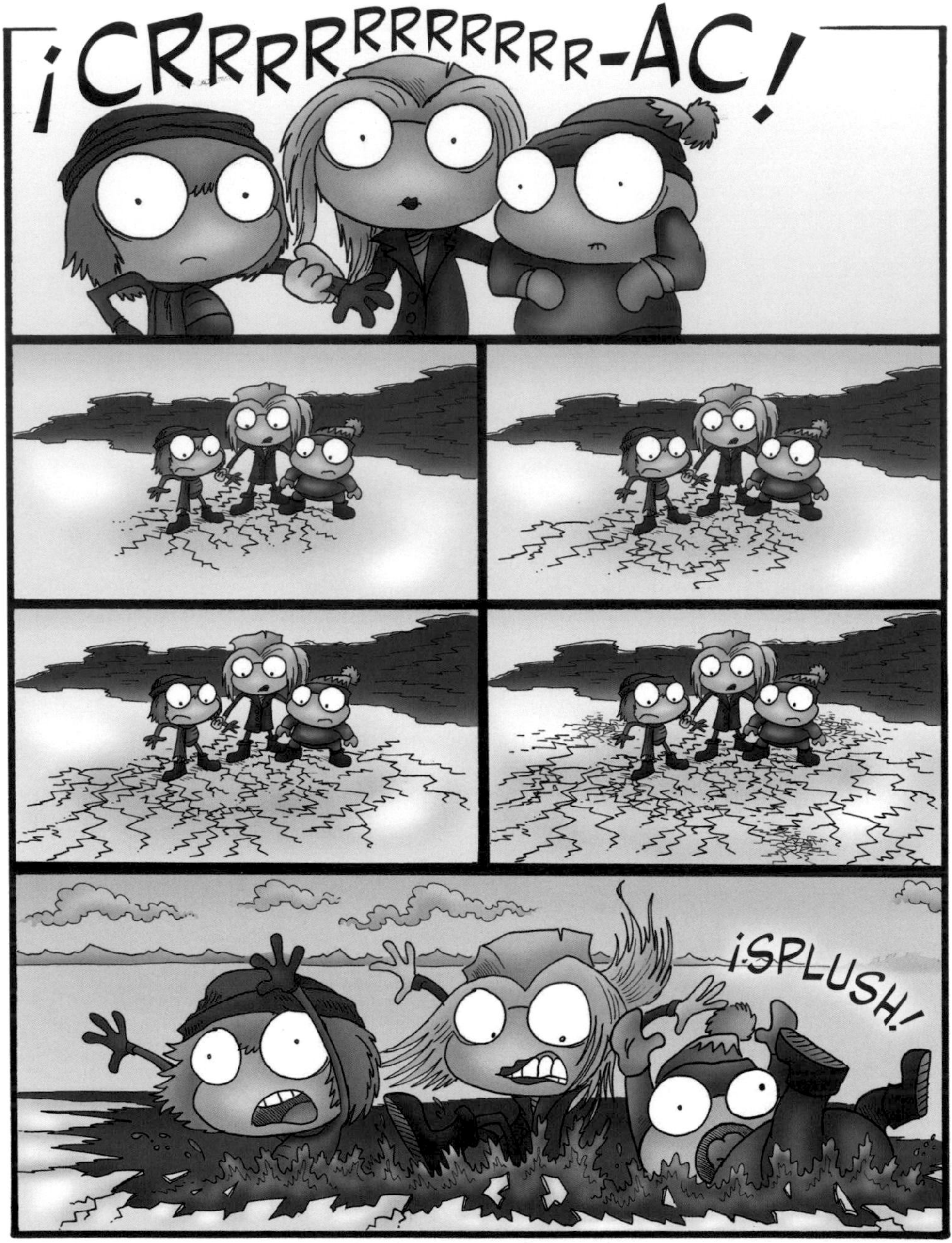
¡CRRRRRRRRRRR-AC!
¡SPLUSH!

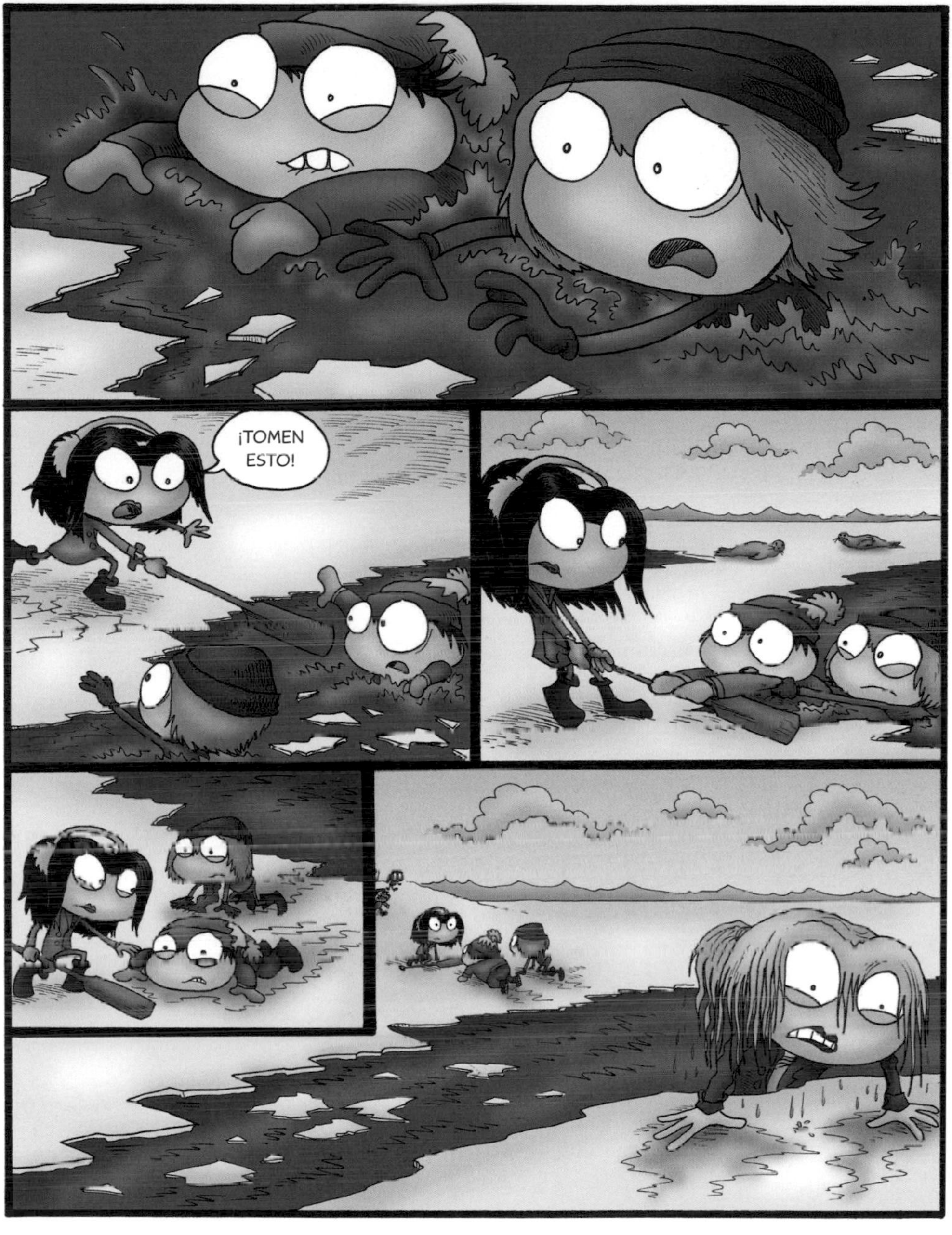
¡TOMEN ESTO!

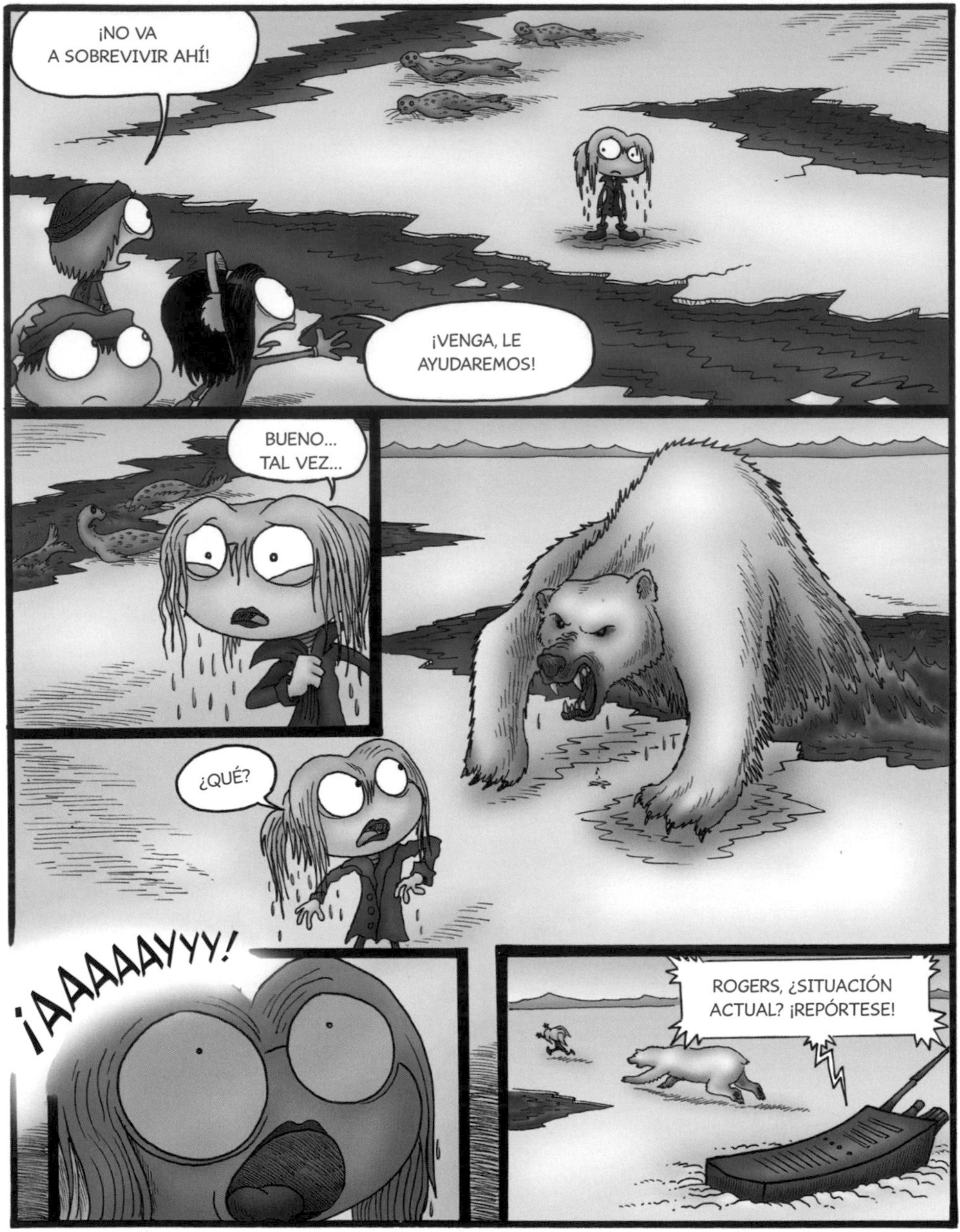
¡NO VA
A SOBREVIVIR AHÍ!
¡VENGA, LE
AYUDAREMOS!
BUENO...
TAL VEZ...
¿QUÉ?
¡AAAAAYYY!
ROGERS, ¿SITUACIÓN
ACTUAL? ¡REPÓRTESE!

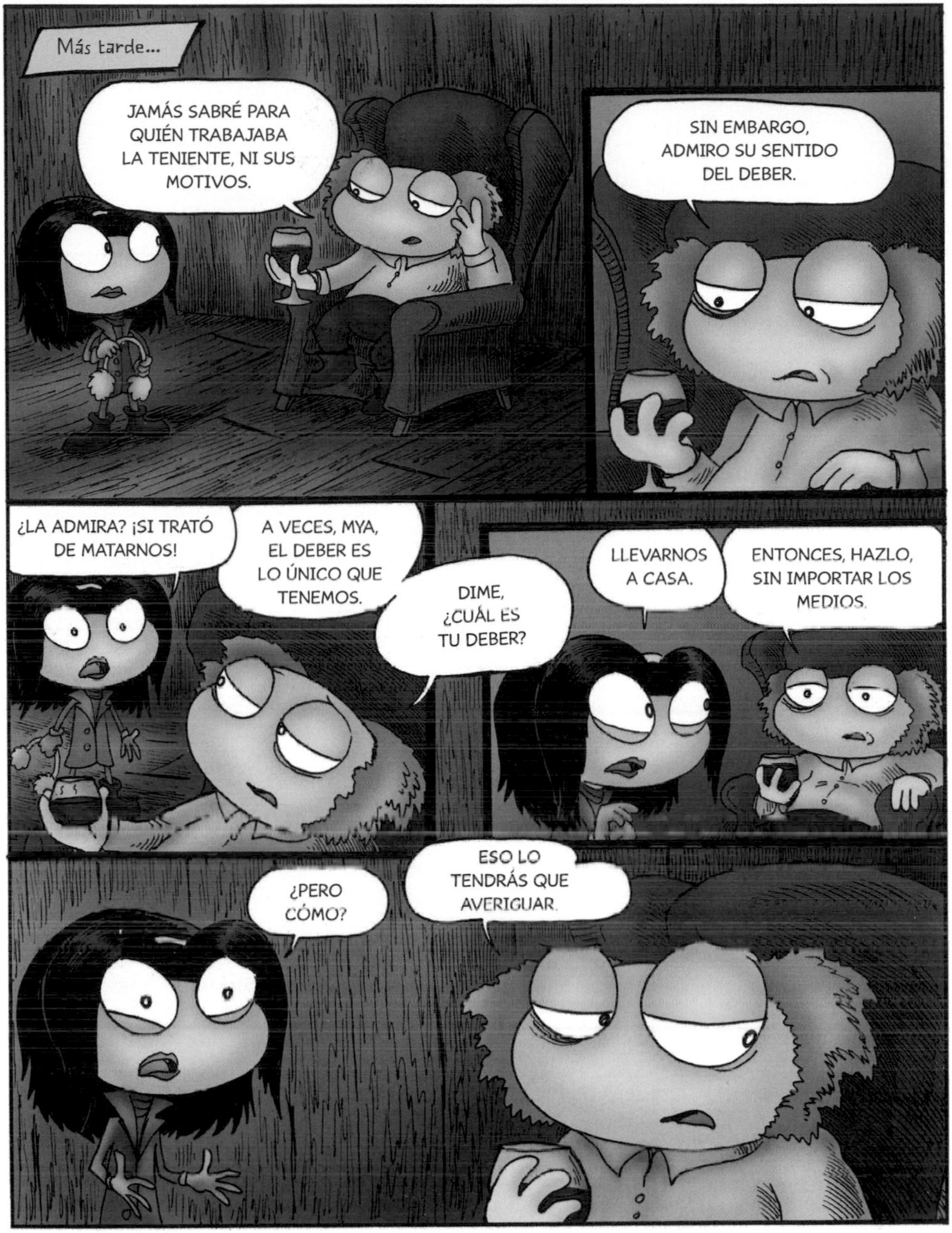

Más tarde...
JAMÁS SABRÉ PARA QUIÉN TRABAJABA LA TENIENTE, NI SUS MOTIVOS.
SIN EMBARGO, ADMIRO SU SENTIDO DEL DEBER.
¿LA ADMIRA? ¡SI TRATÓ DE MATARNOS!
A VECES, MYA, EL DEBER ES LO ÚNICO QUE TENEMOS.
DIME, ¿CUÁL ES TU DEBER?
LLEVARNOS A CASA.
ENTONCES, HAZLO, SIN IMPORTAR LOS MEDIOS.
¿PERO CÓMO?
ESO LO TENDRÁS QUE AVERIGUAR.

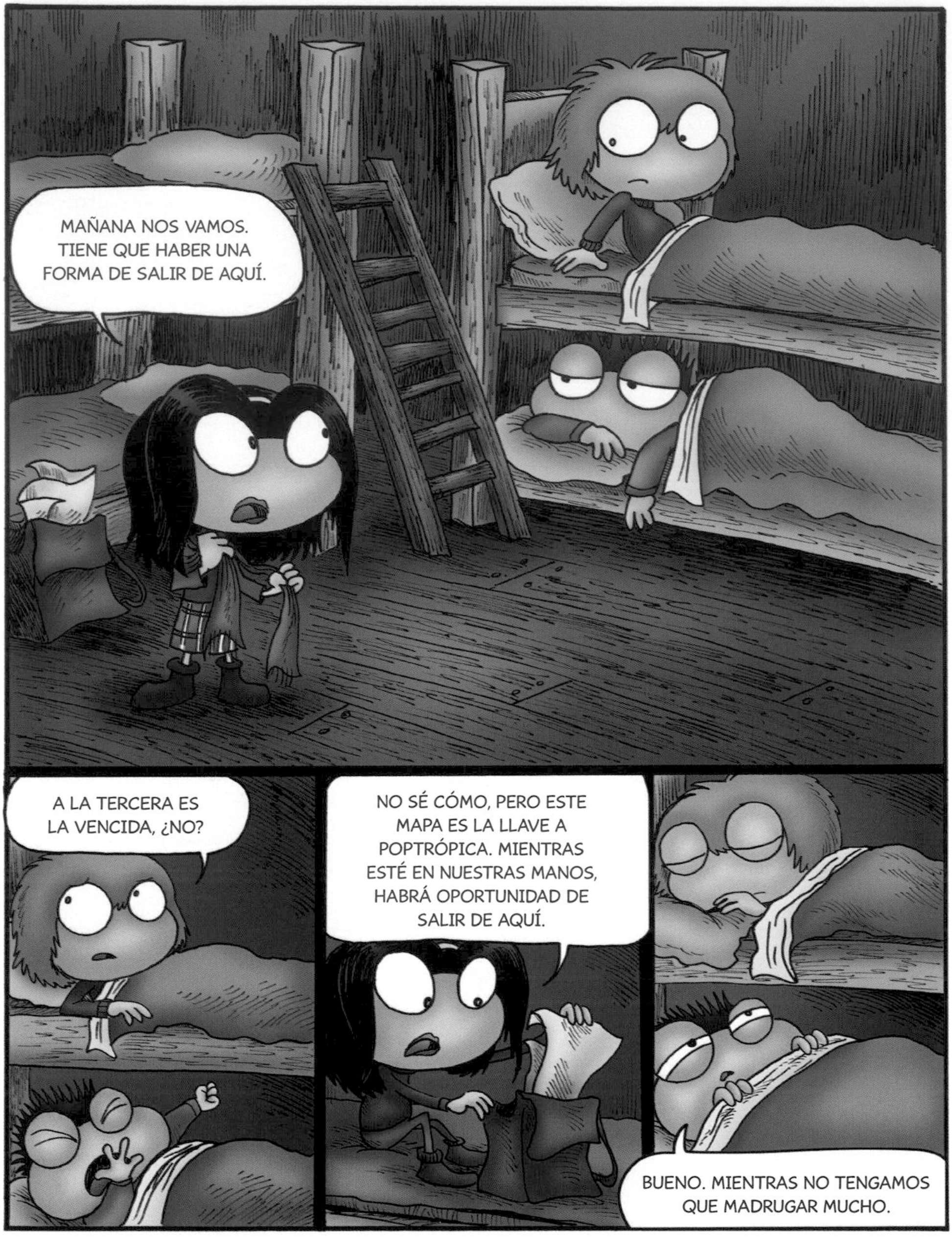
MAÑANA NOS VAMOS. TIENE QUE HABER UNA FORMA DE SALIR DE AQUÍ.
A LA TERCERA ES LA VENCIDA, ¿NO?
NO SÉ CÓMO, PERO ESTE MAPA ES LA LLAVE A POPTRÓPICA. MIENTRAS ESTÉ EN NUESTRAS MANOS, HABRÁ OPORTUNIDAD DE SALIR DE AQUÍ.
BUENO. MIENTRAS NO TENGAMOS QUE MADRUGAR MUCHO.

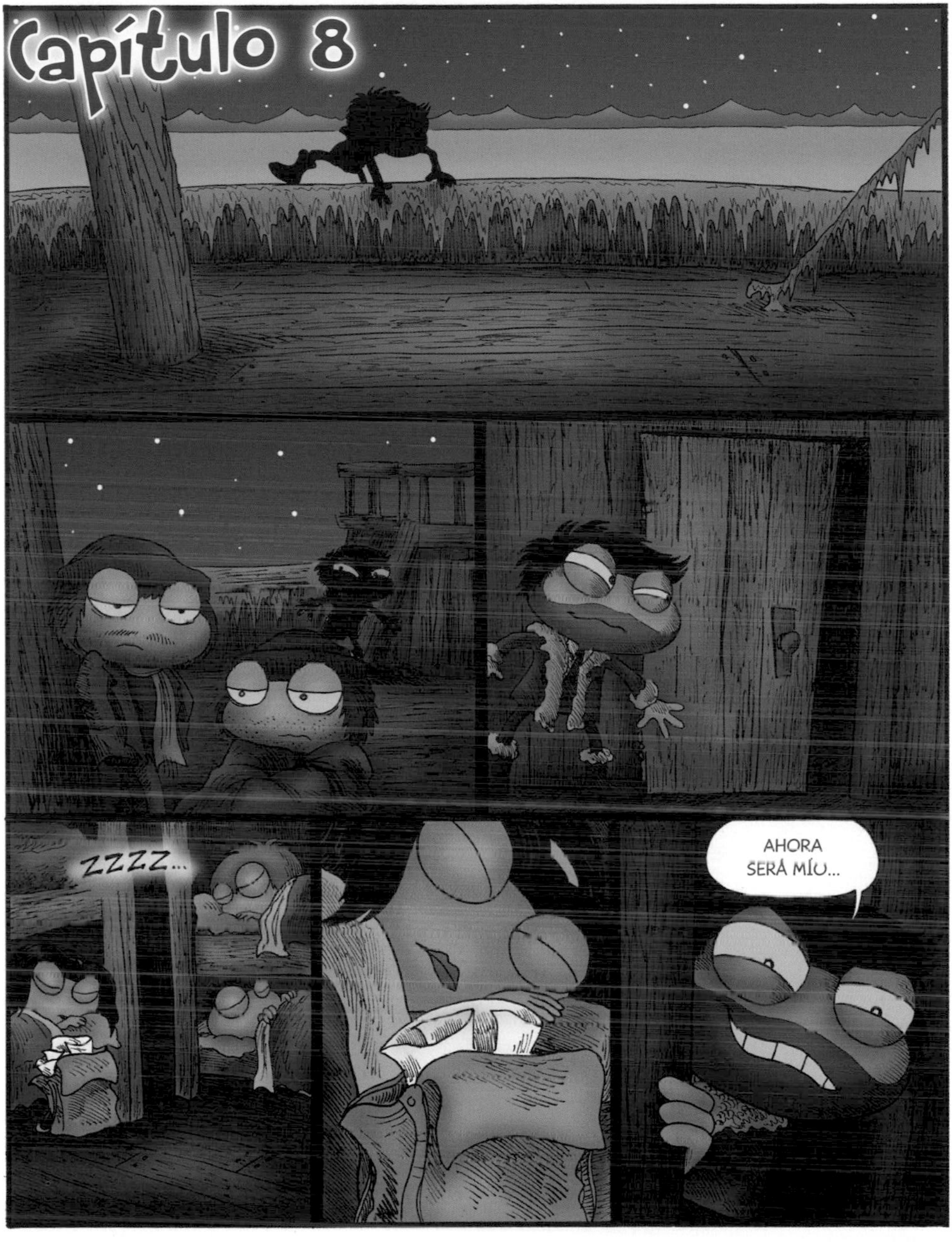
Capítulo 8
ZZZZ...
AHORA SERÁ MÍO...

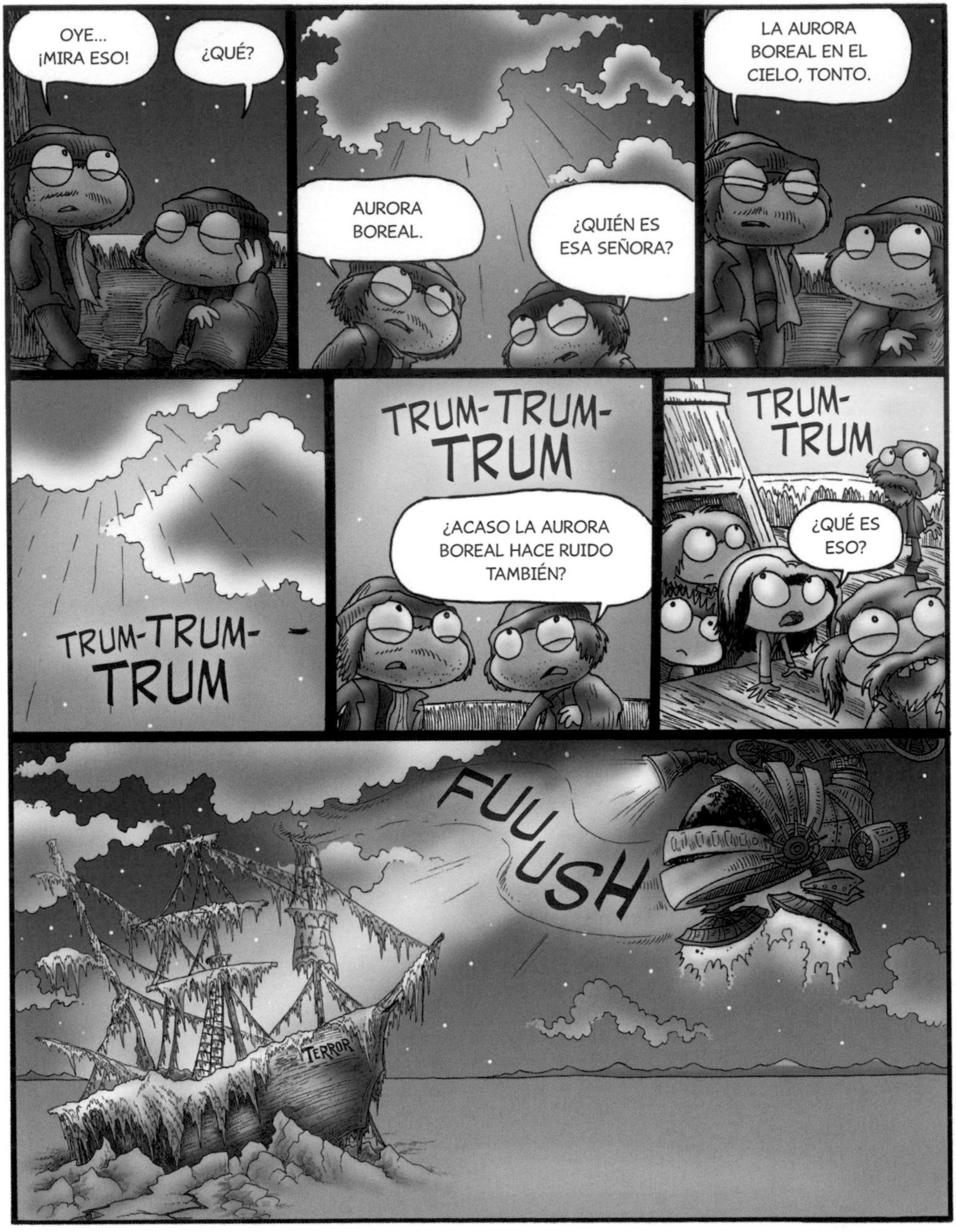
OYE...
¡MIRA ESO!
¿QUÉ?
AURORA BOREAL.
¿QUIÉN ES ESA SEÑORA?
LA AURORA BOREAL EN EL CIELO, TONTO.
TRUM-TRUM-TRUM
TRUM-TRUM-TRUM
¿ACASO LA AURORA BOREAL HACE RUIDO TAMBIÉN?
TRUM-TRUM
¿QUÉ ES ESO?
FUUUSH
TERROR

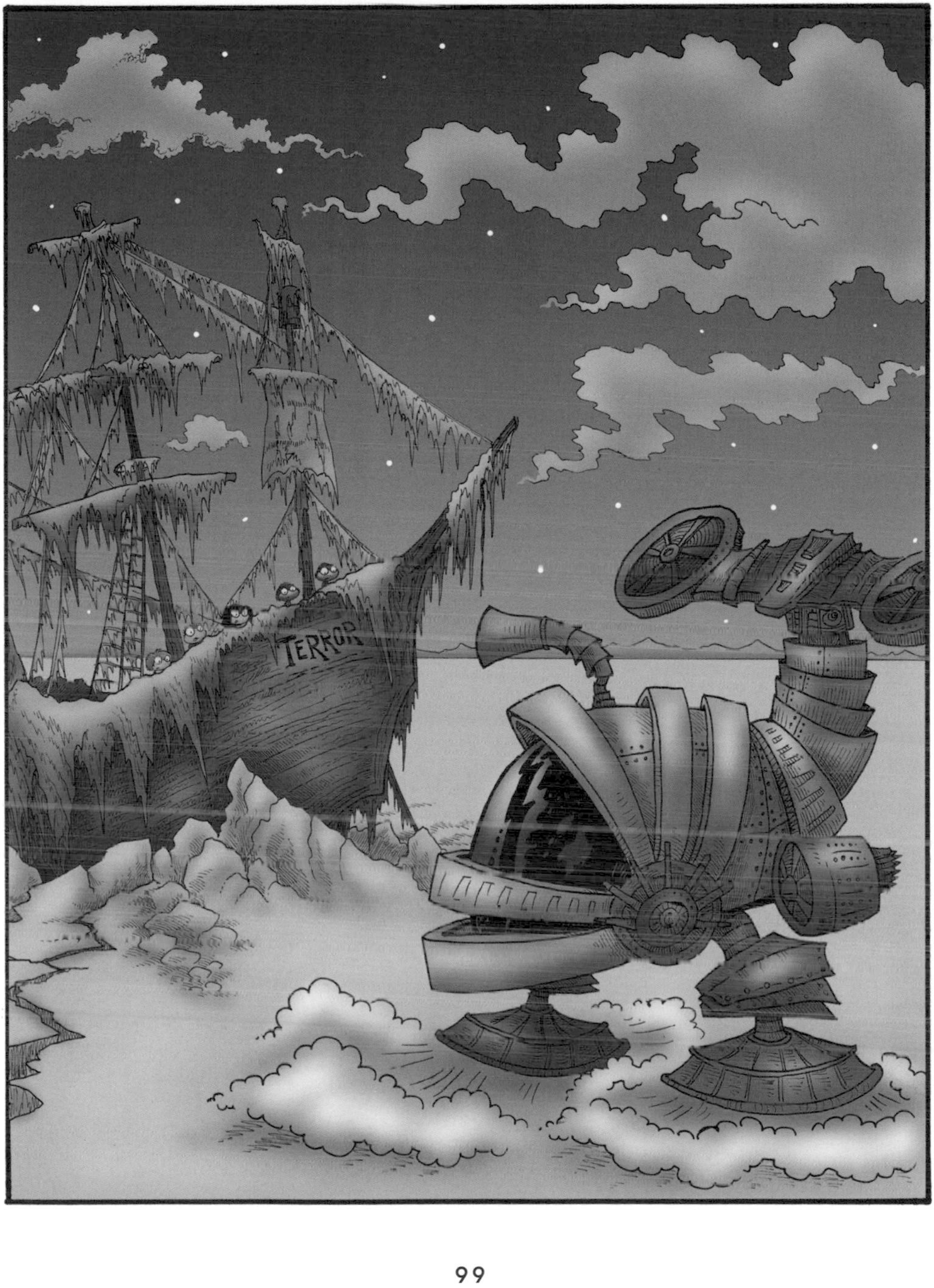
TERROR

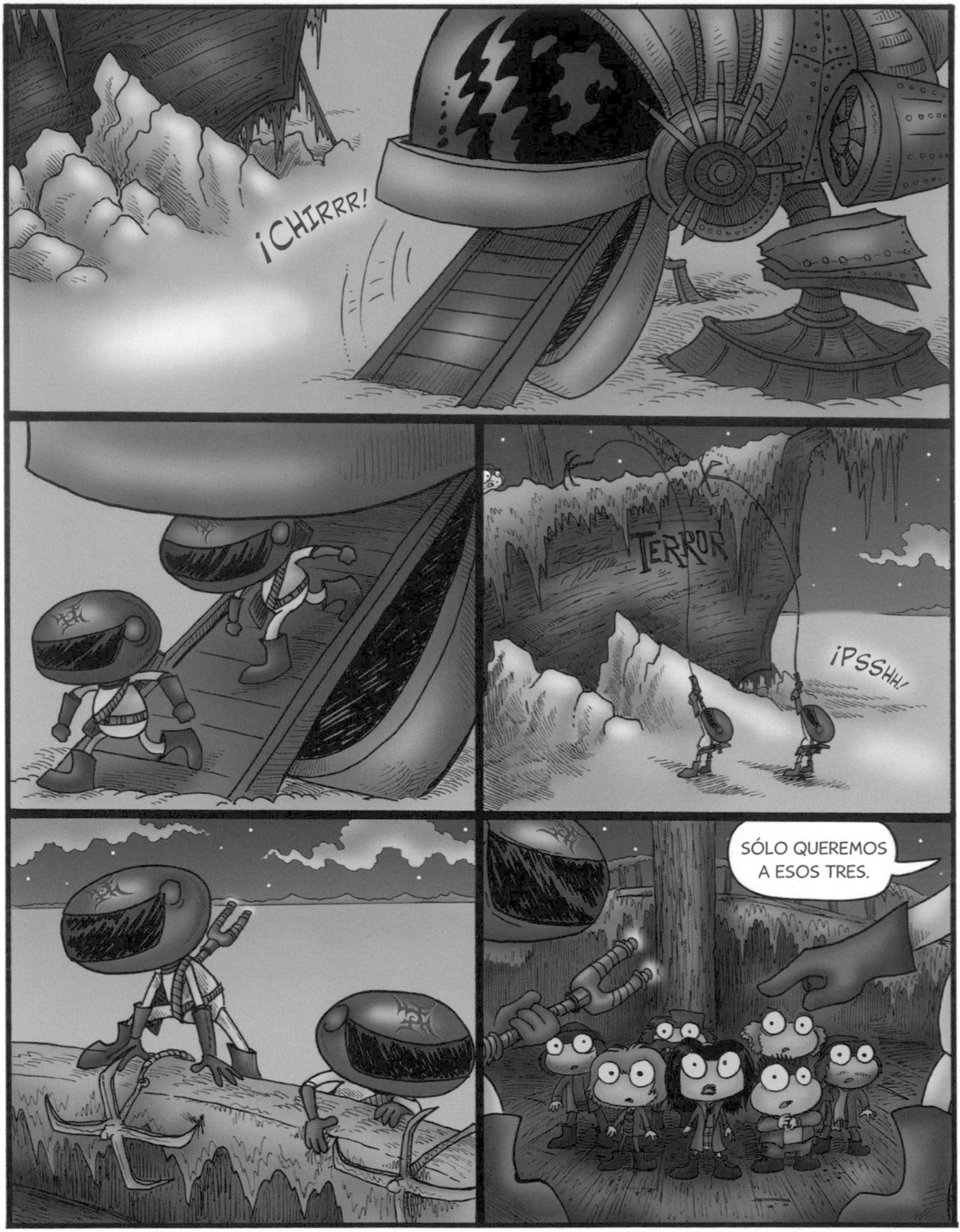
¡CHIRRR!
TERROR
¡PSSHH!
SÓLO QUEREMOS A ESOS TRES.

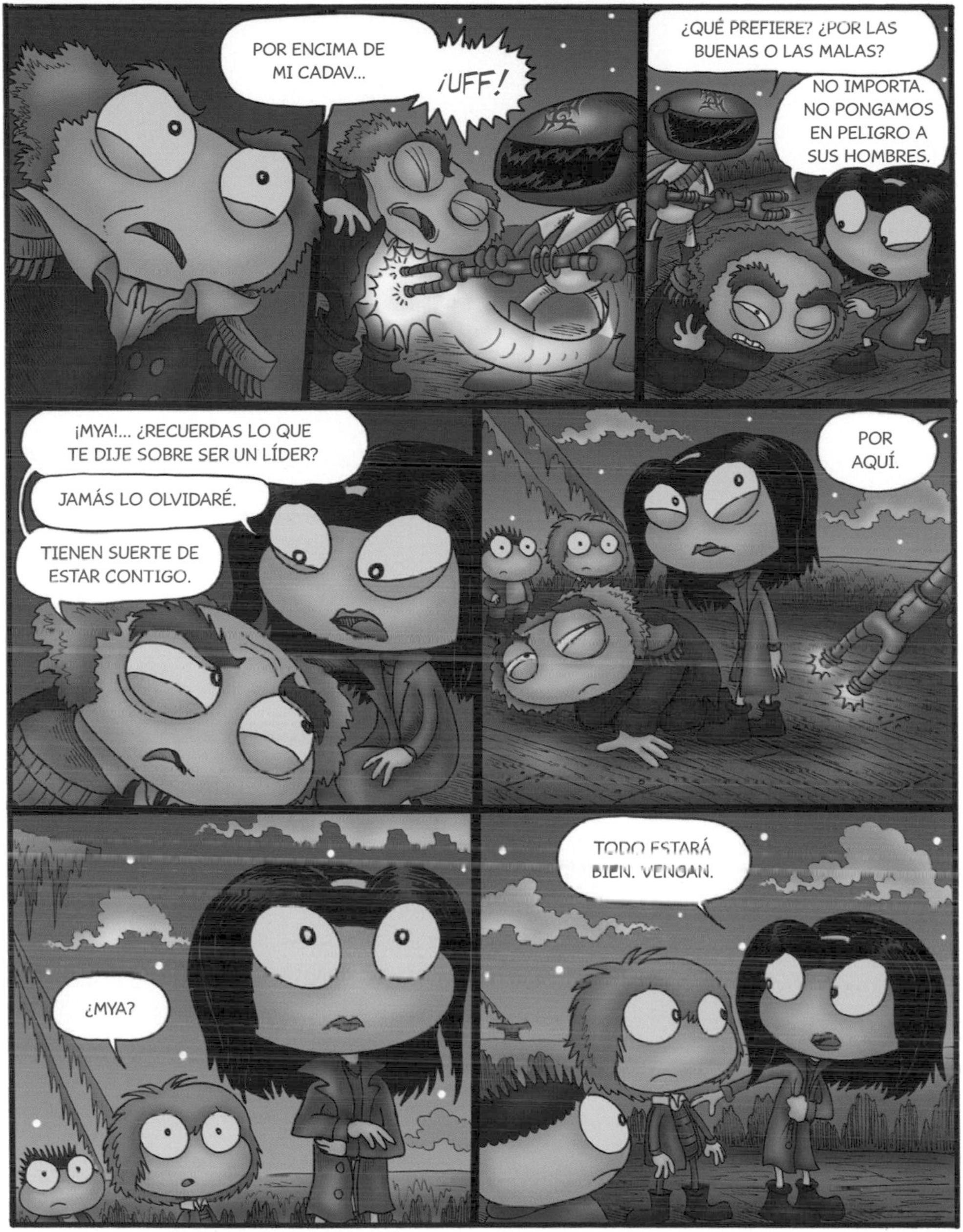
POR ENCIMA DE MI CADAV...
¡UFF!
¿QUÉ PREFIERE? ¿POR LAS BUENAS O LAS MALAS?
NO IMPORTA. NO PONGAMOS EN PELIGRO A SUS HOMBRES.
¡MYA!... ¿RECUERDAS LO QUE TE DIJE SOBRE SER UN LÍDER?
JAMÁS LO OLVIDARÉ.
TIENEN SUERTE DE ESTAR CONTIGO.
POR AQUÍ.
¿MYA?
TODO ESTARÁ BIEN. VENGAN.

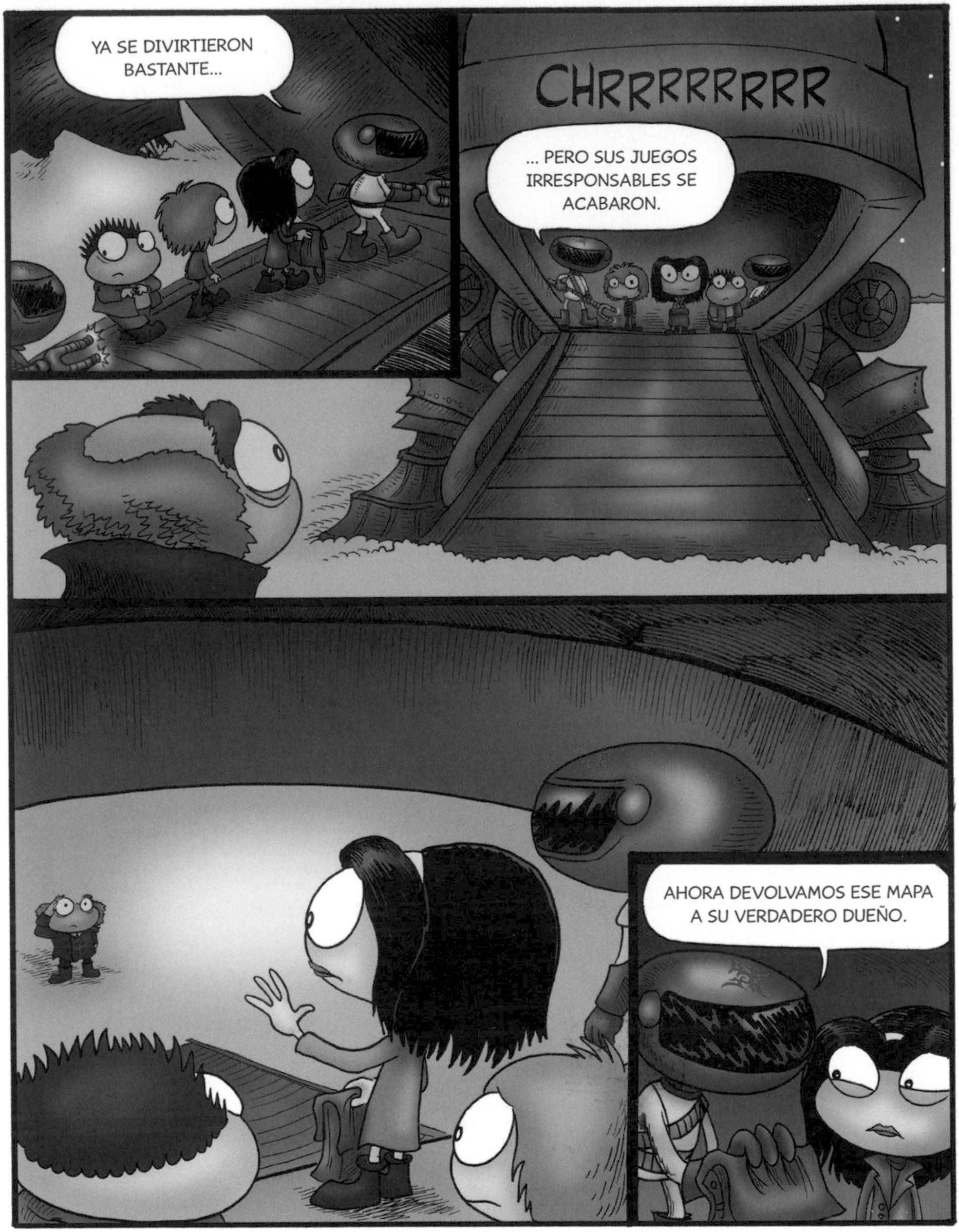
YA SE DIVIRTIERON BASTANTE...
CHRRRRRRRR
... PERO SUS JUEGOS IRRESPONSABLES SE ACABARON.
AHORA DEVOLVAMOS ESE MAPA A SU VERDADERO DUEÑO.

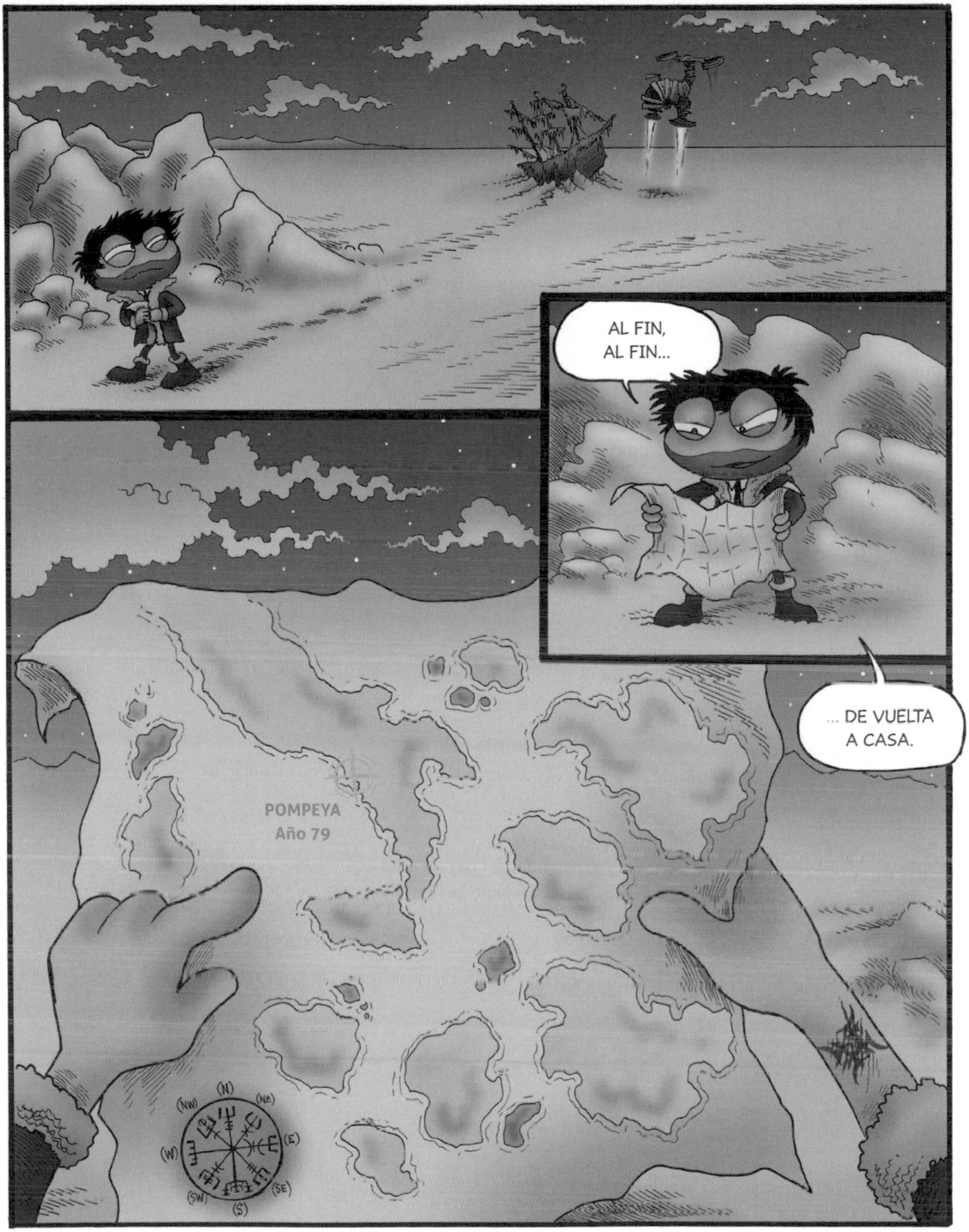
AL FIN,
AL FIN...
... DE VUELTA
A CASA.
POMPEYA
Año 79
(N)
(NE)
(E)
(SE)
(S)
(SW)
(W)
(NW)

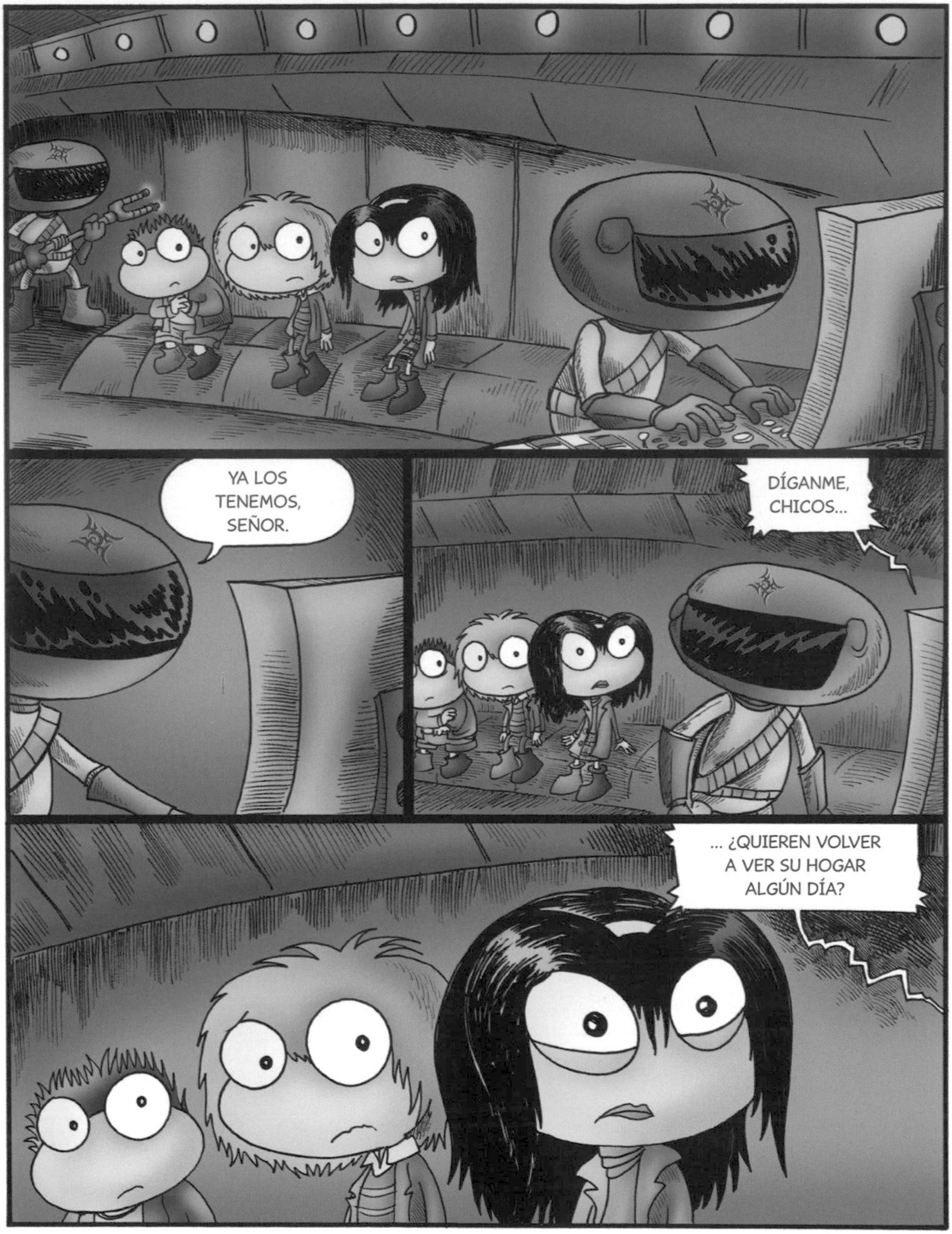
YA LOS TENEMOS, SEÑOR.
DÍGANME, CHICOS...
... ¿QUIEREN VOLVER A VER SU HOGAR ALGÚN DÍA?

¿QUÉ LE PASARÁ A ESTE TRÍO? ENTÉRATE EN:

Poptrópica

LIBRO 3

Mya, Oliver y Jorge han caído en manos de una sociedad secreta cuyo objetivo es proteger y preservar a Poptrópica de las influencias externas. ¿Qué planea esta misteriosa organización para ellos y para Poptrópica?

Octaviano se ha apoderado nuevamente del mapa mágico. Ahora que lo tiene en sus manos, ¡nada podrá evitar que ponga en acción sus malévolos planes!

GRACIAS A ORLANDO DOS REIS, CHAD W. BECKERMAN, CHALES KOCHMAN, MICHAEL CLARK, JASON WELLS, ALISSA RUBIN, JEFF KINNEY Y JESS BRALLIER POR HACER ESTE LIBRO POSIBLE.

-KM

A LA SEÑORA FINNEGAN.

-MK

ACERCA DE LOS AUTORES

POPTRÓPICA es más conocida por su sitio web, en el que se comparten historias a través del alfabetismo de videojuegos. Cada mes, millones de niños de todo el mundo se entretienen e informan con las divertidas aventuras de *Poptrópica*, con apariciones de personajes de *Diario de Greg*, *Nate, el grande*, *Charlie Brown*, *Galactic Hot Dogs*, *Timmy Failure*, *Magic Tree House* y *Charlie y la fábrica de chocolate*.

MITCH KRPATA escribe y produce el sitio web de *Poptrópica* y es el autor del juego *Poptropica Island Creator*, para crear nuevas islas en el mundo de *Poptrópica*. Ha publicado reseñas y ensayos en medios como *Slate*, *Boston Phoenix* y *Paste*, además del libro *1001 Video Games You Must Play Before You Die (Los 1001 videojuegos que debes jugar antes de morir)*. Vive en Massachusetts con su esposa, sus dos hijos y un perro dormilón.

KORY MERRITT es el cocreador de *Poptrópica*. Fue quien ilustró *El misterio del mapa* y el autor de *The Dreadful Fate of Jonathan York*. Merritt da clases de arte para niños desde preescolar hasta sexto grado en Hammondsport, Nueva York.

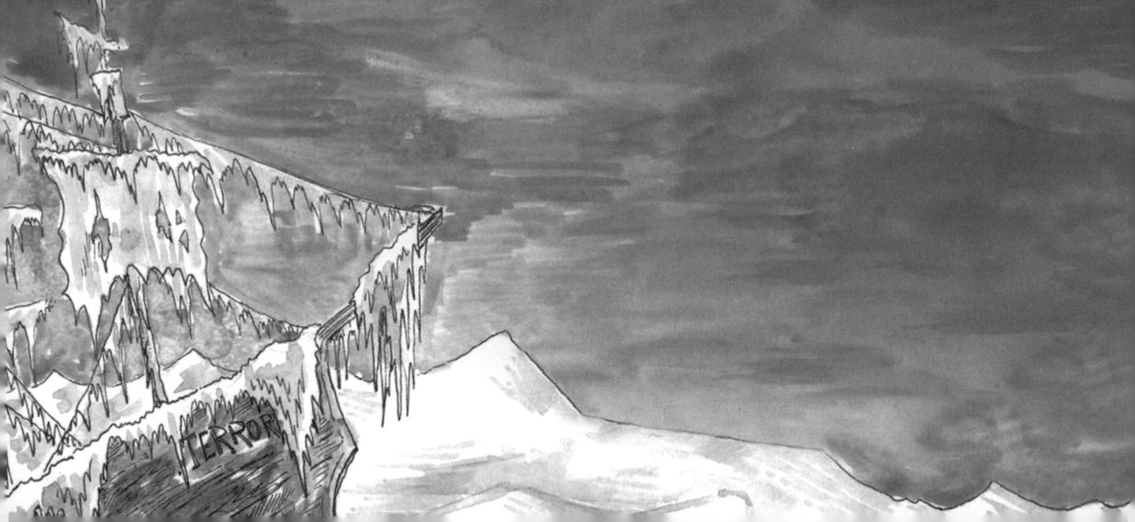
TERROR

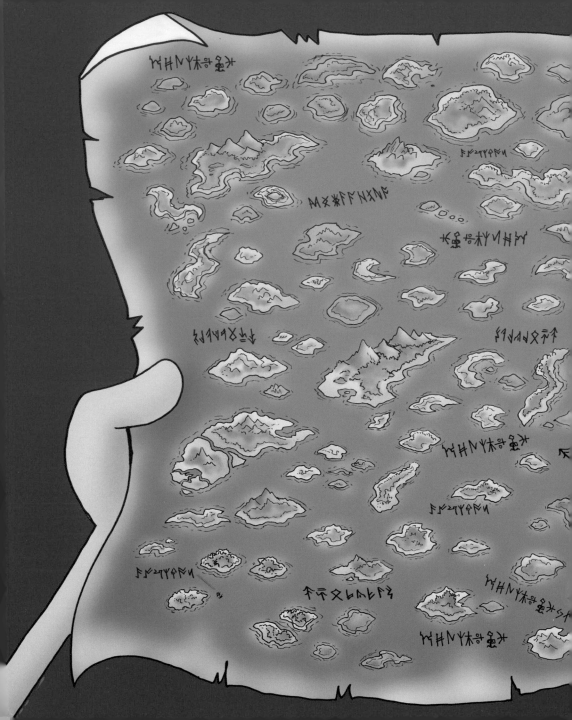

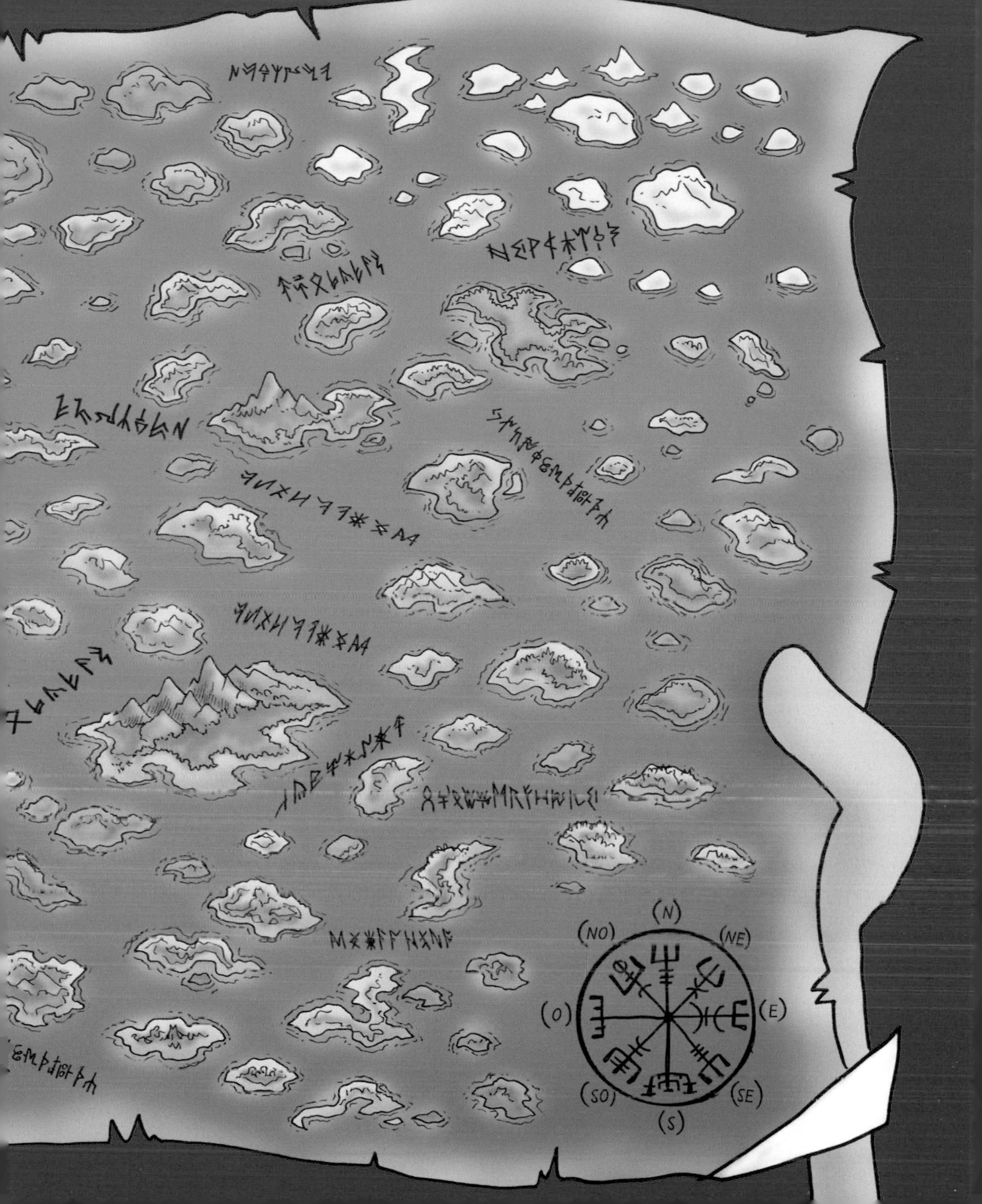
(N)
(NO)
(NE)
(O)
(E)
(SO)
(SE)
(S)

Esta obra se imprimió y encuadernó
en el mes de septiembre de 2016,
en los talleres de Impregráfica Digital, S.A. de C.V.,
Av. Universidad 1330, Col. Del Carmen Coyoacán
Delegación Coyoacán, Ciudad de México, C.P. 04100